大橋驟雨

●林 一 平——著

致謝

這本書獻給我親愛的媽媽。

出書前，我因公務飛了一趟歐洲，在訪問比利時、法國及德國時，回顧本書和這些國家相關的文章，如〈狻猊與黧奴〉〈布魯塞爾〉、〈護法天王〉〈巴黎〉、〈宗教改革者〉〈柏林〉等等，舊地重遊，頗有感觸，在經由柏林飛往巴黎的空中完成本書的序文。我發表在《人間福報》的文章都經過太太櫻芳的潤稿。其實我的生活也在櫻芳的潤飾下變得更美好。特別感謝鄒幼涵協助取得法國吉美博物館的資料，孫淑容協助取得英國蘇格蘭國家博物館的資料。

目錄

卷二

書法佛緣

卷三

意外的佛教徒

卷四

科技人的信仰

自序

這本書的出版是由兩個意外所促成。二〇一五年底在星雲教育基金會副執行長吳淑華師姑的推薦下，我意外接受《人間福報》副刊主編覺涵法師的邀請，於二〇一六年六月開始爲該報撰寫《閃文集》專欄，每兩週寫一篇和佛學或佛教相關的文章。其實我對佛學並無任何研究，但在世界各國旅遊時往往接觸到佛教相關文物，特別醉心於佛教藝術，於是憑著一股衝動，隨興寫了三十多篇很不嚴謹的文章。

第二個意外發生於二〇一七年四月。九歌出版社編輯鍾欣純小姐來信，希望我爲余光中老師的翻譯新作《英美現代詩選》繪製幾張詩人的畫像。鍾欣純小姐說，余光中老師和余師母看到我在《人間福報》發表的文章和插畫作品，因此邀請我來擔任畫人像工作。對我而言，這是很新鮮的經驗，於是就畫了英國詩人哈代、葉慈、狄倫・湯默斯，和美國詩人狄瑾蓀、瑞格夫、R.S.湯默、斯賽克絲敦夫人等人。沒多久，九歌總編輯陳素芳小姐來信，說：「余光中夫人推介您的畫作，特別留意您在《人間福報》的文章，十分喜歡。行旅所到俱是文化與文明，而且見解獨到，深入淺出。這一系列的文圖都好，知識性與文學性俱足，更有宗教思想涵蓋其中。結集成書，一定十分精采，不知九歌是否有榮幸出版？」出版專家如此溢美，讓我聽了如同范進中舉一般，欣喜若狂，點頭同意。其實文章中「知識性與文學性」的內容都是由Internet上網獲得的知識，不是我的學問。陳素芳小姐實在謬讚了。

陳素芳小姐特別請九歌編輯張晶惠小姐負責這本書的出版。雖然我發表在《人間福報》的文章皆與佛教相關，題材卻是興之所至，隨意寫出，不知如何組織這些文章。張晶惠小姐相當厲害，竟然很快就將「散兵游勇」般的文章分類爲四大卷，卷名是我寫的四篇文章的標題：

卷一　「大橋驟雨」含括藝術美學的文章

卷二　「書法佛緣」以書法等宗教物品與佛結緣

卷三　「意外的佛教徒」敘述令人意外的佛教徒

卷四　「科技人的信仰」關聯佛學和科學

至於書名，則以卷一「大橋驟雨」爲名。關於「大橋驟雨」，另有一段插曲。緣房子家庭學堂的楊惠娟老師讀到《人間福報》刊登〈大橋驟雨〉這篇文章，邀請我於二〇一七年六月中旬到學堂，和學員們分享大橋驟雨的心情與家庭的體驗。雖然我在寫這篇文章時，未曾考慮到對家庭的體驗，當天和學員們的互動，卻相當熱烈，也勾起我當初寫這篇文章時的心境。遭遇驟雨時，大部分人的本能反應是躲雨。如果心念一轉，不再慌張、不埋怨被雨淋濕，而是靜下心來，觀看雨落地面的自然現象，甚至想像雨滴被凍結，豈不賞心悅目，心情愉快？人生起伏，如何加減乘除，亦復如此。人在順境，盡量加、盡量乘，發揮力量，多做好事。人在逆境，要有「大橋驟雨」的心境，要看得開，低調的減、低調的除，明哲保身，無須逆天行事，仍可享受人生。今日社會脈動快速，如同大橋上的驟雨。我希望讀者們行經人生的大橋時能暫時忘掉「驟雨」，愉快地品嘗《大橋驟雨》這本書。

林一平
二〇一七年六月二十八日

卷一　大橋驟雨

01 大橋驟雨

我十幾年前習慣走路上下班，單趟路程約五公里。我常常以墊板夾住紙張，一邊走路，一邊寫文章。台灣的仲夏常有驟雨，某日早上我走路改寫論文時，忽然下起雨來。我並未帶雨具，猶豫一下，決定在雨中繼續修改論文。凝神專注時，不覺得有下雨的罣礙，只看到落在墊板上的雨珠，似乎靜止不動，反而感到解放。這種感覺，似曾相識。走進辦公室後，才想起這是波蘭女詩人辛波絲卡（圖一）一首詩的境界。她的詩敘述浮世繪畫家歌川廣重（圖二）的畫作

圖一：辛波絲卡（Wisława Szymborska, 1923–2012）

圖二：歌川廣重（Utagawa Hiroshige, 1797–1858）

圖三a：歌川廣重的《大橋驟雨》

圖三b：梵谷的《Bridge in the Rain》

《大橋驟雨》。辛波絲卡望著這幅畫，感受到水的濺灑聲，彷彿自己也身在畫中，在現實凝結爲永恆之下，和畫中的人物一般參與無終點的賽跑。我在雨中專注改寫論文，感受到類似境界，彷彿時間已被凍結。

浮世繪畫家歌川廣重企圖以畫筆攔截時間，將之表達於其版畫《大橋驟雨》（圖三

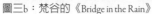

圖四：梵谷（Vincent Van Gogh, 1853–1890）

a）。辛波絲卡在她的詩〈橋上的人們〉（People on the Bridge）聲稱歌川廣重是一名侮辱時間的叛徒，忽視了時間的法則。她認爲這位浮世繪畫家受制於時間，卻不肯承認，讓「時間失足倒下」。歌川廣重的《大橋驟雨》捕捉東京夏天的傾盆大雨，來得急，去得快。俯瞰的角度更生動描述大橋上撐雨傘、穿蓑衣的路人，狼狽快走。而對岸的安宅（Atakano Seki）被傍晚的大雨籠罩著，若隱若現。粗細交錯的前景斜線，製造身歷驟雨的效果。

歌川廣重原名安藤廣重，早期深受葛飾北齋（Katsushika Hokusai, 1760–1849）影響。晚年的作品「江戶名勝百景」色彩非常柔美，構圖簡潔有力，對氣氛的營造非常成功，尤其《大橋驟雨》中長橋上的風雨，意境令人陶醉。二〇一五年我訪問歐洲，在荷蘭的阿姆斯特丹機場轉機，看到一幅梵谷博物館（Van Gogh Museum）的廣告，竟然是《大橋驟雨》（圖三b）。原來歌川廣重這幅畫曾被後期印象派大師梵谷（圖四）臨摹，今日收藏於阿姆斯特丹的梵谷博物館，受到西方世界矚目。廣重善於捕捉大自然的瞬間變化及旅人的突然反應，這幅《大橋驟雨》可說是代表作。梵谷臨摹用色的彩度高了許多，筆觸也較複雜，但少了幾分細緻優雅。梵谷不懂漢字，框外的字是憑記憶信手寫出，成爲特殊的梵谷式中文字體。梵谷也崇拜佛教。曾經創作類似和尚的自畫像。他在一八八八年寫信給朋友，將自己比擬爲佛教和尚，「簡單敬拜永恆的佛陀（a simple worshiper of the eternal Buddha）。」

二〇一四年十一月二十一日我到立陶宛參訪維爾紐斯大學（Vilnius University），在其古老的圖書館（圖五）看到辛波絲卡的簽名詩集，我特別翻到〈橋上的人們〉，原詩以波蘭文書寫，有英文翻譯，我節錄當中的一段詩句如下：

> 時間在此停止（Time has been stopped here），
> 它的法則不再被諮詢（Its laws are no longer consulted）；
> 在事件發展的過程，時間已被免除其影響力（It has been relieved of its influence over the course of events），
> 它被忽視侮辱（It has been ignored an dinsulted）。

辛波絲卡敘說歌川廣重凍結時間，而佛經則常將時間延伸至無限。例如《法華經》提到：

圖五：維爾紐斯大學圖書館

「如過去無量無邊不可思議阿僧祇劫」。《大智度論》說明阿僧祇（Asamkhya）這個古天竺計算數字，是十的一百零四次方。阿僧祇劫即指「無數劫」。《妙法蓮華經》：「我成佛已來，復過於此百千萬億那由他阿僧祇劫。自從是來，我常在此娑婆世界說法教化。」我輩凡夫俗子，無法聯結凍結的時間和無限的時間。如果我們有足夠的想像力，時間的凍結，即是永恆，相當於無量無邊不可思議阿僧祇劫，不是嗎？看事情的角度全在一念之間。難怪蘇東坡會說：「蓋將自其變者而觀之，則天地曾不能以一瞬。自其不變者而觀之，則物與我皆無盡也。」

02 風雷竹虎

圖二：我臨摹尾形光琳的《風神雷神圖屛風》

二〇一六年七月我拜訪日本京都國立博物館（Kyoto National Museum）。博物館收藏了我小時候常看的一個屛風，是十八世紀江戶時代的畫家尾形光琳（圖一）的作品《風神雷神圖屛風》。尾形光琳的屛風並非原創，而是臨摹俵屋宗達的作品。這個屛風頗有名氣，在京都到處有仿製品，我也曾臨摹過（圖二）。風神與雷神爲千手觀音之眷屬，安置於二十八部眾之中。當中風神背一袋囊，呈發風之狀；雷神則手捧連鼓，呈行空鳴雷之相。風雷雙神的史料，可追溯到西元六世紀的敦煌壁畫，在第二四九窟窟頂西坡，西魏藻井所畫之阿修眾圖中，雙肩部位分左右，即畫有風雷二神，左雷神持施轉鼓共十二枚，呈繞身狀，右爲

圖一：尾形光琳（Ogata Korin, 1658–1716）

圖三：落款「法橋光琳」的扇頁花卉
（巴黎 Musée national des arts asiatiques – Guimet典藏）

風神手持風袋，二神均呈奔騰之勢，風神獨角，而雷神雙角，雷神肉白色，風神則爲棕色。

尾形光琳是京都的富裕町眾喜愛的畫家，而成名的過程相當曲折。他出身富裕，三十歲時父親去世，繼承大筆財產，在十年間敗光家財，只好以作畫爲生。他的情況和曹雪芹類似。曹雪芹由富而貧，歷盡滄桑，方能創作《紅樓夢》巨著。尾形光琳經歷少年時的優渥環境與中年的經濟困頓後，潛心創作，成爲「琳派」之祖。他引領江戶的服裝時尚，創作「小袖」，圖案纖細大膽，被稱爲「光琳模樣」。尾形光琳四十四歲時獲得朝廷賜予繪師最高榮譽的「法橋」名號，因此他的作品都以「法橋光琳」落款。尾形光琳的藝術在十九世紀傳入歐洲，在歐洲眼中成爲日本藝術的代表性人物。二〇一六年四月我訪問巴黎吉美國立亞洲藝術博物館（Musée Guimet），承蒙館長允許，讓我拍照，當中有落款「法橋光琳」的扇頁花卉，如圖三所示。二〇〇四年日本發行的五千元的紙幣，反面圖案採用尾形光琳設計的「燕子花」。

▶圖四a：京都國立博物館的吉祥物竹虎

▼圖四b：京都的「竹虎」貓

京都國立博物館的吉祥物爲「竹虎」（Torarin，圖四a），取材於尾形光琳的作品《竹虎圖》（*Taketorazu*）。這隻老虎，十分可愛，舒適地坐在竹林，像一個調皮的男孩，眼神側向一邊，表情滑稽。這是所謂的卡通風格（Giga）。能畫這種類型的卡通式場景，顯示尾形光琳的思想自由，不被傳統的框架所限制。離開博物館時，在路上看到一隻貓（圖四b），長相如同尾形光琳畫的竹虎。或許尾形光琳畫竹虎是以貓爲藍本？「竹虎」讓我想起《大藏經》中捨身飼虎的故事：

「爾時王子摩訶薩埵，遽入竹林，至其虎所，脫去衣服，置竹枝上，於彼虎前，委身而臥；菩薩慈忍，虎無能爲。即上高山，投身於地，虎今羸弱，不能食我，即以乾竹，刺頸出血。于時大地六種震動，如風激水，涌沒不安，日無精明，如羅睺障，天雨眾華及妙香末，繽紛亂墜遍滿林中，虛空諸天咸共稱讚。是時餓虎即舐頸血噉肉皆盡，唯留餘骨。」寶貴的人身難得，此生已得，當行利他，乃佛說捨身的眞義。

03 天女散花

二〇一六年五月五日我到佛光山台北道場參訪，在十四樓看到模仿敦煌莫高窟的佛教壁畫，長三十八公尺，高三．六公尺，當中菩薩、天女成群（圖一），相當壯觀。而其人物造型融入現代元素，仍能表現出慈眉善目的神情，具祥和氛圍。

二〇一六年七月二十九日我來到日本京都參訪本願寺。本願寺有東西之別。當日西本願寺正在整修。我脫鞋進入東本願寺阿彌陀堂

圖一：佛光山台北道場十四樓的仿敦煌壁畫

圖二：東本願寺阿彌陀堂

（圖二），抬頭望見殿前屋架梁上鑲嵌仿敦煌壁畫的浮雕，天女成群，是頗具日本特色的藝術創作，可惜無法拍照。我心有所感，融合佛光山道場壁畫及本願寺浮雕的天女形象，畫了兩幅天女像，如圖三所示。我和日本友人談起東本願寺阿彌陀堂的天女浮雕，他非常訝異，我竟然提起很少人注意到的細節。他說，日本近代普羅大眾對於「天女散花」的印象受到梅蘭芳（圖四）的影響。這位中國京劇大師曾於一九二〇年代到日本表演《天女散花》，造成轟動。那場表演由梅蘭芳扮演天女、高慶奎飾維摩詰，由於人數不夠，從橫濱借用三位日本藝人，湊足八仙女，傳爲佳話。

京劇《天女散花》是梅蘭芳早年的代

表作，一九一七年首演於北京吉祥戲院。我多次訪問北京，卻無緣到吉祥戲院，原因是已被拆毀，不復存在。這齣戲的創作緣起於一九一〇年代，梅蘭芳偶然看到一幅《散花圖》，畫中的天女生動美妙，體態輕靈，風帶飄逸，引發他舞動的意念，想表現出「飛天」的神韻。於是認眞構思《天女散花》的劇本，取材《維摩詰經》的故事，敘述佛陀在靈山講法，得知維摩居士苦讀成眼疾，令文殊菩薩帶領弟子們前去探問，大眾正在論法時，天女散花供養，花至菩薩身上即落去，至聲聞弟子身上便不落。眾人詫異萬分，天女曰：「結習未盡，故花著身；結習盡者，花不著身。」諸聲聞弟子自知道行不夠，便愈發努力學習。美麗的天女散花供養，菩薩們看了若無其事，相當淡定，認爲天女自己在散花罷了，不會受到影響。而聲聞阿羅漢們對美女和鮮花還有厭離心，所以花落身上就黏住了。

梅蘭芳將敦煌莫高窟中各種「飛天」形象呈現於劇中天女的橋段上。他捨棄天女服裝的水袖，改用兩條長綢，以武戲的巧勁抖動長綢，舞出「御風而行」。他的「長綢舞」成爲京劇藝術的創新表現手法。很多國人不知，《天女散花》曾在世界各地演出。除了前述日本外，梅蘭芳的足跡更遍及歐亞大陸及美洲。一九八五年我在美國西雅圖華盛頓大學就讀，在學校的東亞圖書館翻閱，找到極珍貴的史料，提及一九三〇年初，梅蘭芳率領劇團到美國演出。表演《天女散花》時，全體人員都上場了，梅蘭芳飾演天女，王少亭飾演維摩，劉連榮飾演伽藍，姚玉芙飾演老奴，李斐叔飾演文殊，徐蘭沅飾演小和尚，連樂隊中的霍文元、羅文田都下場客串羅漢。梅蘭芳在美國的演出獲得高度讚譽，引起美國戲劇及文藝界的重視，很多知名人物如卓別林都和他結下了深厚的友誼。

我於二〇一四年訪問莫斯科，俄國友人推薦我到莫斯科國家劇院觀賞時也提到梅蘭芳的《天女散花》。一九三五年，梅蘭芳來到蘇聯演出，地點在莫斯科國家劇院。據說史達林都曾來看戲。梅蘭芳結識了蘇聯偉大的劇作家斯坦尼斯拉夫斯基（Konstantin Stanislavsky, 1863–1938）。斯坦尼斯拉夫斯基告訴梅蘭芳：「要成爲一個好演員或好導演，必須刻苦地鑽研理論和技術，二者不可偏廢。同時一個演員必須不斷地通過舞台的演出，接受群眾的考驗，這樣才能豐富自己，否則等於無根的枯樹。」

十九世紀的前半世紀，中國傳統戲曲藝術受到西方戲劇觀念強烈衝擊，而梅蘭芳是少數能令西方人矚目的中國藝人。他的《天女散花》更影響西方人對中國藝術及佛教的認知。我附上《天女散花》唱詞如下：

離卻了眾香國遍歷大千，諸世界好一似輕煙過眼，一霎時來到了畢鉢岩前。

圖三：我畫天女圖

〔西皮二六〕雲外的須彌山色空四顯，畢缽岩下覺岸無邊。

大鵬負日把神翅展，又見那入海的蛟螭在那浪中潛。

閻浮提界蒼茫現，青山一發普陀岩。

〔西皮流水〕觀世音滿月面珠開妙相，有善才和龍女站立兩廂。

菩提樹簷葡花千枝掩映，白鸚鵡與仙鳥在靈巖神峴上下飛翔。

綠柳枝灑甘露在三千界上，好似我散天花就紛落十方。

滿眼中清妙境靈光萬丈，〔西皮散板〕催祥雲駕瑞彩速赴佛場。

二〇一六年九月九日，我訪美，再度

造訪華盛頓大學的東亞圖書館（圖五），想再尋找梅蘭芳在西雅圖表演《天女散花》的海報，卻已物換星移，尋不著了。心中暗忖，現代的年輕人，還有多少人記得梅蘭芳，記得《天女散花》？

圖四：梅蘭芳
（1894–1961）

圖五：華盛頓大學的東亞圖書館

04 葛飾北齋的漫畫

圖一：葛飾北齋（Katsushika Hokusai, 1760–1849）

我寫雜文，喜歡畫插圖，所謂「百萬言詞不如一目理解」。我利用原子筆點畫，或學豐子愷的毛筆畫。我的作品接近漫畫型態，也對於各國的漫畫發展很感興趣。尤其是在日本，漫畫的發展，源於十七世紀的浮世繪，主要描繪人們日常生活、風景和戲劇。這是當時的庶民藝術，當然不像在收藏傳家寶這般小心翼翼，而是常被人隨隨便便地捆綁成一束，但也因此隨手可得，瞬間就能攤開於桌上，供人欣賞。浮世繪常是彩色印刷的木版畫（亦即「錦繪」，にしきえ）。我尤其喜愛葛飾北齋（圖一）聞名於世的作品《北齋漫畫》。二〇〇〇年的《生活》雜誌把葛飾北齋列入「百位世界千禧名人」。

我於二〇一六年四月訪問法國巴黎吉美國立亞洲藝術博物館，看到葛飾北齋的浮世繪作品。當中一幅作品《Dragon in the Clouds》，畫了一條龍，表情有趣，我模仿畫了龍頭（圖二）。二

▼圖二：我模仿畫《Dragon in the Clouds》

◀圖三：日本士兵的浮世繪

○一六年七月訪問京都國立博物館時，我特別觀賞葛飾北齋的浮世繪作品。葛飾發展出「名所繪」的風景畫風格。其作品讓當時未能外出旅行的民眾以另一種方式欣賞風景名勝。名所繪也常被作爲旅行手冊，提供導覽的應用。而他創作的海浪畫在日本更被到處仿製翻印。

我常藉由浮世繪的「歷史畫」學到日本歷史上著名的事件。日本在擴張軍權時，歷史畫往往以戰爭爲題材（稱之爲軍繪，いくさえ），反映其立場。印象最深刻的是日俄戰爭時期創作的日本軍繪。這張浮世繪描述日俄戰爭時，旅順戰役中決定性的二百三高地攻防戰。日本陸軍爲了爭奪該高地，先後發動三次總攻擊，損失慘重，指揮官乃木希典大將之子亦戰死於該地。經過此次慘痛的經驗，日本決定摒棄「整聯隊集群衝鋒戰術」，由陸軍參謀總長兒玉源太郎用兩百八十公釐巨炮，每十五分鐘進行一次無差別炮擊。日軍冒著被己方炮火擊中的風險，決死一戰，終獲勝利。我大學時代一時興起，以浮世繪風格畫了不少日本戰士（圖三）。

浮世繪描述人生百態，題目無所不包，無所禁忌。當時日本的鄉村地區提到「錦繪」，多半是指春畫。「あぶな絵」則是較爲含蓄的情色畫，有玉人浴出新妝洗、輕羅小扇掩酥胸等題材。葛飾北齋爲了生活，常接觸屍體，替人畫遺像。葛飾的女兒奧伊（Oci）也是浮世繪畫師，沒談過戀愛，卻能畫出非常生動的春畫，筆下的「女人繪」連父親都讚賞。浮世繪的「美人畫」描繪遊女（妓女）和茶屋的人氣看板娘（招牌女郎），後來也有街頭美女的題材。我曾學習葛飾北齋的「女人繪」風格，畫了看板娘（圖四）。

圖四：我學習葛飾北齋風格的看板娘

05 日據時代的漫畫

我很喜歡日據時代的一部漫畫作品《漫畫台灣年史》，作者國島水馬，本名國島守（圖一）。他以鳥羽繪手法，總共創作五十幅漫畫手稿。繪在絲絹上的每一幅畫包含該年台灣的大事紀，橫跨四十年，照著年代一張張裝訂成冊。每一張漫畫都填滿中日夾雜的文字，不同於現今簡短文字的漫畫風格。本作品是目前已知最早的台灣歷史漫畫，有一份手稿珍藏在彰化縣員林鎮民黃琰玲的家中。

「漫畫」這個詞彙是葛飾北齋所創。浮世繪的

圖一：國島水馬

圖二：我模仿畫鳥羽繪的青蛙

「漫畫」就是漫不經心地繪畫。他推出了大約十五冊《北齋漫畫》。而真正影響日本現代漫畫的浮世繪是「鳥羽繪」風格。這種風格來自鳥羽僧正。他常常將人物的手足畫得很長，很有喜感。日本漫畫在發展初期亦被稱爲鳥羽繪，這種畫法簡單易學，我也曾模仿過（圖二）。國島水馬也是採用這種漫畫風格。

這本漫畫一開始先介紹統治台灣的歷任總督。第一任總督樺山資紀（圖三）三十六歲時曾潛入屬於中國的台灣偵察，在蘇澳登陸。蒐集風土民情資料時，不相信地方人士「泉水有毒」的說法，親自在蘇澳冷泉中洗澡，覺得清涼舒適。樺山資紀大概太喜歡台灣的冷泉，因此在甲午戰爭後，一直纏著日本首相伊藤博文，要求讓他來台灣當總督。於是在泡過蘇澳冷泉二十二年後，樺山資紀得償宿願，再度來到台灣，就職第一任台灣總督。樺山資紀一到台灣就視察台灣全島的宗教，完成最早的台灣佛教調查，是極珍貴的史料，載於《台灣教報》第一號，節錄相關內容譯述於下：「現今（一八九六年）台灣的布教概衰頹萎靡更不振，其宗派主稱禪宗，此中雖有曹洞、臨濟、清水、黃、蘗等的派別，但本末的差別也無宗派的規律。唯習慣上分派異實而已。寺院的種類，有官廟、民廟、

圖三：樺山資紀（1837-1922）

會館三種。官廟者，在城內及各府縣大官衙的所在地，全部由官衙的費用而建立，本尊多是天上聖母、觀音、關帝而住持人是有僧侶、道士、進士秀才等。民廟者，是因人民的信仰心而建立者，爲普通各宗派的寺院。會館者，是商人相互計劃而建立，爲數極少。」

《漫畫台灣年史》由一八九五年畫到一九三七年。一九三七年到一九四〇年間正是日本到處侵略，氣焰高張之時。國島水馬回首他的年史漫畫作品，對於日本的國勢頗爲滿意。於是在一九四〇年一月十日借用台北公會堂的場地展示其作品。《漫畫年史》是由「領台」至「皇紀二千六百年」（一九四〇年）的「世相」。比較特別的是，以「肉筆」將同一幅繪製百枚。當時

圖四：奧德班（John James Audubon, 1785–1851）

的新聞針對「手工複製一百份畫」評論如下：「其勞力與苦心眞屬前代未聞，每一幅都讓人驚歎。其堅持到底的精神，對凡事都喜好批評的年輕人，不啻是一帖良藥。」以此爲例，要求年輕人學習好的榜樣，亦有勵志向上的效果。然而「同一幅繪製百枚」的苦功，國島水馬絕非首創。美國畫家奧德班（圖四）的巨著*Birds of America*就是同樣製作方式。當年這本書必須預先訂購，雖然圖畫已製成銅版，印刷後卻需由數

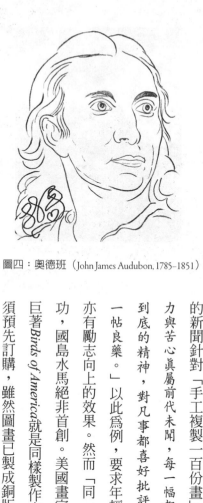

圖五：耶魯大學收藏的*Birds of America*

十位繪畫工人很仔細地上色。

二〇一三年我拜訪耶魯大學貝尼克圖書館（Beinecker Rare Book and Manuscript Library），拍攝*Birds of America*。當中的鳥類都是以原尺寸呈現，因此書頁的面積遠遠大於一般書籍，如圖五所示。「肉筆」繪製是很辛勞的工作，而繪圖者孜孜不倦的精神，實在令人佩服。我也常常手工複製畫，在相同主題以不同的背景作變化，如圖六及圖七。

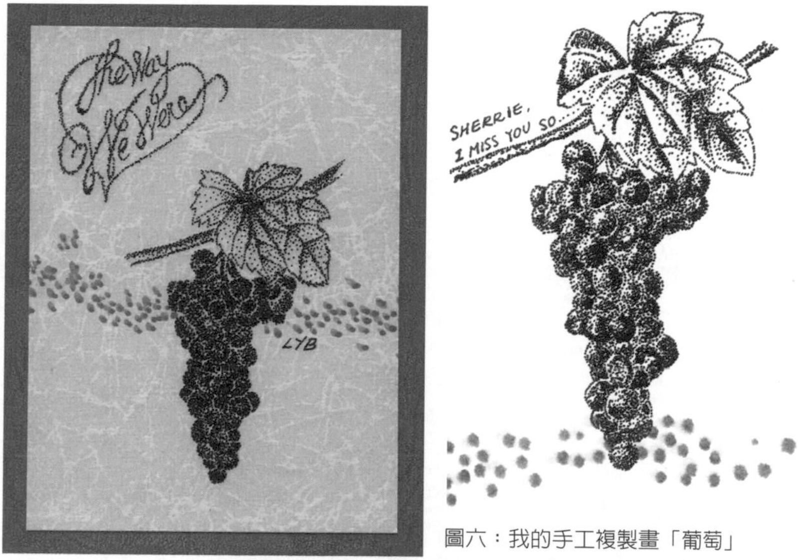

圖六：我的手工複製畫「葡萄」

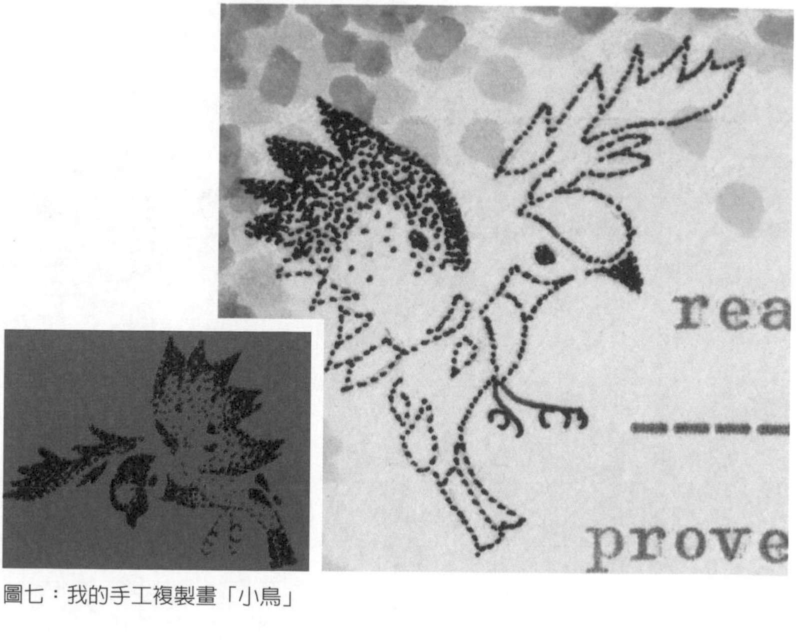

圖七：我的手工複製畫「小鳥」

06 阿欽與治虫

我小時候喜歡看漫畫，國小上課時，總是在課本上塗鴉漫畫人物。這種行爲當然不會受到老師鼓勵。我在課本上最常畫的是機器人，尤其是模仿畫劉興欽的機器人，以及手塚治虫的原子小金剛（鉄腕アトム），並胡思亂想，加以引申成不同風格（圖一）。

劉興欽小名阿欽，出生於新竹縣橫山鄉豐鄉村。他以家鄉大山背爲背景，創作鄉土味濃厚的漫畫《阿三哥・大嬸婆》（圖二）。劉興欽於十多年前以「大嬸婆」等作品，無償協助新竹縣內灣重振觀光，爭取中央三億元補助，打造台鐵內灣線爲「台灣動漫夢工場」。但內灣老街的阿三哥、大嬸婆等人物近年凋零殆盡，到了二〇一六年，台灣動漫夢工場更充斥日本卡通人物，本土漫畫未能好好行銷，卻積極引進日本卡通人物，實在令人扼腕，更令劉興欽相當失望。我很懷念阿三哥及大嬸婆，曾數度到內灣尋覓劉興欽漫畫中的場景。我就讀國小那個年代，每個星期六都

圖一：我的漫畫

圖二：劉興欽與我合照於阿三哥及大嬸婆偶像前

圖三：手塚治虫（1928–1989）

會出版一本劉興欽的漫畫，一本四元，我總是迫不及待地奔往書店購買，一睹爲快。如今見到內灣的本土文創凋零，頗爲傷感。我擔任科技部政務次長時，曾找文化部，希望以科技部發展的手機科技爲平台，協助本土動漫創作者，振興本土漫畫，可惜未獲正面回應。

小時候我除了喜歡畫劉興欽的機器人外，也常畫手塚治虫的原子小金剛。日本動漫能名揚國際，手塚治虫（圖三）是關鍵人物之一。他本名手塚治，自幼喜愛昆蟲，故於一九三九年取了「手塚治虫」的筆名。他是日本第一位導入助手制度與企業化經營的漫畫家，對於日後日本漫畫的發展有著極大的推動作用。手塚治虫在第二次世界大戰時親身體驗日本軍閥的凶暴跋扈，反映在其作品，以深邃的態度來呼籲和平、反對戰爭。他以佛陀求道過程爲題材，從一九七二年連載到一九八三年間，歷時十餘年歲月，完成漫畫《佛陀》。人們不斷找尋生命的意義究竟是什麼，而佛陀在二千五百多年前找到了答案，也用了許多譬喻告訴普羅眾生，生命的意義爲何。這部創作呈現出從眾生苦難中悟出哲學的核心概念，引發網路上眾多的討論。有位醫師網友以醫學解釋，釋迦牟尼悟道前的考驗，應該是長期苦修造成的脫水與離子不平衡，浮現的症狀是譫妄，稱之爲「沾望」，醫學名詞是「delirium」，因此會出現許多「魔王考驗」的受苦幻想。也有網友說，以佛法的角度來看，《佛陀》這部漫畫曲解了佛法。例如作品中將佛陀描繪成帝釋天的使者，又將「人人皆有佛性」曲解成「人人皆有神性」，很容易讓人把無神論的佛教誤爲基督教般的一神論宗教。即便有人不同意手塚治虫的論點，《佛陀》這類作品在世界動漫界都非常少見，彌足珍貴。

二〇一六年七月我來到日本關西國際空港（Kansai International Airport），看到售票處有販賣IC卡型乘車券（KANSAI ONE PASS），是原子小金剛的圖案（圖四）。我馬上掏出銀兩，買了一張。掏腰包時我心中暗忖，如果台灣有阿三哥、大嬸婆圖案的IC卡，我也會買一張的。

圖四：原子小金剛圖案的IC卡型乘車券

卷二　書法佛緣

07

書法佛緣

二〇一六年三月十一日，我以科技部政務次長身分到監察院報告如何降低台灣的產學落差（圖一）。在監察院看到中華民國第一任監察院院長于右任的半身雕像及其墨寶（圖二）。于右任長髯飄飄，是其正字招牌。他擔任監察院院長達三十四年，是五院院長中歷任最久的一位。

于右任是中國近代知名的書法家，鬍鬚甚長。羅家倫詩曰：「一枝大筆振東南，一根手杖定西北，青鞋布襪美髯公，神州有你才出色。」星雲大師（圖三）回憶與于右任的交往，曾多次受贈于右任書法。星雲幽默地說：「于右任和張大千的鬍鬚都很長，他們睡覺的時候鬍鬚是放在被單裡面還是被單外面呢？當然我們只是取笑一下，誰也不敢冒犯問他們這個問題。」于右任虔心向佛，以書法跟大眾結緣。例如北投普濟寺的橫匾是于右任手題的墨寶。普濟寺原名鐵眞院，是日本臨濟宗妙心寺派在台北的布教據點，以鐵道部運輸課長村上彰一之謚號「鐵

圖一：我到監察院報告

圖二a：我畫于右任（1879-1964）

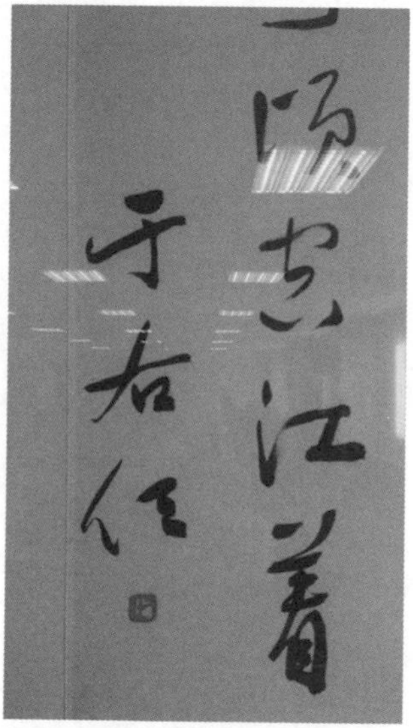

圖二b：于右任墨寶

眞」命名。一九四九年藏傳佛教格魯派第十七世甘珠活佛駐錫於此，將鐵眞院更名爲「普濟寺」，由于右任來題名。星雲亦喜書法，他的「一筆字」，一筆而成，充滿哲思和禪意，自成一派。他常說：「不要看我的字，請看我的心，因爲我心裡還有一點慈悲。」

二〇一二年十二月我受邀到佛光山佛陀紀念館，館內有不少小朋友以毛筆抄寫經文，端坐凝神，平心靜氣，摒除一切雜念，認眞的模樣令人莞爾。很多佛教著作都讚歎抄寫經典的功德。《妙法蓮華經》曰：「書寫是法華經者，當知是人則見釋迦牟尼佛。」《華嚴經》提到：「乃至書寫廣爲人說，是諸人等，於一念中所有行願皆得成就，所獲福聚，無量無邊。」

不少佛教信眾擅長書法，例如弘一法師李叔同（圖四），曾說：「一件好的佛經書法作品，讓人敬重愛持流傳千載，當人們欣賞其藝術美的同時，其所書寫的佛法內容，也同時為欣賞者所閱讀吸收而弘揚開來。」李叔同與于右任的楷書都學習北碑為根基，但風格上差異甚大。李叔同出生富家，人生經歷大起大落後遁入空門，一心向佛，書法呈現出精神上的追求。他在書法下過苦功，各體的碑刻都臨摹，寫什麼，像什麼。出家之後，更在抄寫佛經過程中無意間達到卓越書法的境界。他說：「研習書法者能盡其美，以是書寫佛典，流傳於世，令諸眾生歡喜愛持，自利利他同趣佛道，非無益也。」于右任則早年貧窮，後來仕途順遂，追求變革創新。他臨摹書法時只求其意，不摹其形，在學魏碑的多家法門之中創立出自家風格。李叔同和于右任兩人的際遇，相當程度地的影響到他們的作品風貌。而其隨心所欲、走出聽筆任自然的道路，則相同。他們寫書法時，如同《無量壽經》敘述：「若入寶池，池水高低，隨心所欲，調和冷煖，自然隨意，開神悅體，蕩除心垢，清明澄潔，淨若無形，寶沙映徹，無深不照。池流不疾不徐，水波演奏無量自然妙聲，隨其所應。」而我在觀賞李叔同及于右任書法時，心中感受則是：「或聞佛聲，或聞法聲，或聞僧聲，或寂靜聲、空無我聲、大慈悲聲、波羅蜜聲，或十力無畏不共法聲，乃至甘露灌頂，眾妙法聲，如是等聲，稱其所聞，歡喜無量。」

圖三：星雲大師

圖四：李叔同（1880–1942）

一九八〇年代我就讀成功大學，閒著沒事，亦曾經學習書法。我的練習方式與眾不同，字是用軟木塞雕刻而成。我喜歡雕刻對聯，每刻完一幅，就隨手贈人。因爲是隨興的塗鴉，收到我對聯的親友，也不可能收藏，大概都已經亡佚散失了。二〇一六年我到嘉義拜訪舅舅、舅媽，在客廳赫然看到一幅我三十多年前雕刻的對聯「風華雪月光，詩琴棊（碁）酒客」（圖五）。舅舅和舅媽從小看著我長大，相當疼愛我，愛屋及烏，將這幅對聯以漂亮的玻璃框裱裝，我看到了，回想年少輕狂時，亦感慨於時光如梭，往事如夢。

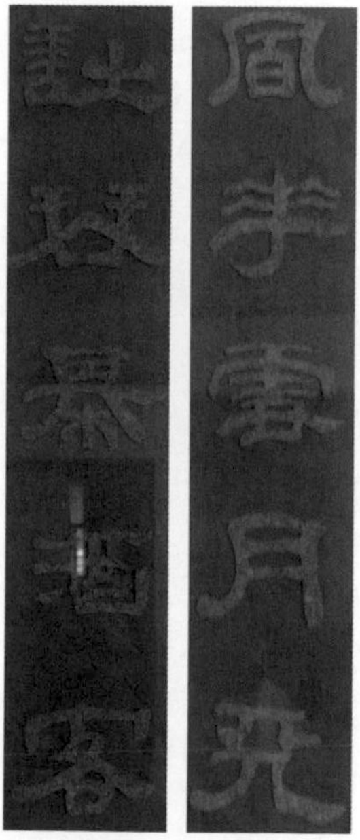

圖五：我雕刻的對聯

08

佛茶

二〇一六年七月，我到京都傳統產業博物館參觀，裡面有許多茶器的展示。今日的日本盛行茶道，都是佛教宣揚之功。早在漢朝時（前二〇六—前二二〇），茶葉就已傳入日本。八〇四年（唐貞元二十年），日本天台宗創始人最澄大師（圖一）及眞言宗創始人空海大師（圖二）留學中國，研究佛學，歸國後，將中國蒸青綠茶的技術傳入日本。有人說最澄是第一個將茶樹引進日本的。而另一說法則將這個功勞給了空海。當年空海及第十二回遣唐使賀能一行赴唐都長安求學。渡海時遭遇颱風，被吹向南方，漂泊至海南島，再經由陸路北上到福建霞浦。空海等人長途跋涉，疲憊不堪，霞浦居民款以上等茶葉，又用泡茶後的茶葉爲他們清洗傷口。空海飲

圖一：最澄（Saicho, 767–822）

茶後倍感清新，體力大增，認爲茶葉苦寒平和的性味能提振精神，對坐禪將會大有裨益。於是學習了製茶方法，並要了一些茶葉和茶樹苗，帶回了日本。今日日本最普遍的煎茶，製作方法其實是「蒸」而非「煎」，係仿自浙江的龍井。煎茶帶有淡淡的甜味和澀味，一般煎茶的蒸製時間約三十秒，超過三十秒的叫作「深蒸煎茶」，茶葉中的苦澀味道會比一般煎茶淡一些。

圖二：海南島南山寺的空海（Kukai, 774–835）銅像

中國茶與佛寺密不可分。佛教僧侶修行的方式是「禪定」，只能靜坐，不可臥床，因此又叫「坐禪」。坐久了打瞌睡，得靠喝茶提神。這就是白居易所謂的「破睡見茶功」。除了坐禪，聽老禪師講道，更是昏昏欲睡，只好猛灌濃茶。因此寺院內都專設布置高雅的茶室及茶亭。每天有茶宴，擊鼓聚僧侶，團團圍住飲茶。當年佛陀十大弟子之一的阿泥樓尊者在佛陀某次說法時打瞌睡，在酣睡中，被佛陀叫醒呵責，這是沒喝茶的緣故啊。

中國江南的佛門名茶相當有名，我常聽到「濟公佛茶」，二〇〇二年還特地到杭州靈隱寺一遊，想瞻仰濟公佛像（參見圖三 a），並一探佛茶的奧義。靈隱佛茶的葉形扁平、光滑、翠

▲圖三a：小女孩和濟公石像玩耍

綠、整齊，一經沖泡，湯水碧綠清爽，香氣四溢，經久不散。這種佛茶號稱具有清心寡欲、養氣頤神、明目聰耳、沁人心肺之功能。靈隱佛茶的用水是著名的韜光泉水，從北高峰半山腰間的韜光金蓮池中用中間鑿空的長毛竹，一根連一根引到靈隱寺。韜光泉水清洌甘美，礦物質相當豐富，以此泡茶，相得益彰。

我詢問靈隱寺僧人「濟公佛茶」的細節，僧人頗爲不

▼圖三b：虎跑泉

悅，支支吾吾地答不清楚。後來才搞懂，「濟公佛茶」的產地不在靈隱寺而在天台縣，是栽種在天台山上海拔一千公尺的茶。傳說濟公出家前，曾與一位老僧在天台山一塊品茶，慨嘆當時天下昏暗無明。老僧以不同的水溫沏茶，讓濟公感受水溫與茶色香味之間的變化。濟公因此領悟出浮生若茶。濟公雖然出家在靈隱寺，但後來寺內鬥爭，被排擠趕去淨慈寺，最後圓寂於虎跑寺。而虎跑寺所在地的「虎跑泉」，號稱天下第三泉（圖三b）。我在虎跑寺看到一個大茶壺，上面書寫「江南第一茶」（圖四a）。蘇

▲圖四b：虎跑泉的斷尾田螺

▼圖四a：虎跑寺的大茶壺

軾有詩讚曰：「道人不惜階前水，借與匏樽自在嘗。」龍井茶用虎跑水浸泡，清香四溢、味美無窮，被稱爲「龍虎鬥」。龍井茶葉虎跑水，被譽爲「西湖雙絕」。我仔細檢視能泡出好茶的虎跑泉時，在泉水中撿到斷尾田螺，以爲是燒田螺被吃完丟棄在水中的外殼（圖四b），沒想到竟然是活生生的田螺，實在神奇。

09 性別無差異的實相

我閱讀美國歷史，提到許多偉大的女性，爲爭取女權而努力，最早一位當屬美國第二任總統亞當斯的夫人艾碧蓋爾（圖一），她在一七七六年寫信給先生，提醒發起獨立宣言的袞袞諸公要照顧女性權益。她說：「不要把無限的權力放在丈夫的手中。記住所有的男人都有可能會變成暴君（Do not put such unlimited power into the hands of husbands. Remember all men would be tyrants if they could）。」之後女權逐漸抬頭，美國女權運動的先驅領袖斯坦頓（圖二）終其

圖一：艾碧蓋爾（Abigail Adams, 1744–1818）

圖二：斯坦頓（Elizabeth Cady Stanton, 1815–1902）

一生都爲平等權利而發聲。她跟友人於一八六九年成立全國婦女選舉權協會（National Woman Suffrage Association），爲倡導婦女投票權而努力。斯坦頓說：「過去的歷史是朝向平等權利的漫長掙扎（The history of the past is but one long struggle upward to equality）。」這幾位女權運動先驅的理念在薪火相傳的努力下，促使美國國會根據美國憲法，於一九二〇年八月十八日通過第十九次修正，賦予了美國婦女投票權，婦女終於有完整參與政治活動的權利。

美國女權運動者的行誼讓我聯想起「空行母」。二〇一〇年七月我去了一趟香港，回台灣的路途，順手翻閱飛機上的雜誌，發現一幅「那若空行母」（Naro-dākinī）佛像照片，就模仿畫出來（圖三），這是我第一次畫女性佛像。空行母（Dākinī）的梵音譯爲「荼吉尼」，意爲在空中行走之人（因此英文翻譯爲Sky Dancer）。空行母是女性神祇，有超凡能力，可於空中飛行。空行母源於藏傳佛教，代表智慧與慈悲的女神，其來有自。西藏是母系社會，有「子從母姓」的風俗。「吐蕃」時期（西元八世紀），西藏軍事力量強大，而女性的地位極爲重要，后妃在政治

圖三：我模仿畫那若空行母

上影響了吐蕃王的決策，在泛靈信仰、鬼神系譜上，女性神祇也占有一席之地。如西藏國王松贊干布之妻文成公主，以女身修行本尊空行獲得涅槃，藏人稱她文成公主・空行母。我模仿畫那若空行母，那若（Naro）是智慧之意，其原作爲十七至十八世紀之銅鎏金像，局部泥金彩，高度三三・五公分，收藏於西藏拉薩的羅布林卡（Norbulingka）。或許要強調空行母的母性慈悲，大部分的空行母雕像都以豐乳細腰的方式突顯出女性特徵。

空行母的角色突顯出女性在藏傳佛教歷史的地位。空行母的呈現方式樣態涵蓋了廣泛的想法，因此被形塑成許多不同的形式，很難清楚地予以定義。這些女性神祇的形象，以人類或非人類的形式呈現出憤怒女神、佛法，以及開明的密宗修行者。這些形式往往代表女性的覺悟，而其開示則被藏傳佛教直接珍藏於文章，對沮喪或困惑的信眾提供偉大啓示。身爲佛法的指南及保護者，空行母的不同形式以夢想、幻想或啓示的方式傳播資訊，保護密法修行者。她的外觀頗能吸引新一代信眾的注意力，也開創了一種全新的洞察力。空行母是極重要的佛教及女性象徵，更是至高無上的智慧。人若能信奉這個智慧，便能立地成佛（Embracing such wisdom, one becomes Buddha）。

研究藏傳佛教的德國學者岡瑟（Herbert Guenther, 1917–2006）主張空行母泛指「以女性形象示現的天人，她們具有明淨的虛空本性，在天空中悠走自如。」而另一位學者羅賓森（James Robinson）則定義空行母爲「證悟空性的女性」，也就是「智慧的女性化身」。中國早期小乘佛教

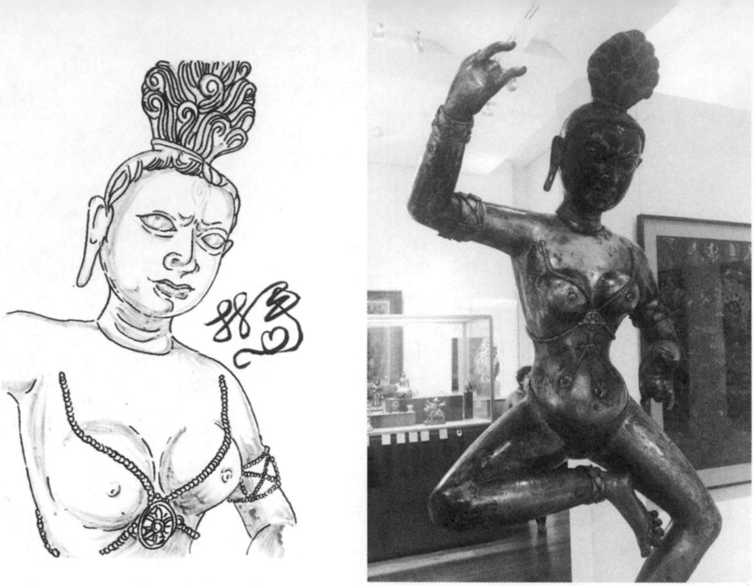

圖四：我素描法國巴黎吉美國立亞洲藝術博物館的空行母金像（巴黎Musée national des arts asiatiques – Guimet典藏）

歧視女性，是貪慾不淨的對象。大乘佛教逐步修正對女性的看法，認爲男女有同等的證悟能力。藏傳佛教強調空行母的女性特質，當大男人沙文主義質疑女性證悟能力時，空行母足以闡明佛性本無「性別差異」的實相。這種辯證和美國女性爭取「性別無差異」人權的立論有異曲同工之妙。二〇一六年四月二十九日我拜訪法國巴黎吉美國立亞洲藝術博物館，很驚喜地見到一座空行母的金像，拍攝如圖四，並予以素描。這是一幅皺眉空行母。

二〇一六年十二月十八日我到佛光山佛陀紀念館參觀。特別去看紀念館內的明清宮廷佛教藝術展「紫禁佛光」，當中展示珍貴的乾隆皇帝佛裝像唐卡，主尊是身著僧衣的乾隆皇帝，頭戴班智達帽，右手結說法印，左手托寶瓶，全跏趺坐在盛開著蓮花的金剛座上。唐卡金剛座座下兩側集結著以空行母爲主的群像，法像莊嚴，表情生動。

10 千變萬化觀世音

佛教文化所展現的藝術美學在世界藝術史上占有一席之地，而在佛像相關的藝術作品中，以觀世音菩薩的形像變化最繁多，式樣最豐富。觀世音菩薩深受民間廣大的信仰，極為普遍。我參觀歐亞各處美術館及廟宇，往往會看到觀世音菩薩雕像，無怪乎有「家家彌陀佛，戶戶觀世音」的說法。我們常聽到「南無觀世音菩薩」，「南無」是梵語，意指禮敬、皈依、救我及度我。菩薩是梵語「菩提薩埵」。「菩提」代表「覺」，「薩埵」則是「有情」，因此菩薩意指「覺悟世間情」。「觀」代表能觀的智慧，「世」則是「所觀的境界」，觀世人稱彼菩薩名之音而垂救。所謂「苦惱眾生，一心稱名，菩薩即時觀其音聲，皆得解脫，以是名觀世音。」唐代官員拍唐太宗李世民的馬屁，忌諱「世」字，將「觀世音」改為「觀音」，格局和意境皆大打折扣。

觀世音雕像早期出現在魏晉南北朝的石窟寺院中，例如西秦時代甘肅炳靈寺的雕像。二

圖一a：吉美博物館（Musée national des arts asiatiques – Guimet）

○一五年我訪問巴黎，在吉美博物館（圖一a）看到一座唐朝甘肅敦煌莫高窟的八臂觀世音像，是彩色嵌象牙木雕（圖一b）。八臂觀世音菩薩修持正見、正思惟、正語、正業、正命、正精進、正念、正定等八正道成就。多首多臂觀世音菩薩來源在《楞嚴經》有明確敘述：「觀世音菩薩，以修證圓通無上道故，能現眾多妙容，由一首乃至一百八首、千首、萬首、八萬四千爍迦羅首。由二臂、四臂，乃至一百八臂、千臂、萬臂、八萬四千母陀羅臂，由二目、三目乃至一百八目、千目、萬目、八萬四千清淨寶目。」

依《觀無量壽佛經》敘述的觀世音形象：「……頂有肉髻，項有圓光……頂

圖一b：八臂觀世音（巴黎Musée national des arts asiatiques – Guimet典藏）

上毗楞伽摩尼寶以爲天冠。其天冠中有一立化佛，……觀世音菩薩，面如閻浮檀金色，眉間毫相，備七寶色，……臂如紅蓮華色，有八十億微妙光明，以爲瓔珞。……手掌作五百億雜蓮華色，手十指端，猶如印文，……足下有千輻輪相。」我在台北佛光道場看到早期觀世音菩薩的雕像，臨摹其臉部（圖二）。該雕像線條厚重，身軀比例勻稱，衣著樸實，裝飾單純，服飾緊密貼身，袍服裹身，赤足立於蓮座上，簡樸靜美。

我在台北佛光道場看到另一造型的觀世音像（圖三），是宋朝的風格，觀世音像頭頂上覆以頭巾。當時的仕女流行披頭巾，命婦們以披頭巾爲貴，故觀世音像的天冠不顯，而是易以頭巾。元明清三代之觀世音像沿襲此風格，頭頂覆頭巾的形象時時可見。

二〇一五年十月我到日本宮城縣松島參觀了瑞巖寺的分寺「五大堂」（圖四a）。五大堂紀念五大明王，於八〇七年以桃山建築手法興建，木造屋頂爲單層造型，其頂部有中國十二生

圖二：台北佛光道場的觀世音菩薩雕像

肖之雕刻，現成爲日本重要文化資產。瑞嚴寺是臨濟宗妙心寺派寺院，寺外有洞窟，洞窟外放置三十三尊觀世音石像，相當古樸。第一尊觀世音像是如意輪觀音菩薩（圖四b）。臨濟宗倡導「般若為本、以空攝有、空有相融」，其禪風比較剛勁。

二〇一六年七月我到日本京都訪問三十三間堂（圖五a），其正式名稱爲「蓮華王院本堂」，興建於一一三二年，正殿供奉著一千零一座千手觀世音菩薩像。中央的千手觀世音菩薩坐像爲日本國寶，而一千尊千手觀世音菩薩立像神態各異，沿兩側展開，相當壯觀。這些觀世音菩薩佛像以鑲嵌技術製作，頭上有十一個臉，四十隻手，每隻手都握了二十五種拯救蒼生的法器。四十隻手乘以二十五種法器以表

圖三：宋朝風格的觀世音像

示「千手」。可惜正殿不准拍照，匆忙之間我也來不及素描，沒留下紀錄。圖五b是我在吉美博物館拍攝的十一個臉的觀世音菩薩頭像，與三十三間堂的雕像類似。《大悲心陀羅尼經》記載千手千眼係菩薩發願利樂有情之後而形成：

> 「若我當來，堪能利益、安樂一切眾生者，令我即時，身生千手、千眼具足。發是願已，應時身上，千手千眼，悉皆具足。」

三十三間堂屬於京都市東山區天台宗妙法院的境外佛堂。「間」是日本用在神社和寺院建築衡量長度的單位，蓮華王院的正殿長度爲三十三間，故以此爲堂名。「三十三」另有意涵，《法華經》曾記載觀世音菩薩以三十二種姿態拯救眾生。天台宗是隋朝時智顗大師所開創，其主要弘傳的經典是《法華經》。經中「觀世音菩薩普門品」記載，觀世音菩薩發大慈悲願力，爲救渡眾生遠離苦難，故方便顯化，現三十二應化身。三十三間堂算是三十二應化身加上本尊吧？我在正殿奉獻了蠟燭，祈福交通大學的校運興隆（圖六a）。我讀吉川英治的小說《宮本武藏》，敘述著名道館吉岡家的繼承人傳七郎和武藏（圖六b）決鬥，就是在三十三間堂。宮

圖四a：五大堂

圖四b：如意輪觀音菩薩

本武藏是劍客，也是雕刻家，以刀決鬥殺人，也以左手的刀雕刻不動明王佛像，有相當不錯的藝術評價。

本文提到八臂及千臂觀世音。新加坡最靈驗的神祇則是十八臂觀世音。二〇一七年四月我來到新加坡，路過滑鐵盧街（四馬路）上最有名的觀音堂佛祖廟（Kwan Im Thong Hood Cho Temple，圖

圖五a：三十三間堂

七），該廟建於一八八五年，供奉三目十八手觀世音，亦即密教六觀世音之一的準提觀世音。準提意爲清淨，不同於千手千眼觀世音菩薩。一九四一年太平洋戰爭時日本空襲新加坡，整條四馬路被夷爲平地，唯獨觀音堂完整無缺，於是成爲新加坡香火最旺、籤文最靈驗的廟宇。剛到新加坡的外來者，工作不順時常來此拜拜，沖花水去晦氣。

圖五b：觀世音菩薩像的十一個臉（巴黎Musée national des arts asiatiques – Guimet典藏）

二〇一六年十二月我到韓國首爾南方的牙山，拜訪該地的曹溪宗白蓮庵（圖八）。曹溪宗（Jogye Order of Korean Buddhism）已在韓國傳承一千兩百年，是韓國最大的佛教宗派，以《金剛經》爲宗經，宗旨是「自覺覺他、覺行圓滿」，提倡「直指人心、見性成佛、傳法度生」。朝鮮王朝於數百年間推行崇儒斥佛政策，結果佛教隱退山中，與世隔離。在朝鮮的歷史，屢見中國與日本入侵，而佛教僧侶們以國家爲己任，傾巢而出對抗外侮。因此在日據殖民時代遭受嚴厲鎮壓。現代韓國不禁宗教，然而宣揚佛教，也任務艱鉅。現代社會有那麼多的享受時，很少人會剃光頭髮，在深山裡過著苦行僧的生活。

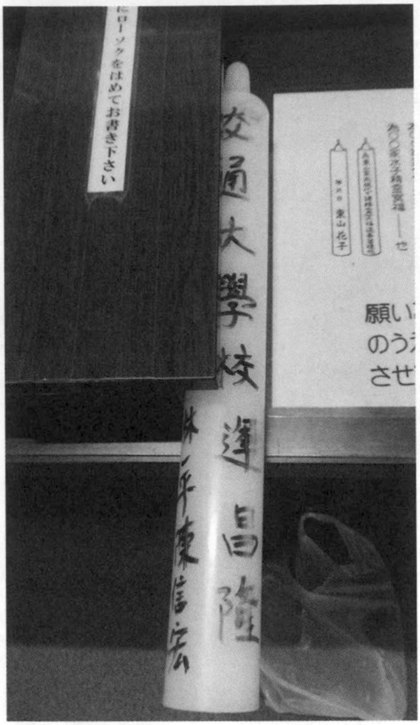

圖六a：奉獻蠟燭

圖六b：宮本武藏（1584–1645）

圖七：新加坡觀音堂佛祖廟

牙山白蓮庵顧名思義，是尼姑庵。韓國比丘尼的生活與古代傳統的寺廟生活十分接近，秉承嚴格的僧格教育和佛法學修。韓國比丘尼在出家前的考驗和出家後的修行幾乎完全依循古制，嚴格的學修生活對比丘尼而言是必須的鍛鍊。比丘尼出家年齡限於二十歲到五十歲之間。有趣的是，白蓮庵牆壁的觀世音畫像皆爲男相，都有鬍鬚（圖九）。

觀世音形像的經典依據來源有三：《法華經》、《淨土三經》及《華嚴經》。而中國觀世音像的創作，經過時代的變遷，融入中國文化，脫離印度域外形象，完全轉變成中國人相貌，外形由端正莊嚴的男子，演變成逸麗婉約的女子，這是相當有趣的變化。現代中國的觀世音皆爲女相，能在韓國看到男相佛像，相當驚喜。本文部分內容參考陳清香所著《觀音菩薩的形像研究》。

圖八：韓國牙山曹溪宗白蓮庵

圖九：白蓮庵的觀世音菩薩壁畫

11 曇花一現為韋陀

二〇一六年十月我到愛丁堡的蘇格蘭國家博物館（National Museum of Scotland）參觀，看到一尊韋馱神像（圖一a）。這尊韋馱神像朝向博物館大廳。我看了擺設這兩座佛像的方式，忍不住稱讚蘇格蘭人有學問。漢傳佛教的寺院擺設韋馱神像，都是面向大廳，護衛佛祖（圖一b）。

我小時候喜讀神怪章回小說，在《濟公全傳》第一次認識韋馱，書中稱韋馱為韋

圖一：蘇格蘭國家博物館（National Museum of Scotland）的韋馱神像與佛陀

陀，提到濟公叫徒弟趙斌扮韋陀嚇唬壞人。韋馱能被濟公點名冒用，這個神祇一定非同小可。《封神榜》敘述韋馱的出處，是道行天尊的三大弟子之一。另外兩位是韓毒龍和薛惡虎。這兩位難兄難弟，一出場就被送往十絕陣中殞命。只有韋馱很替師父爭氣，成爲封神榜中肉身成聖的七人之一。

韋馱天（Skanda）爲執金剛神（Vajradhara）之一，身披盔甲，手持降魔杵。他是南方增長天王手下八神將之一，護持佛法，保佑僧侶及居士，因此其畫像常被印在佛經末頁，以示護持。佛祖滅度後，有捷疾鬼偷走了佛祖的兩顆牙齒，韋馱追趕擒獲捷疾鬼，奪回佛牙，因此被封爲護法神。中國佛教的寺院大部分有大雄寶殿，韋馱通常朝向殿內，面對佛祖，以鎭護道場。在日本禪宗，韋馱是快速的象徵，有「韋陀天走」的俗語。日本人不但要他守護僧侶，還要照顧廚房，以及小孩病痛，難怪手腳要快速俐落。

有一首詩寫著：「曇花一現爲韋陀，這般情緣何有錯，天罰地誅我來受，蒼天無眼我來開。」小學生都能朗朗上口「曇花一現」這句成語，但曇花爲何因韋陀而一現？中國民間傳說曇花是花神，愛上了每天爲她鋤草的青年。玉帝知道了不高興，把花神貶爲只能開一瞬間的花，並將青年送去靈鷲山出家，讓他忘記前塵，賜名韋馱。花神忘不了韋馱，選在他上山採春露，爲佛祖煎茶之時開花，希望能引起韋馱注意。遺憾的是，韋馱已不認得她。有分教：「緣起緣滅緣終盡、花開花落花歸塵。」

中國民間爲花神和韋馱編出淒美的故事。其實曇花起源於梵文的優曇花（Udumbara），《法華經．方便品》有云：「佛告舍利弗，如是妙法，如優缽曇花，時一現耳。」唐朝李延壽撰《南史》，曰：「優曇華乃佛瑞應，三千年一現，現則金輪出世。」故稱不世出之物爲「曇花一現」，是稀有難逢之大事。於是乎張謂〈送僧〉有警句：「手持貝多葉，心念優曇花。」

今日我們提到的曇花並非優曇花，而是墨西哥地區的大仙人掌夜間花（Epiphyllum），此花大多爲純白色，盛開時如碗口大，花重瓣，花瓣披針形。熱帶沙漠地區的氣候乾燥，白天溫度高，曇花避免烈日，在晚上開放，至次日清晨凋謝。因爲此花與稍縱即逝的優曇花相似，故取名爲「曇花」，其實和中國古時候所稱的曇花無關。

二〇一六年我訪問法國巴黎吉美國立亞洲藝術博物館，該博物館收藏的韋馱天騎著孔雀（圖二 a），手中並未持降魔杵，和中土的少年武將形象大不相同。中土寺廟的韋馱，手持降魔杵的方式有特別含意。如果降魔杵是扛在肩上，表示大寺廟，可以招待掛褡的僧人免費吃住

圖二a：韋馱天（巴黎Musée national des arts asiatiques – Guimet典藏）

圖二b：李蓮英扮演韋馱天

三天。如果降魔杵平端於手，表示中等規模的寺廟，可以招待僧人免費吃住一天。如果降魔杵指向地面，則表示小寺廟，無法招待雲遊到此的僧人免費吃住。僧人投宿掛單時先瞧瞧降魔杵的擺法，就心照不宣了。蘇格蘭國家博物館的韋馱神像合掌，將降魔杵平端於手，不知博物館的餐廳是否可招待吃住一天？清末慈禧太后曾在北京萬壽寺扮演觀音照相，觀音有韋馱護法，於是乎由心腹太監李蓮英扮作韋馱（圖二b）。他雙手合十，橫杵於手肘上，格局和蘇格蘭國家博物館的韋馱一樣。二〇一六年十二月十八日我到佛光山佛陀紀念館參觀。吳淑華師姑特別

圖三：媽閣廟正覺禪林

帶我看紀念館內的明清宮廷佛教藝術展「紫禁佛光」，當中展示慈禧太后親手抄寫的《般若波羅蜜多心經》。第一頁是慈禧太后扮觀音的畫像，最後一頁則是雙手合十，橫杵於手肘的韋馱畫像。這幅韋馱神像俊美，應該不是李蓮英的扮相。

二〇一六年十一月我來到澳門媽閣廟參拜（圖三），該廟建於一四八八年，至今已有五百多年歷史，也是第一批葡萄牙人上岸的地方。葡萄牙人上岸後問本地人，這個地方叫什麼名字？本地人誤以爲在詢問廟宇的名稱，答說「媽閣」，於是MACAU就成了澳門的葡文名稱了。媽閣廟屬於道教，卻也在媽祖的虎邊供奉著韋馱，可見澳門是佛道合一的。

圖四：佛光山台北道場的韋馱像
◀a 舉起降魔杵
▲b 降魔杵拄地

我在佛光山台北道場參訪，看到供奉的韋馱天有高舉降魔杵，戟指天際（圖四a），也看到降魔杵拄地的韋馱天（圖四b）。在佛教的早晚功課中，有《韋馱讚》，讀者們可一起念：「韋馱天將，菩薩化身，擁護佛法誓弘深。寶杵鎮魔軍，功德難倫，祈禱副群心。南無普眼菩薩摩訶薩，摩訶般若波羅蜜。」

12 護法天王

讀過《封神演義》的讀者們都知道佛教中的四大天王（Caturmaharajakayikas）就是魔家四將。四位兄弟中，南方增長天王（Vidradhaka）手握寶劍，傳令眾生，增長善根，護持佛法。東方持國天王（Dhritarastra）手持琵琶，是主樂神，表明他要用音樂感化眾生皈依佛教。北方多聞天王（Vaisravan）手擁寶傘（或作寶幡），以福、德聞於四方，護持人民財富，因此又名施財天，是古印度的財神。西方廣目天王（Virapaksa）手纏雪貂，以淨天眼隨時觀察世界，護持人民。四大天王以北方多聞天王最尊（凡夫俗子愛財神，自然最尊）。四大天王中手執寶劍鋒利，影射一個「風」（鋒）字。手彈琵琶，影射一個「調」（彈）字。下雨時撐開寶傘，影射一個「雨」字。撫順雪貂，影射一個「順」字。因此四大天王也被稱爲「風調雨順」。《封神演義》的魔家四將受封於姜子牙，乃小說者言，在佛教，四大天王樣貌莊嚴，是地位崇高的護

圖一：我畫俱毗羅

法正神，護持著佛法，幫助眾生修煉得法。

我於二〇一〇年前常到大陸旅遊，在蘇州廟宇看到不少四大天王，有些站立，有些抬一腳。據說古代廟宇的四大天王若是兩腳站立，就是仿照明朝之前的規模。若是有一隻腳抬起，則是明朝以後的建築。其說法是，當年朱元璋在廟裡當和尚，掃到四大天王跟前時，命令四人把腳抬起來，掃完地後，卻忘記命令他們放下。從此以後，民眾大拍皇帝馬屁，建造神像時，四大天王都是抬腳的。其實天王們不會聽命於凡間的皇帝。中國佛教的四大天王相對應於印度教的方位護法（Lokapala），在八世紀前半葉傳入中國的天王像，頗多是抬一腳的。

印度方位護法包括東方的閻摩（Yama）審判死者，掌管地獄。隨著佛教傳入中國，即是閻羅王。南方的因陀羅（Indra），梵文是「王者」的意思，控制氣候與戰爭。中國古代佛經翻譯為「帝釋天」，道教則將之轉化為玉皇大帝。西方的伐樓拿（Varuna）司宇宙天則及海水。北方的俱毗羅（Kubera），梵文是「多見聞」的意思，司財富。佛教以Lokapala為藍本，創立了自己版本的四大天王，其中西方的廣目天王與伐樓拿相同，都率領那伽族，北方的多聞天王與俱毗羅一樣是財神。我曾模仿畫俱毗羅，如圖一所示。

二〇一六年我訪問法國巴黎吉美國立亞洲藝術博物館，該博物館收藏大量的亞洲藝術品，為亞洲地區之外最大的亞洲藝術收藏地之一。承蒙該館通融，讓我拍了不少照片，當中有第七、八世紀甘肅莫高窟的方位護法，如圖二所示。能看到這些眞跡，相當興奮。博物館也收藏大量的西藏文物。當中藏傳佛教中的財神臧巴拉（圖三），相當於印度的俱毗羅，代表豐厚與充沛，能帶來身心靈無限量的財富，滿足眾人之願。比起多聞天王與俱毗羅的形象，臧巴拉的雕像相當福泰，較有財神的架式。二〇一六年十月，我到英國愛丁堡的蘇格蘭國家博物館參觀，也看到一座十世紀的俱毗羅的紅色石雕，這個財神到處被收藏，頗受歡迎。

在吉美博物館也看到了密跡金剛（圖四），是佛教護法神的天界夜叉，現忿怒相，手持金剛杵。有一說法，他的位階低於多聞天王（毗沙門天）。密跡金剛長期保護釋迦牟尼佛，近水樓台，想必從釋迦牟尼處領受了許多教法。這些不為人知的教法，後來傳承給一些有神通的修行者，形成了大乘佛教中許多經典的源由。我參訪京都三十三間堂時，也看到了密跡金剛的銅像，可惜不准拍照留念。二〇一六年十二月我到台北故宮參觀，看到一座八世紀前半葉的唐三彩天王俑，和吉美博物館的方位護法是同一風格的作品，但是戴的帽子迥異，都非常有特色，不似中土樣式。這是前日本首相佐藤榮作夫人贈送台北故宮，雖名為南方增長天王（Vidradhaka），其實是更早於四大天王的方位護法。不管是吉美博物館或是台北故宮的唐三彩

圖二：方位護法（巴黎 Musée national des arts asiatiques – Guimet典藏）

▶圖三：藏巴拉（巴黎 Musée national des arts asiatiques – Guimet典藏）

▶圖四：密跡金剛（巴黎 Musée national des arts asiatiques – Guimet典藏）

天王俑，腳踩的底座都有一個洞口，是在燒製唐三彩時通風用的，以免爆裂。

13 天眼神通

我就讀國小時，沉迷於《西遊記》及《封神演義》這些章回神話小說，相當憧憬嚮往小說中敘述的「天眼」神通。《大乘義章》：「神通者就名彰名，所爲神異，目之爲神。作用無擁，謂之爲通。」換言之，神通是妙用無礙之意。天眼神通相當於今日寬頻影像監控系統，在神話小說中可分爲兩派。第一派有實體的天眼裝置，代表人物是「二郎神」楊戩。《西遊記》敘述二郎顯聖眞君楊戩，戰鬥力與大鬧天宮的齊天大聖平分秋色（兩人都會七十二變化）。但他有寬頻影像監控系統，亦即第三隻天眼，因此打敗孫悟空。另一位有實體天眼這種無線感測技術的著名人物是《封神演義》中的雷部正神聞仲。他的神目能辨忠奸善惡，是非黑白，當他發怒時，神目會睜開，白光現尺餘遠近。《封神演義》還提到幾位有三眼的人物，如呂岳、殷郊、溫良及馬善。《封神演義》並未交代這些神目的技術規格，因爲這幾位人物還未施展神功就陣亡了。

圖一：我收藏的廣目天王木雕

另一派的「天眼神通」是虛擬裝置，是佛門的天眼智證通。《大智度論》記載所謂的六大神通，包括神境智證通、天眼智證通、天耳智證通、他心智證通、宿命智證通，和漏盡智證通。佛陀十大弟子之一的阿泥樓尊者是天眼智證通高手。他的天眼如何練成？據說佛陀某次說法，阿泥樓大概太操勞，以至於昏昏入睡，在酣睡中，被佛陀叫醒呵責。阿泥樓覺得慚愧，乃立誓不眠，以致患眼疾而失明。不過他的修行突飛猛進，心眼漸開，終於成爲佛陀弟子中「天眼第一」，不但像今日台灣街頭到處安裝的攝影監視系統，甚至有擴增實境（Augmented Reality）的效果，能見天上地下十方域之六道眾生。阿泥樓尊者意譯作無滅、如意、無貪、隨順義人、不爭有無。他是古代印度迦毗羅衛國城之釋氏，佛陀之從弟。據《佛本行集經》卷五十八記載，阿泥樓與阿難、難陀、優婆離等，在佛陀成道後回鄉之時出家爲弟子。佛陀入滅之際，他侍立於涅槃床前守護。佛陀涅槃後，他曾參加第一次結集（類似佛教的學術研討會議），貢獻卓著。

天眼乃是修眞達到一定境界時，可看見異相，例如人類的三魂七魄和一些鬼怪妖氣的變化（依此推論，天眼的頻率已遠遠超過可見光）。據聞功力高深的修眞者，能以電磁感應原理，施展法力在普通人的額頭上，打開天眼，只不過無法維持很長時間，就會自然關閉。楊戩額頭

圖二：廣目天王（巴黎 Musée national des arts asiatiques – Guimet典藏）

圖三a：濕婆神（巴黎 Musée national des arts asiatiques – Guimet 典藏）

圖三b：蘇格蘭國家博物館的帕爾瓦蒂

上的天眼是天生的，並且已經實體化，如同眞正的眼睛，所以威力強過一般修眞者的天眼。

佛門的天眼智證通和楊戩額頭上的天眼相比，何者爲強，難以論定。不過，修眞者的天眼似乎易練難精。而佛門的六大神通，都非常難練，意志不堅者，根本無法練成。一旦練成，則是博大精深。據聞，除了佛界中的幾位至尊外，無人能練成六大神通。例如佛教的四大天王中的西方廣目天王，擁有「淨天眼」（Pure Deva Eye）。《中阿含經》卷十三曰：「已得靜正住。逮得淨天眼。」讀者諸君可能看不懂《中阿含經》，看一段英文說明就知曉：「The pure deva eye can see all things small and great, near and far, and the forms of all beings before the irtransmigration.」換言之，淨天眼具有特殊影像辨識技術，即使嫌疑犯變裝，淨天眼仍然可以還原，立即辨認。

我和廣目天王相當有緣。一九八六年我在美國西雅圖留學，逛市區的中國城，在一家骨董店看到一個木雕神像，不知祂是何方神聖，卻很喜愛其造型，花二十元美金買下。三十年間我多次搬家，一直帶著這尊佛像。二〇一六年我訪問法國巴黎吉美國立亞洲藝術博物館，看到了很多尊和我買的木雕類似的佛像，標明是廣目天王，才恍然大悟。我爲吉美博物館當中的一尊廣目天王像拍照，如圖二。

吉美博物館的廣目天王沒有第三隻眼，但館內不少雕像具有額外的眼睛。例如印度教的濕婆神（圖三 a）。當他的妻子帕爾瓦蒂（Parvati，圖三 b）從後面用雙手摀住他的雙目，濕婆額頭就瞬時迸出第三隻眼，能噴出神火，毀滅被指到的事物，在宇宙週期性的毀滅之際，他會用這隻眼睛殺死一切生物。帕爾瓦蒂是面貌姣好、身材曼妙的女神。二〇一六年十月，我到英國愛丁堡的蘇格蘭國家博物館參觀，曾近距離觀察一座帕爾瓦蒂的石雕，頗爲驚豔。

濕婆神的天眼已如同雷射武器。而大部分的學理認爲第三眼是引導人通往內部領域和更高意識的一扇門，在宗教上往往代表清晰的視野及洞察力。有理論宣稱古代人類實際上有第三隻眼睛。人類隨著時間進化後，這眼萎縮，陷入成爲松果體（pineal gland）。松果體保持光的敏感，負責生成和釋放一種致幻劑，瞬間於出生和死亡時大量排出體外。在佛教中，有不同鍛鍊天眼神通的技術以打開神眼（divine eye）或讓視野清晰（clean the vision），最終目標是理解存在的眞理。在佛教體系，大乘及藏傳佛教往往比小乘佛教更看重實踐這些知識。

14 海倫的珠寶

我小時候有一個夢想，一直以爲圓夢的地點在德國柏林，一輩子到不了，於是隨其機緣，不加勉強，未料到柳暗花明又一村，經過四十五年後，我在俄羅斯的莫斯科圓了這場夢，似乎在冥冥中建水月之道場，圓夢中之佛果。

一九六〇年代的《國語日報》每星期有一版面專門報導地理及歷史故事，當中對希臘古蹟常有描述。我小時候多次閱讀，一直對特洛伊城（Troy）和美女海倫有幻想，主要是受到斯里曼（圖一）的影響，《國語日報》敘述斯里曼的傳奇，就像電影《印第安那瓊斯》（*Indiana Jones*）讓我著迷。這位早年貧困的德國人經商致富，將其財富投入考古學探險。斯里曼小時候聽他父親提到特洛伊城的故事，說該城已成廢墟，未曾留下存在的證據。斯里曼認爲木馬屠城眞有其事，和父親辯論，立志要找到特洛伊城。然而他的家境窮困，只好在十四歲時到雜貨店

圖一：斯里曼（Heinrich Schliemann, 1822–1890）

當學徒，從此顛沛流離，混跡於江湖，在這段期間他力求上進，以自創的方法，很有系統地學會十二種語言。

一八五〇年斯里曼經商致富，於四十七歲時得償宿願，開始進行尋找特洛伊城的考古學探險。爲了到希臘考古學探險，他登廣告徵婚，娶了十七歲的希臘美女索菲亞（Sophia Engastromenos, 1852–1932），協助他處理希臘相關事務。於是一個瘋狂的商人帶著美貌如花的年輕夫人，跑到達達尼爾海峽口四哩處（靠近亞洲那一側），土耳其西北的一個小村莊西薩力克（Hissarlik）。斯里曼堅信這就是特洛伊城的所在地。然而大多數考古學家都不看好他的說法，等著看他亂挖鬧笑話。結果他眞的在地平面以下二十三—三十三呎挖到了城市遺跡，一切和《伊里亞德》描述的特洛伊城相符。他並找到金製寶物九件，稱之爲「普利阿莫寶藏」（Priam's Treasure，普利阿莫是特洛伊國王的名字）。索菲亞穿戴「海倫的珠寶」（The Jewels of Helen）公開亮相。我在七年前畫了穿戴「海倫的珠寶」的索菲亞（圖二），依照個人的想像，將其頭飾畫得五彩繽紛。

圖二：索菲亞（Sophia Engastromenos, 1852–1932）穿戴「海倫的珠寶」

斯里曼於一八七四年將整個發現紀錄，出版專書 *Trojan Antiquities*。一八七七年六月八日，倫敦的皇家考古學會召開特別會議，授勳給斯里曼夫婦。二十五歲的索菲亞當場演講，讚美希臘的天空與思想，得到如雷掌聲。斯里曼熱淚盈眶，不敢置信當年登報徵婚會有這麼好的結局。不過糗的是，後人證實斯里曼挖到的並非特洛伊城，而是比特洛伊城早一千年的古蹟。

我九歲時初次聽到「普利阿莫寶藏」，深深著迷，也相當遺憾寶藏在二次世界大戰後就消失於人間。待年紀漸長，記憶褪色，逐漸忘掉童年時期的迷戀。二〇一四年我初次訪問莫斯科，曾到救世主大教堂（Cathedral of Christ the Savior）參觀，而我年幼時夢幻的普利阿莫寶藏保存在教堂對面的普希金博物館（圖三），近在咫尺，我卻懵懵懂懂，毫無知覺，擦身而過。二〇一五年初，我訪問柏林，和德國官員聊天，猛然勾起多年前的回憶，詢問這個寶藏的訊息，才得到答案。原來一九四五年蘇聯紅軍攻陷柏林，偷偷將普利阿莫寶藏帶回蘇聯，保存於普希金博物館，直到一九九三年才公開承認。德國官員對於寶藏被俄國人巧奪，當然很不甘心，徒呼負負。二〇一五年底我又重返莫斯科，終於親眼目睹「海倫的珠寶」，心情興奮無比，一圓超過四十年的考古夢。圖二中我畫「海倫珠寶」的頭飾，五彩繽紛。其實這個頭飾是黃金製成，是金黃色的（圖四）。我拍了多張照片，很仔細地觀看頭飾的設計，直到晚上普希金博物館即將閉館，才依依不捨地離去。

圖三：普希金博物館

斯里曼也和佛教有淵源。他在挖掘特洛伊古城時發現了右旋萬字飾（Swastika Motifs），認爲這代表和煦的太陽，而左旋萬字（Sauvastika）則代表秋天的太陽。一八八〇年他出版《伊利奧斯》（*Ilios*）一書，提到：「在佛陀的足跡中，佛教徒認可不少於六十五祥瑞，其中第一種是右旋萬字……第四個是左旋萬字（In the footprints of Buddha the Buddhists recognize no less than sixty-five auspicious signs, the first of them being the Svastika... the fourth is the Sauvastika）。」

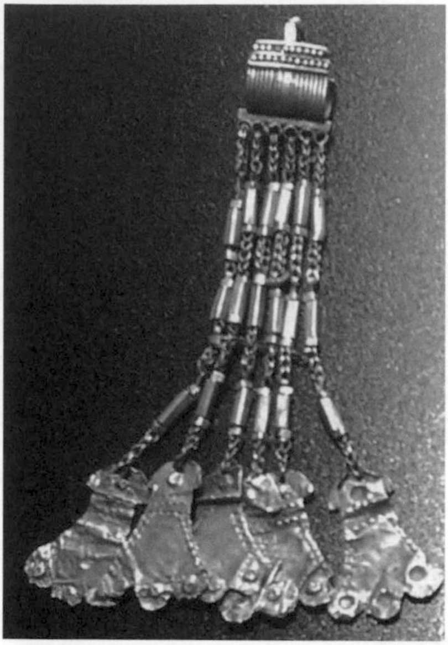

圖四：海倫的珠寶

15 狻猊與黨奴

台灣的廟宇及中式建築的門口常見一對站崗的石獅，這是漢朝以後的習俗，漢朝以前中土並無獅子，是由西域傳來的。漢朝最常見的獅名，是由梵語「Simha」翻譯成「狻猊」，後來取第一音「師」，加個犬字旁，成爲今日的「獅子」。而比西域更西邊的歐洲於史前即有獅子，因過度獵殺而滅絕，羅馬人反而從北非及中東進口獅子，將之放在羅馬鬥獸場與人格鬥。我遊歷歐洲，在皇宮及公園等指標性建築前常看到看門的獅子雕像，姿態各異，頗能表現當地的文化。二〇一五年九月我路過比利時首都的布魯塞爾王宮（Royal Palace of Brussels），這是比利時最宏偉的建築物。相傳比利時建國時，人民喜歡有個國王，就到巴伐利亞附近的一個公國找來一個國王，並無實權。王宮前面有一座法式風格的布魯塞爾公園（Parcde Bruxelles），創建於一七七〇年代，公園是引發一八三〇年比利時革命騷亂起始的地點。我在公園門口看到一對

圖一a：卡通臉石獅子

石獅子，長相相當有趣，我模仿畫出如圖一。我看過不少皇家貴族的獅子雕塑，都是雄壯威武。只有這一對是卡通臉，頗能反映出沒有霸氣的比利時國王特質。

二〇一四年十一月我到巴黎榮譽軍團勳章博物館（Musée de Légion d'honneur）參觀，裡面陳列法國和外國歷史上著名人物獲得的勳章。博物館門外有兩座人面獅身像（圖二），造型異於希臘的人面獅身像。希臘雕像一般有翅膀，而這對人面獅身像則像埃及的版本，並無翅

圖一b：我模仿畫布魯塞爾皇宮花園的石獅子

膀。我猜是拿破崙（Napoléon Bonaparte, 1769–1821）長征埃及後，由埃及人面獅身像得到的靈感？比較比利時的卡通臉獅子，人面獅身像又是另一番風味。

這次的巴黎之旅，我也參觀了橘園美術館。這座美術館是杜樂麗花園（Jardindes Tuileries）內的溫室。拿破崙三世爲了迎接西班牙王妃，在杜樂麗花園裡建造了栽培橘子和檸檬的溫室，稱之爲橘園。溫室於二十世紀初改建成爲美術館。其側門有當年遺留下來的石獅子，我模仿畫之，如圖三 a

圖二：我模仿畫榮譽勳章博物館前的人面獅身像

所示。這是有名的動物雕刻家巴列（Antoine-Louis Barye, 1796–1875）完成於一八三三年的作品。

二〇一五年二月春節期間我到台南奇美博物館參觀。在大門入口看到一座巴列的銅雕獅子（圖三b），和我在羅浮宮橘園旁看到的石獅子是同一時期的作品，形態幾乎一模一樣。我再度重逢巴列的作品，相當高興，奇美博物館的館藏眞是不同凡響。

圖三a：我素描橘園美術館建築左側的石獅子（Lion auserpent, Jardindes Tuileries）
圖三b：奇美博物館前收藏陳列的巴列銅雕獅子

巴列的獅子與眾不同，他的獨特風格是在一八三二年發展出來的。自古以來，獅子一直是權力的象徵，十九世紀的雕塑家會塑造端莊嚴肅的獅子以符合王者身分，而巴列則將獅子描繪爲凶猛、具威脅的野生貓科動物。

西方文化以獅子代表皇權，而在東方文化中佛經也以獅子來彰顯諸佛菩薩的功德。《略出經》：「於菩提樹下，獲得最勝無相一切智，勇猛釋師（獅）子。」《寶雨經》卷五載：「菩薩因修十種善法，得無上正眞之道，而爲天人師，令一切邪魔外道無不調伏；猶如獅子王具有大威力，能懾伏百獸，所向無敵。」《大智度論》敘述，正知一切法無所畏，更說：「在大眾中師（獅）子吼，能轉梵輪。」《涅槃經》也以獅子吼列舉菩薩的法門。

和獅子同源的貓兒，在佛教的地位則遠不如獅子。禪宗更常以貓兒來比喻根基卑劣、不解佛法之人。宋景德元年（一〇〇四年）的《景德傳燈錄》提到南泉設粥，請和尚念誦。南泉云：「甘贄行者設粥，請大眾爲黧奴白牯念摩訶般若波羅蜜。」黧奴是貓，白牯是牛，在禪宗公案中被當成對佛法茫然無知的人。其實貓兒保護佛經，對佛教是很有貢獻的。我年少時讀《玉匣記》，是給陽氣不旺、八字不重的朋友們看的一本書。上頭敘說忌諱之學，教導如何趨吉避凶，因此俗話說：「看了《玉匣記》，不敢放個屁。」《玉匣記》也教人如何買貓，當中有「納貓吉日」與教人挑好貓的「相貓法」。《玉匣記》有關於貓兒買賣的規劃，大概來自元朝《新刊陰陽寶鑑尅擇通書》的一則契約範本「貓兒契式」，契約上寫著：「一隻貓兒是黑斑，本在西方諸佛前，三藏帶歸家長養，護持經卷在民間。」中國無貓，種出於西方天竺國，不受中國之氣。釋氏因鼠咬壞佛經，故畜之。唐三藏往西方取經帶歸養之，乃遺種也。

由以上敘述，貓咪是唐三藏帶回中國的。之後中土佛教寺院會養貓護持經卷，可見貓兒看守佛經，護持佛法有功。今日俄羅斯也養貓護持藝術品，在聖彼得堡的冬宮博物館（Hermitage Museum）養了許多貓咪。就理論而言，貓咪可捕獲要咀嚼藝術品、破壞珍貴文物的老鼠。而實際的狀況是，博物館這些貓咪和咱家的貓兒一般，肥胖懶散。不過管理員對貓咪愛護有加，宣稱老鼠聞到貓兒的味道就嚇跑，老鼠數目已大爲減少。回溯到一七四五年，彼得大帝的女兒就曾召集最大隻的貓進入皇宮抓老鼠。之後的凱薩琳女皇則特別喜愛俄羅斯藍貓（Russian Blues），當成宮廷內寵。第二次世界大戰時德國入侵蘇聯，在列寧格勒（即聖彼得堡）圍城時，除了老鼠外，城內所有動物都死光了。德軍敗退後，列寧格勒恢復自由，許多人將貓咪送到城內，消除老鼠。冬宮博物館的貓還有意想不到的功能，讓號稱戰鬥民族的俄羅斯人參訪博物館時，看到貓咪後更善解人意，變得溫和有禮。雖然貓咪不被允許在畫廊或博物館某些區域出沒，但可以在工作人員的辦公室區域遊走。冬宮博物館的工作人員眞正是愛貓人士。我全家人也算是愛貓人士，養了一隻肥貓，不會抓老鼠，隨時躺在沙發上，睡得香甜（圖四）。這隻

圖四：我家的懶貓

懶貓備受我們呵護，在我家，貓咪可不是「黧奴」，而是「黧主」。這隻貓兒喜歡在我家一座廣目天王的佛像旁磨蹭示好，也算是具有慧根，有心向佛吧。

二〇一六年十二月我因公務來到韓國首爾市，路過景福宮的光化門，注意到門前兩隻石獅，是Q版造型，沒有霸氣，而是喜氣洋洋（圖五a）。我到首爾南方的牙山，看到類似造型的石獅，更是笑容可掬，相當可愛（圖五b）。

要看獅子雕像不必全世界跑，在台灣就有一座以獅子爲主題的河東堂獅子博物館。二〇一六年我偕太太櫻芳到此一遊。館內收藏中國石獅六千餘件，以及銅、瓷、玉、木及繪畫等，可回溯到漢唐。我看到不少可愛的獅子造型（圖六）。博物館座落於宜蘭頭城鎮濱海公路旁，東北角海岸國家風景區內，與龜山島遙相對望，景色美不勝收。博物館室外有休閒觀景，相當雅致（圖七）。

圖五a：光化門石獅

圖五b：牙山石獅

圖六：河東堂獅子博物館收藏的石獅

圖七：河東堂獅子博物館的休閒觀景

16 越南河內之旅

二〇一五年十月二十五日我因公務飛往越南河內，順道進行文化參訪。我第一個訪問的地點是巴亭廣場（Ba Dinh Square）。一九四五年胡志明在河內巴亭廣場宣讀《獨立宣言》，宣告成立越南民主共和國。精通漢學的胡志明下令廢除越南語的漢字，而以法國殖民政府推廣的羅馬拼音「國語字」取代。現在的越南文字已經沒有漢字了。越南人和中國的關係又

圖一a：胡志明雕像

愛又恨。胡志明說：「（現代）中國軍隊的傲慢表現，就像歷史上經常入侵越南的中國軍隊一樣。」我和胡志明主席合照（圖一a），手癢，也畫了他老人家（圖一b）。畫胡志明有訣竅，要面色憔悴，因爲他爲革命辛勞，極其艱困。

圖一b：胡志明（Ho Chi Minh, 1890–1969）

胡志明去世後，越南政府在巴亭廣場修建胡志明陵（圖二a），永久保存胡志明的遺體，供後人瞻仰。我覺得這座建築很像在莫斯科紅場上見到的列寧陵墓（Lenin's Mausoleum）。二〇一四年十月我訪問莫斯科，在紅場拍了一張列寧陵墓的照片，上層和胡志明陵相似（圖二b）。後來詢問越南友人，得知胡志明陵墓係由前蘇聯專家設計，其建築風格是列寧陵墓和越南民族風格的揉合，外牆裝飾使用了越南名貴花崗岩和大理石，內部結構使用越南多種最名貴的木材。

我接下來到河內的越南美術館參觀，裡面有許多佛教的文物，尤其看到西山阮朝年間創作的佛像，特色是個個瘦骨嶙峋（圖三）。我素描當中一座釋迦摩尼像（圖三c），排骨顯現，和佛光山佛陀的莊嚴法像相較，眞是天差地遠。西山阮朝的佛像藝術反映出當時社會的現實及人性。我素描這尊釋迦摩尼木雕像時，腦中不斷浮現貧瘠的家園和受苦的人群，心情益覺沉

圖二a：河內巴亭廣場的胡志明陵墓
圖二b：莫斯科列寧陵墓

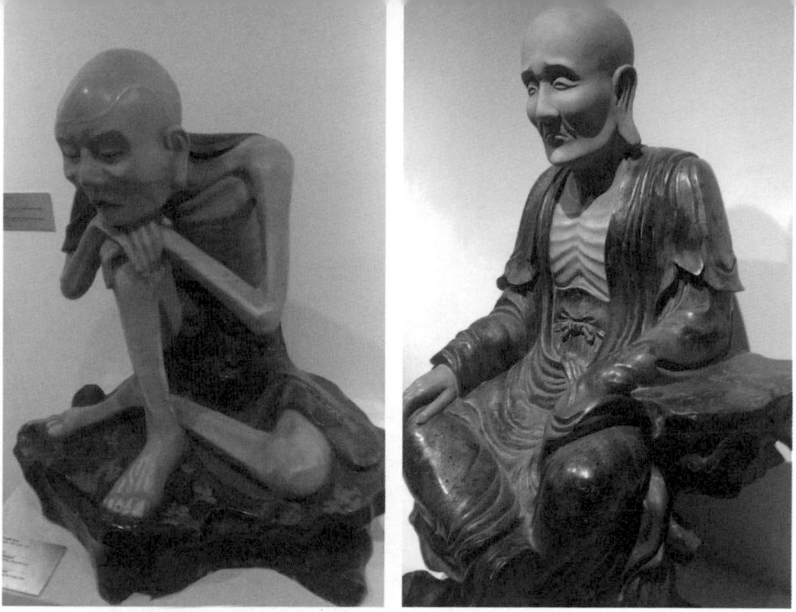

圖三a、b：越南美術館佛像

圖三c：我素描一尊釋迦摩尼木雕像

重，也感恩能在台灣安居樂業。

我特別到河內西湖參觀鎮國古寺，這座古寺建造於六世紀，經歷多次變遷，於十九世紀的阮朝時定名爲「鎮國寺」。雖然胡志明不提倡漢語，今日鎮國古寺內卻到處都是中文楹聯，可見中華文化和越南佛教密不可分，甚至還可以看到清朝乾隆時的《大藏經》。鎮國寺大門兩旁，各有一個側門，左邊側門寫著「慈悲路」，而其左側寫著楹聯「路八菩提求妙道」。右邊側門寫著「方便門」，而其右側則寫著楹聯「門開方便利群生」（圖四a）。廟外倚西湖的小徑圍了許多欄杆，每根欄杆上寫了五個字，我記了幾句：「細草是眞如，長松皆佛境」、「法雨潤群生，祥雲濃梵刹」。我邊走邊讀，如沐春風。看了這些句子，可以感受到鎮國寺的高僧輩出，學問甚佳。寺內高塔林立（圖四b），寺後有一棵大樹（圖五），更值得一提。一九五九年印度第一任總統普拉薩德（Rajendra Prasad, 1884–1963）來到本寺參拜，帶來釋迦牟尼佛禪座成道的菩提樹種，種植在寺廟後方作爲紀念。樹後有一小間廟亭，由四根小柱子支撐，刻上《六祖壇經》八個句子，每根柱子寫兩句，是「菩提本無樹，明鏡亦非台；本來無一物，何處惹塵埃」，以及「佛法在世間，不離世間覺；離世求菩提，猶如覓兔角」，看著印度來的菩提樹，念著慧能偈語時，更覺有味。

越南佛教寺廟的大門皆擺設著中國或歐洲造型的石獅子。其實傳統越南的靈物是麒麟或石狗。尤其是麒麟這種靈物，常被置於廟宇、陵寢或者鄉村牌坊大門等地。越南農民的性情質樸善良，柔韌婉轉，因此越南的麒麟造型也善良、內向。麒麟在越南是智慧、純正的表象，與神靈緊密相連，體現上天的力量。麒麟被塑造成蹲坐姿勢，守衛大門，檢查人們的靈魂和智慧。我在河內市看到石麒麟，造型相當可愛，像是一隻蹲坐張嘴笑著，表情巴結的小狗（圖六）。我的越南友人說，政府考慮，是否將中國石獅子換成石麒麟。我說，擺放善良內向的石麒麟，突顯越南特色，也相當好啊。

圖四a：鎮國寺大門

圖四b：寺內高塔

圖五：釋迦牟尼佛禪座成道的菩提樹種

圖六a：我素描越南石麒麟

圖六b：越南石麒麟

卷三　意外的佛教徒

17 佛陀沉默

布爾斯汀（圖一）是美國著名文學派史學家、博物學家和前國會圖書館館長，曾榮獲普利茲獎和美國國家圖書獎。我很喜歡讀他寫的一部巨著《發現者：人類探索自身世界的歷史》（*The Discoverers*），這本書將歷史與知識的糾葛演進，敘述得五彩繽紛，令人炫目。在書中，他提到「無知」並非進步的最大阻礙，「知識的幻覺」才是人類發現及創新活動的主要障礙（The greatest obstacle to discovery is not ignorance - it is the illusion of knowledge）。過去一些偉大的發現者都和現有已知的事實、已學過的知識做鬥爭。

圖一：布爾斯汀（Daniel J. Boorstin, 1914–2004）

而要突破知識的幻覺則需要有無比的想像力。愛因斯坦曾說：「想像力比知識更重要。我的重大發現從未經由理性思維的過程產生（Imagination is more important than knowledge. I never made one of my discoveries through the process of rational thinking）。」

布爾斯汀在敘述西方宗教時說：「神是世界上最偉大的催眠師，我們用它來填補失落的空虛。」猶太教徒及基督教徒認爲當神創造時，人們也能夠創造了（As their God created, so did they also）。依照神的形象，人們也有了創造力。布爾斯汀在他的著作《探索者》（*The Seekers*）提到，一神論揮之不去的困擾是，唯一的神至高無上。既然如此，「善良的神爲何允許祂創造的世界裡有惡的存在？」布爾斯汀提到，印度教（Hinduism）相信輪迴，佛陀在世的那個年代，印度教徒把梵天供奉爲創造之神。而佛陀則跳脫創世之謎。佛教徒不問「爲什麼」，而是宣講如何順從並接受生命之因果（did not ask 'Why' but instead preached submissive acceptance of our lot in life）。佛陀沒有回答創世之謎，他明智地拒絕回答那些找不到答案的問題，例如「宇宙是永恆還是非永恆的，或既永恆又非永恆？」「宇宙在空間上是有限的還是無限的，或兩者皆是，或兩者皆非？」佛陀唯一的目的是幫助人們從塵俗中獲得解脫，既然是否揭示萬物的起源無關宏旨，那麼又何必多此一舉呢？這種對某些事物不置可否的保留態度頗爲明智，且已深入佛教的主流，布爾斯汀稱之爲「佛陀的沉默」。在佛教傳統並無希臘式哲學這種爲求知而求知、以求獲知更多的思維。布爾斯汀認爲佛陀的本旨不是理解或改善這個世界，而是解脫塵世之苦。他全心關懷於救度眾生。因此佛陀對創世的問題默然不語，要求弟子們以他爲榜樣，不要在這些細枝末節上白白浪費精力。

布爾斯汀的佛陀說法來自於英譯巴利文佛語錄《阿含花串》。佛陀說法係用巴利文，而非梵文，梵文是後世流通印度的語文，原始巴利文《阿含花串》被譯成梵文，再譯成中文，是爲《阿含經》。在巴利文原典中，提到一位遊方者婆蹉種。他來到佛陀處，問道：「尊敬的喬達摩啊，神我是有的嗎？」佛陀緘口不答。「那麼，可敬的喬達摩，神我是沒有的嗎？」佛陀還是保持沉默。這是布爾斯汀「佛陀沉默」的典故。佛陀不回答形而上學的問題，而特別強調苦和苦之止息（即涅槃）。人生充滿痛苦，佛陀引導普羅大眾修煉梵行，令人厭離、去執、入滅，得寧靜、深觀和涅槃。形而上學的問題會把人們引入歧途，使人迷失方向。所以每當人們向佛陀請教這類的問題時，佛陀總是保持沉默。西方人不易理解這種做法，而布爾斯汀則學貫中西，看透東方宗教的精髓以及與西方宗教的差異。二〇一六年十月，我到英國愛丁堡的蘇格蘭國家博物館參觀，看到一個第二世紀阿富汗浮石雕，是佛陀在教導兩位弟子。佛陀抿嘴微笑，正是「佛陀沉默」的教誨方式。

18 休謨的佛教思維

二〇一六年十月二十日，我在愛丁堡皇家學會（Royal Society of Edinburgh）看到休謨的站立銅像（圖一a），之後又在愛丁堡的皇家一英里（Royal Mile）巧遇休謨的坐姿銅像（圖一b）。休謨（圖二）是蘇格蘭的哲學家、經濟學家以及歷史學家，是蘇格蘭啓蒙運動以及西方哲學歷史中的重要人物。休謨的坐姿銅像約九英尺高，他的腳趾被人摸得光亮，據說摸了可幫哲學系的學生以及小朋友增加知識。休謨在一七七六年去世後被埋葬在愛丁堡卡爾頓山丘（Calton Hill）東側的「簡單的羅馬式墓地」，我曾到此地一遊。

我曾閱讀休謨最重要的一本著作《人性論》（*A Treatise of Human Nature*），這本書出版時的反應是一片死寂，並沒有獲得重視。雖然休謨自稱個性樂觀開朗，仍然深感挫折，使得二十六歲的他近乎精神錯亂。書中闡述許多和佛教思想類似的觀點，顯然不易讓當代的西方人

圖一a：休謨立像

圖一b：休謨坐像

認同。《人性論》提到因果關係。而因果決定論是佛教徒的中心教條之一，亦即「緣起」。佛教「八識」，是眼識、耳識、鼻識、舌識、身識、意識、末那識，以及阿賴耶識。「阿賴耶識」又稱「藏識」，於無意識下運作，收納訊息並加以儲存、處理與轉化。我們所謂的自由意志只是個假象，而是「藏識」在背後支配著我們的意識，決定我們的喜怒哀樂。因此休謨指出，雖然我們能觀察到一件事物隨著另一件事物而來，我們卻並不能觀察到這兩件事物之間的關聯：「我們無從得知因果之間的關係，只能得知某些事物總是會連結在一起，而這些事物在過去的經驗裡又是從不曾分開過的。我們並不能看透連結這些事物背後的理性爲何，我們只能觀察到這些事物的本身，並且發現這些事物總是透過一種經常的連結而被我們在想像中歸類。」休謨的因果說法與佛教不盡相同，但顯然有相當的關聯性。書中寫著一些觀點，則和佛教相當契合：「放棄死後的生活前景，你才能欣賞今世的生活（Give up the prospect of life after death, and you will finally

圖二：休謨（David Hume, 1711–1776）

really appreciate life before it）。」「放棄了形而上學，你就可以專注於現實的現象（Give up metaphysics, and you can concentrate on physics）。」「放棄你自認珍貴、獨特且不可替代的自我想法，你更能獲得其他人的共鳴（Give up the idea of your precious, unique, irreplaceable self, and you might actually be more sympathetic to other people）。」休謨說：「人的生命對宇宙而言，沒有比牡蠣更重要（The life of man is of no greater importance to the universe than that of an oyster）。」這是佛教的眾生平等觀念，一切生命物種的本性相同，無貴賤高下之分，故《長阿含經》云：「爾時無有男女、尊卑、上下，亦無異名，眾共生世故名眾生。」休謨說：「傾向希望和歡樂是眞正的財富；傾向恐懼和悲傷是眞正的貧窮（A propensity to hope and joy is real riches; one to fear and sorrow real poverty）。」這句話類似佛陀對勝鬘夫人的開示：今世隨喜讚歎，來世多財富且福德高貴；今世善妒生怒，來世貧苦卑賤。休謨的論點，讓人懷疑，他是否接觸過佛教典籍。尤其是近代哲學家和佛教學者特別注意到休謨的經驗主義與佛教哲學傳統之間的關聯。

《人性論》完成於一七三八年，而休謨於一七三四年至一七三七年間前往法國安茹的拉弗萊舍（La Flèche），經常與該處的耶穌會學生進行哲學討論。年輕的休謨接觸的是西方哲學，如何產生接近佛教的思想方式？有人認爲，休謨的思想受到德西代里（Ippolito Desideri, 1684–1733）的影響。大約在一七一五年，德西代里在耶穌會的一次任務來到了西藏。爲了傳教，他必須學習佛教，以和耶穌會教義比較。他因此接觸了宗喀巴（Tsongkhapa）的著作，將之翻譯爲義大利文。後來西藏內亂，羅馬教廷下命令，德西代里於一七二一年返回歐洲。他的書解釋空虛、業力、輪迴、冥想，以及無我觀念。這個異端學說被禁止出版，德西代里的書稿消失於羅馬教廷的檔案室。既然德西代里的手稿未傳於世，如何能影響休謨？休謨曾說，《人性論》的完成受到笛卡爾（René Descartes）、馬勒伯朗士（Nicolas Malebranche）及貝爾（Pierre Bayle）的影響。湊巧的是，德西代里於一七二七年來到法國，曾訪問拉弗萊舍，而這幾位法國人以及該處的耶穌會學生都曾直接或間接和德西代里接觸。其中最有可能的影響可能來自多盧（Charles Francois Dolu）這位耶穌會傳教士。他從一七二三年至一七四〇年住在拉弗萊舍，與休謨的訪問期間重疊。多盧在一六八七至一六八八年擔任法國駐暹羅副大使，有接觸上座部（Theravada）佛教的第一手經驗。一七二七年，多盧曾與德西代里談話，應該很容易理解且接受藏傳佛教，尤其是宗喀巴的思想。而休謨很可能通過多盧聽到佛教的想法。據此推論，休謨的思想受到宗喀巴的影響，是呼之欲出的結論了。

19 宗教改革者

二〇一五年三月我訪問柏林市，該市中區（Mitte）有一座聖母教堂（Marienkirche），一二九二年首次在文獻中提及，是兩座柏林最古老的教堂之一。教堂一部分外牆是磚造，呈現明亮的紅色，但較古老的部分是用花崗岩建造。第二次世界大戰期間教堂受到盟軍空襲而嚴重損毀。一九五〇年代由東德政府修復。教堂外豎立一座馬丁路德的雕像（圖一a）。二〇一七年，我再度訪問柏林，正在展出DER LUTHER EFFEKT，探討路德對後世宗教的影響（圖一b）。由此可見路德被德國人視爲宗教巨人。

路德（圖二a）這位宗教改革家開創了德國近代歷史的新紀

圖一a：聖母教堂（Marienkirche）外的馬丁路德雕像

圖一b：DER LUTHER EFFEKT

圖二a：路德（Martin Luther, 1483–1546）

圖二b：海涅（Heinrich Heine, 1797–1856）

元。一五一七年，路德被教會濫用贖罪券的行爲激怒，進行宗教改革。他的改革拜印刷術之賜，快速傳播。若非印刷術，他對教會的挑戰大概只會局限在他活動的鄉鎮引起騷動。海涅（圖二b）曾說：「德國人的所有優點和弱點在路德的身上非常出色地結合在一起……既是神祕又是務實的人。」

提起西方的馬丁路德，就會想到比他早一〇八年在東方出生的宗喀巴（1357–1419）。宗喀巴的佛教改革和馬丁路德的基督教改革，堪稱人類宗教史上兩大里程碑。我於二〇一〇年三月訪問北京，特地參觀雍和宮。宮內的法輪殿（圖三a）建於一七四四年（乾隆九年），殿內供奉巨大的宗喀巴佛像。雍和宮內部不允許遊客拍照，我就遙望素描了宗喀巴的面孔（圖三b）。宗喀巴是我很感興趣的宗教人物，他在火雞年（一三五七年；「火雞年」是蒙古人的叫法，該年是元順帝在位時）生於宗喀地方（距西寧約五十里），故被稱爲宗喀巴。法名羅桑札巴，意爲「善慧」，傳說是文殊菩薩轉世，爲佛教格魯派創始人。格魯巴在藏語中是「善道」的意思。宗喀巴的苦行及戒行超乎常人。當時西藏各地教規鬆弛，佛教逐漸失去民心。他就像基督新教創始者馬丁路德一般，主張要嚴格執行教規。宗喀巴在受過比丘戒後便改戴黃帽，表示振興戒風的決心。因此人們也把格魯派稱作「黃教」。黃教是現今西藏最大的教派，主張僧眾嚴持教規，崇尚苦行，禁止娶妻。宗喀巴自幼好學，記憶力驚人，在太陽升起至陽光照射到寺院金頂這段短短的時間內背熟了四頁經文，其他以記憶力著稱的人頂多只背誦得兩頁半。青年時期多次拜師，在吸收了傳統的佛教教義後，也頗有創新研發，寫成了十多卷著作，其中《菩提道次第廣論》的影響尤大，至今已被譯爲多國文字。宗喀巴及其弟子創立三大佛教學府，包括甘丹寺、色拉寺及哲蚌寺，培養出無數高僧。宗喀巴快要圓寂的時候，將他的

圖三b：我素描宗喀巴（1357–1419）

圖三a：雍和宮法輪殿

牙齒化爲許多舍利子，分賜給弟子，並預言在五百年後這些舍利子會前往菩提迦耶（印度）。中共解放大陸後，國民政府轉進台灣，達賴喇嘛也流亡國外，有些舍利子被帶到印度，正好是五百年後。宗喀巴的預言應該也算是有實現吧？

宗教史上兩大改革的最有趣的不同處是，馬丁路德的革命把獨身的教士變成了公開結婚的牧師，而宗喀巴的改革卻把世俗化的在家喇嘛變爲清淨梵行的比丘。馬丁路德一直讚頌婚姻的價值，說：「沒有任何愉悅、融洽和迷魅的關係以及交心或陪伴能比得過美滿的婚姻（There is no more lovely, friendly and charming relationship, communion or company than a good marriage）。」何謂美滿婚姻？馬丁路德如此定義：「妻子使丈夫能高興回家，而丈夫讓妻子捨不得看他離開（Let the wife make the husband glad to come home, and let him make her sorry to see him leave）。」宗喀巴則反其道而行。因爲黃教僧人不准結婚，無法傳宗接代，宗喀巴想出非常有創意的制度，採取轉世相承的辦法，出現「達賴」和「班禪」兩大活佛體系。

宗喀巴及馬丁路德都將音樂當作宗教中很重要的一部分。馬丁路德說：「音樂的神聖藝術是世界上僅次於上帝聖言的珍貴寶藏（Next to the Word of God, the noble art of music is the greatest treasure in the world）。」教會傳唱聖歌成爲西方音樂發展不可或缺的一環。而藏傳佛教亦將音樂當作傳教的重要工具。黃教的唱誦法音有獨特的音頻共鳴，能感化人心。藏傳佛教盛行以響銅製成的佛音缽（又稱轉經碗、修行缽），以桃木棒圍著缽邊轉動，發出「嗡嗡」聲，轉越久越宏亮，是爲天籟的佛音。

宗喀巴認爲禮敬佛陀，有一個特別的原因，就是佛陀教導我們「緣起」。《雜阿含經．二九八經》云：「何名緣起初義？謂：依此有故彼有，此生故彼生。」每一事物的存在，與其他事物有著互相的關係。一切事物，都有相對的依存關係，即是「此生故彼生，此滅故彼滅」，當中此是「因」而彼是「果」。

而路德則善用德國人的邏輯思考，利用「緣起有因」的因果關係傳教。他說：「如果你們年輕人夠明智，魔鬼不能對你們有影響；但你們並不明智，因此應該聽我們老人家的話（If you young fellows were wise, the devil couldn't do anything to you, but since you aren't wise, you need us who are old）。」很巧妙地將「聽信老人言」當作「因」，「緣起」信眾來獲得「遠離惡魔」這個「果」。他也教導人們以「希望」爲因，來緣起任何想達成的事。他說：「世上被完成之事，皆因希望而完成（Everything that is done in the world is done by hope）。」然而，任何人對於自己造成的「果」，無論有形或無形，都必須負責。他說：「你不但要爲你所說的負責，也要爲你沒說的負責（You are not only responsible for what you say, but also for what you do not say）。」

20 悟道者與大譯經師

二〇一二年十二月我受邀到佛光山佛陀紀念館參加星雲教育獎的頒獎典禮，也趁機會參觀這個佛教寶地，見識到許多與佛學相關的文物。聆聽佛祖的故事，尤其是悟道剃髮時（圖一a），心思沉浸其中，時間彷彿凍結，腦海閃過赫塞（圖一b）《流浪者之歌》（*Siddhartha*）中道出一段文字，否定了過去、現在，以及未來的時間觀念。書中的悉達多（Siddhartha）領悟，時間之河，沒有過去，沒有未來，一切皆眞，只有現在。小說寫道：「你是否也從河中學到了那個祕密？時間並不存在。在同一時刻，這條河無所不在，在源頭、在海口、在瀑布、在渡口，在水流、海洋和山脈，它只存在當下，不是過去的陰影，也不是未來的影子（Have you also learned that secret from the river; that there is no such thing as time? That the river is everywhere at the same time, at the source and at the mouth, at the waterfall, at the ferry, at the current, in the ocean and in the mountains, everywhere and that the

圖一a：悉達多悟道剃髮像

present only exists for it, not the shadow of the past nor the shadow of the future）。」悉達多被尊稱爲佛陀（Buddha），意爲「覺悟者」，是偉大的悟道者，由他衍生出許多影響世人的印度佛經。

佛陀紀念館內有不少小朋友以毛筆抄寫經文，認眞的模樣令人莞爾，也讓我聯想到在菩提廣場上看到手執經文的玄奘石像（圖一c）。中國許多哲學及文化的發展，是由翻譯佛經而來，拜《西遊記》小說之賜，家戶喻曉的翻譯佛經高僧，首推玄奘法師。他立志出國到印度，要得到總賅三乘學說的《瑜伽師地論》。當時唐朝政府的行政速度有點慢，沒有批准玄奘出國的護照（度牒）。玄奘等不及，只好躲過長安的入出境管理局，偷渡到西方取經，才有《西遊記》的精采故事。歷經十七年的跋涉，玄奘取得經文，於唐貞觀十九年（西元六四五年）回到

圖一b：我素描赫塞（Hermann Hesse, 1877–1962）

圖一c：玄奘（602–664）

長安。唐太宗不追究他偷渡之罪，反而讓他在西京弘福寺開設譯場，經過十九年努力，共翻譯了佛經七十五部，一千三百三十餘卷，藏之於大雁塔。玄奘除了翻譯佛經外，他的著作《大唐西域記》堪稱中國歷史上的經典遊記，當中記錄帕米爾高原的實況，是人類最早對世界屋脊的報導，被認為是世界地理學的重要文獻。二〇〇六年我有機會到西安參拜大雁塔及玄奘三藏院（參見圖二）。可惜都已被翻修過，已不是唐朝長安時代的建築，當然也看不到當年玄奘翻譯的經書。

二〇一四年十二月我到伯利恆（Bethlehem）參觀聖誕教堂（Church of the Nativity），又目睹一位像玄奘一般的大譯經師的史蹟。伯利恆位於巴勒斯坦自治區（Palestinian Territories），距離耶路撒冷（Jerusalem）約十分鐘車程。聖誕教堂這座亞美尼亞東正教堂有許多狹窄的穴階，連通幾個小禮拜堂，當中一座紀念耶穌的繼父聖約瑟夫（圖三 a），有一座聖約瑟夫的受難雕像，我素描如圖三 b。由聖約瑟夫小禮拜堂右轉石階向下會引導到另一石室，牆壁雕刻一位神父耶羅米（圖四 a）。

西元三八六年耶羅米來到伯利恆，在距離聖誕洞很近的地方隱居，專心將《舊約聖經》翻譯成新拉丁文本，被認為是西方偉大的譯經家，他翻譯的《舊約聖經》，至今仍是天主教最權威的譯本。聖誕教堂的地下闢此石室，紀念這位著名的隱修者，彰顯他傳播聖經文化的巨大貢獻。出了教堂，中庭花園也豎立了耶羅米的雕像（圖四b）。耶羅米千里迢迢地由希臘來到伯利恆，磨磚作鏡，積雪爲糧，有毅力的翻譯經書，讓我想到玄奘法師。兩個人遠行取經的經歷類似，甘奈寂寞，潛心翻譯經書的精神亦相同。正是：「訪道不辭遠，讀書須閉户。」方東美（圖

圖二a：大雁塔

圖二b：玄奘三藏院

圖三a：紀念耶穌的繼父聖約瑟夫（Saint Joseph）的小禮拜堂

圖三b；我素描聖約瑟夫的面部表情

四c）在其巨著《中國哲學精神及其發展》寫著：「偉大翻譯家實導更偉大創作之先河。」耶羅米和玄奘法師是最佳的見證。

圖四c：方東美（1899–1977）

圖四a：聖誕教堂內的耶羅米浮雕（S. Hieronymi, 340–420）

圖四b：耶羅米紀念碑

21 五大力菩薩

二〇一六年七月二十九日，我拜訪位於日本京都市東區的京都國立博物館。博物館包括兩棟建築。本館「明治古都館」是片山東熊（1854–1917）設計的紅磚建築物（圖一右方建築），並未開放參觀。二〇一四年建造的新館平成知新館由世界著名建築家穀口吉生所設計（圖一左方建築）。對面的噴水池旁邊豎立了羅丹的雕塑《沉思者》（*The Thinker*）。我在法國巴黎數度看到這座雕塑，也多次臨摹（圖二）。在展覽日本藝術品爲主的京都國立博物館看到和日本藝術風格完全不同的「沉思者」雕塑，頗覺新奇。京都國立博物館收藏的佛像雕刻精美，相當珍貴，數量亦多，令人目不暇

圖一：京都國立博物館

給，可惜不准照相。許多日本訪客勤做筆記，拚命抄寫作品旁的說明。

來到京都國立博物館，我頗希望能見到坂本龍馬（圖三）的遺跡，他一向被認爲是京都的代表性人物。遺憾的是，坂本龍馬的文物並未放在常設展覽，而是在十月特別展覽期間才看得到。我原先期待看到坂本龍馬鍾愛的日本刀，當中兩把長刀保存於京都國立博物館，而第三把爲小太刀（短刀），收藏於龍馬紀念館。這把小太刀長五十二公分，刻有「五大力菩薩」字樣。五大力菩薩，即密教所信仰之五大力尊，爲護持三寶，守護國土，呈忿怒形之菩薩。五大力菩薩爲五佛之正法輪身，其教令輪身爲五大明王，祭之有除盜難之利益。舊譯《仁王經受持品》曰：「若未來世，有諸國王，護持三寶者，我使五大力菩薩往護其國：一、金剛吼菩薩，手持千寶相輪，往護彼國。二、龍王吼菩薩，手持金輪

圖二：《沉思者》

圖三：坂本龍馬

燈，往護彼國。三、無畏十力吼菩薩，手持金剛杵，往護彼國。四、雷電吼菩薩，手持千寶羅網，往護彼國。五、無量力吼菩薩，手持五千劍輪，往護彼國。」換言之這把刀刻了這幾個字，期許護國除盜。我對坂本龍馬的小太刀感到興趣，因爲他喜歡用小太刀，勝於大太刀。有一個故事說明坂本龍馬思考靈活。他曾對一位土佐勤王黨朋友說過：「今後在室內亂鬥的情況會變多了。我喜歡小太刀，小太刀靈活，比太刀實用。」之後這位朋友帶了小太刀來見坂本龍馬，他卻掏出一柄手槍：「這比小太刀更具威力。」後來朋友帶了槍再來求見，這次坂本龍馬掏出一部《萬國公法》並說道：「手槍只能殺傷敵人，此書可以振興日本！」坂本龍馬與時俱進的思考模式，和日本古板嚴謹的思考方式格格不入。

坂本龍馬第一個提出日本國的主張，促成日本薩摩藩（海軍）及長州藩（陸軍）的結盟，終能倒幕府，奉還大政。薩摩藩的西鄉隆盛（1828–1877）很不習慣坂本龍馬的跳躍思考，埋怨他前天所說的和今天所說的不一樣，如何取信於人？坂本龍馬則認爲君子從時，應該順應時代潮流，彈性以對，才是君子之道。坂本龍馬獨自選擇自己的命運，任憑千夫指，我心唯我知。他將生命盡情燃燒，直到最後一刻。

圖四：三池丸下錨西雅圖港口處之船錨紀念碑

江戶幕府末期時，坂本龍馬成立的「海援隊」演進成爲日本遊輪（Nippon Yusen Kaisha），於一八九六年起開始有往返日本及美國西雅圖的航班。第一艘到達西雅圖的是蒸汽輪船三池丸（Miike Maru），在港口的埃利奧特灣（Elliott Bay）卸下茶葉。這些茶葉有一大部分是由剛被日本占領的台灣生產呢。二〇一六年九月十日，我和太太櫻芳來到三池丸下錨西雅圖港口之處憑弔（圖四），感慨坂本龍馬成立「海援隊」的遠見，以及其深遠的影響。《金剛經》云：「應無所住而生其心。」坂本龍馬就如同博物館前的雕塑《沉思者》，有獨立思考的能力，不隨波逐流，不在一個念頭或任何現

圖五：我恨不得一口吞下「船中八策」

象上產生執著，更不會牢牢不放，「心無所住」。他能出入紅塵，救濟紅塵中的眾生，是「生其心」的五大力菩薩。

二〇一七年四月我到東京和日本電信（NTT）的友人討論未來電信網路的發展藍圖。NTT的友人帶我到一家土佐料理店用餐。席間點了日本清酒，品牌是「坂本龍馬的船中八策」（圖五）。我笑著向日本友人敘述坂本龍馬和土佐勤王黨的對話，接著說：「我們今天在土佐料理店喝坂本龍馬的船中八策，絕非偶然。」NTT的友人很興奮地說：「當年坂本龍馬爲日本提出船中八策，今日我們爲全世界的電信提出船中八策。」

22

意外的佛教徒

圖一：梭羅（Henry David Thoreau, 1817–1862）

我高中一年級時常在台中的美國新聞處讀書，該處典藏不少美國文學書籍，某一次翻閱到梭羅（圖一）的作品《湖濱散記》（*Walden*），這本書印刷古典，讓我愛不釋手，而不久更迷上了書中內容。梭羅被稱爲「意外的佛教徒」（Accidental Buddhist）。他的沉思本質預見了美國式的佛教，就如同黎明前透澈的露珠，預告了清爽的早晨。每當我讀梭羅的作品，就會想到詩佛王維，因爲梭羅將他的生命融入自然，就如

圖二：愛默生（Ralph Waldo Emerson, 1803–1882）

圖三：梅爾維爾（Herman Melville, 1819–1891）

同王維將詩融入畫中，這正是《華嚴經》的「互即互入」境界。在梭羅的年代，有很多人和他一樣過著熟思冥想的生活（Contemplative Life），例如愛默生和梅爾維爾，但鮮少有人能進行他那種佛教徒式的思考。愛默生（圖二）對於眞實有所執著，一切以觀察及數據爲主，將基督教義注入自然，抽象成爲宇宙。梅爾維爾（圖三）則搜索可見世界背後的象徵意義。這些人的思考都有其哲學理論，且執著於其理論，而梭羅則沒有任何理論，蓋以無法生有法，乃至隨心所欲，他很願意等待，看看到底有什麼新的體會。他傾向佛教式的思考，卻不爲許多歐美人士認可，他說：

「我心裡有數，當某些人聽到他們的基督被命名在我佛旁邊，他們會以強硬的看法對待我（I know that some will have hard thoughts of me, when they hear their Christ named beside my Buddha）。」他接著很體貼地說：「我可以接受他們應該愛他們的基督更勝愛過我的佛，因爲愛才是最主要的事情（yet I am sure that I am willing they should love their Christ more than my Buddha, for the love is the main thing）。」依我之見，梭羅自然而然地追尋自己的本性，其最深層思考的精神已接近東方佛教的信仰。梭羅崇尚自然，可由他寫的文章看到。他說：「有時在夏天的早晨，我習慣性地澡浴後，會坐在陽光燦爛的門口，直到中午，在松樹、果子和黃櫨樹之間全神貫注地沉思，感受孤獨與靜寂，不受干擾，而鳥兒則在周圍鳴唱，或無聲地掠飛穿越房子，直到夕陽照射在西窗，遙遠的公路上傳來旅行馬車的吵雜聲，提醒我時間的流逝（Sometimes, in a summer morning, having taken my accustomed bath, I sat in my sunny doorway from sunrise till noon, rapt in revery, amidst the pines and hickories and sumaches, in undisturbed solitude and stillness, while the birds sang around or flitted noiseless through the house, until by the sun falling in my west window, or the noise of some traveler's wagon on the distant highway, I was reminded of the lapse of time）。」梭羅感受自然的洗禮，說：「經由沉思默想及放空，我意識到所謂的東方眞義（I realized what the Orientals mean by contemplation and the forsaking of works）。」中國的禪僧往往在體驗大自然時了悟了佛性，這是禪宗的主要頓悟途徑。大自然所顯示的禪機，令人返境觀心，瞬間頓悟永恆的眞知。我們常聽到的故事，一個和尚誦讀《法

華經》：「諸法從本來，常自寂滅相」，苦思其義，不得其解。某日聽到寺外柳樹上一陣黃鶯鳴唱，登時頓悟，突然的鶯啼，讓他了解宇宙的「寂滅」之相，續接偈語：「春至百花開，黃鶯啼柳上。」梭羅就是這類能由大自然中頓悟的禪僧，經由他的許多著作，影響了無數的西方人。

梭羅提出這樣的疑問：「現代人是眞的進步嗎？物質生活突飛猛進，卻反而越來越不知足，還比不上一個一無所有的野人。」閱讀梭羅的《湖濱散記》，能使人體會遠離物質俗世，讓紊亂不安的心靈得到舒坦休息的依靠，急躁繁瑣的焦慮得到安靜恬適的皈依。我每次讀這本書，都有不同的體會，如同《五燈會元》中青原惟信禪師所說：「老僧三十年前未參禪時，見山是山，見水是水。及至後來，親見知識，有個入處，見山不是山，見水不是水。而今得個休歇處，依前見山又是山，見水又是水。」《湖濱散記》就如同青原惟信禪師所見的「山水」，在不同時期的人生閱歷，讀後會有不同感受，而在梭羅的文筆引導下，最高境界終能反璞歸眞。

23 自然神論的佛學涵義

談起美國獨立，必然會提到潘恩（圖一），他的一七七六年著作《常識》（*Common Sense*）鼓舞美國殖民者反抗英國，是筆勝於劍的最佳見證。他不但影響美國獨立，也參與了法國大革命，我於二〇一四年訪問巴黎時在蒙蘇里公園（Parc Montsouris）看到法國人爲他豎立的紀念雕像（圖二a），可見他受到法國人的敬重。潘恩身爲美國國父之一，照理說應該被美國人視爲英雄，未料他寫了一本書《理性時代》（*The Age of Reason*），反對基督教條，主張理性自由的思考，被人視爲激進主義者，不被認同，最後潦倒以終。今日美國人終於認同他的理念，立碑紀念。一九九〇年代我在美國紐澤西州的摩里斯市（Morristown）工作，該市就有一座潘恩紀念碑，我常有機會路過，瞻仰這座雕像（圖二b）。

圖一：潘恩（Thomas Paine, 1737–1809）

圖二b：紐澤西州摩里斯市的潘恩雕像

圖二a：巴黎蒙蘇里公園的潘恩雕像

《理性時代》這本書檢視神話般神學的眞實性，質疑基督教基本教義。除了神的存在外，基督教徒認爲耶穌的復活是最神聖的宗旨。潘恩信奉自然神論（Deism），以理性觀察自然世界作爲宗教信仰的基礎，他認同神的存在，但不相信耶穌的復活（Resurrection）。潘恩說：「我相信人生而平等；我也相信宗教的職責包括主持正義、愛與憐憫，並努力使普羅大眾快樂（I believe in the equality of man; and I believe that religious duties consist in doing justice, loving mercy, and endeavoring to make our fellow creatures happy）。」

潘恩說這幾句話中提到了幾個關鍵字「equality」、「justice」、「loving mercy」以及「making happy」。雖然在潘恩所處年代的歐美，比較沒有機會接觸到佛教，他的這些信念和佛經的道理不謀而合。關於「equality」，《阿含經》提到佛陀自稱「我今亦是人數」，意思是佛與眾生本來是平等的，差別在能否滅除煩惱；能滅除煩惱的是佛，反之，是眾生。關於

「justice」，《寶積經》中提到對待親友或仇敵，要秉持公平正義，說：「善法、不善法，世法、出世法，有罪法、無罪法，乃至有垢法、無垢法，亦復如是，離於二邊，是名中道諸法實觀。」關於「loving mercy」，《華嚴經》言：「諸佛如來，以大悲心而爲體故。因於眾生，而起大悲。因於大悲，生菩提心。因菩提心，成等正覺。」關於「to make our fellow creatures happy」，《七佛通戒偈》教導：「諸惡莫作，眾善奉行；自淨其意，是諸佛教。」在自淨其意的反省內觀下，歇下妄心，不斷地淨化、昇華，找回原本清明的自性，自然能達到清淨喜悅的境界。

對於《理性時代》這本書，美國著名作家馬克吐溫（圖三）如此說：「在美國南北戰爭之前的時代，一個人必須相當勇敢，才會承認他曾讀過《理性時代》……我第一次讀這本書是在擔任見習領航員時，當時相當恐懼和猶豫，但越讀越驚歎其無畏和奇妙的力量。（It took a brave man before the Civil War to confess he had read *The Age of Reason*... I read it first when I was a cub pilot, read it with fear and hesitation, but marveling at its fearlessness and wonderful power.）」

圖三：馬克吐溫（Mark Twain，原名 Samuel Langhorne Clemens, 1835–1910）

馬克吐溫也傾向自然神論，其宗教思考可由其作品《赫克歷險記》（*Adventures of Huckleberry Finn*）看出蛛絲馬跡。這本小說於一八八五年出版後，被一些圖書館列爲禁書，因爲這本書違反當時美國的社會價值觀，包括嘲弄美國清教徒表裡不一，宗教過度熱忱，以高標準要求他人，不符人性。書中的赫克經過曲折的「歷險」，從拘謹的清教徒宗教觀轉變，領悟到尊重宇宙萬物之間的自然規律。

很多人認爲馬克吐溫傾向的自然神論很符合佛學涵義。例如他說：「使自己高興的最好方法是試圖讓別人高興起來（The best way to cheer yourself up is to try to cheer somebody else up）。」這正是《維摩詰所說經》提到的：「不著己樂，慶於彼樂。」不貪禪味己樂，而以他人能見性爲樂。馬克吐溫一直勸人要正直誠實，說：「如果你說實話，就不需有掛念於懷之事。」在《佛說阿彌陀經》中，反復提到了諸佛「說誠實言」。例如經文說：「……如是等恆河沙數諸佛，各於其國出廣長舌相，遍覆三千大千世界，說誠實言。」馬克吐溫似乎也看透佛教輪迴的眞義。他說：「我無懼死亡。我已經在出生前數十億年前死亡過了，我並沒有感受到絲毫的不便（I do not fear death. I had been dead for billions and billions of years before I was born, and had not suffered the slightest inconvenience from it）。」禪宗的說法：「須是大死一番，卻活始得。」死去了無明的自我之後，清淨無礙的自我便活了起來。參透生死，馬克吐溫說：「死的恐懼來自於生的恐懼。人若能充實過活，必能隨時準備面對死亡（The fear of death follows from the fear of life. A man who lives fully is prepared to die at any time）。」如果馬克吐溫讀過《華嚴經》，一定會同意偈語：「若人欲了知，三世一切佛。應觀法界性，一切唯心造！」

24 尼采與希特勒

圖一：尼采（Friedrich Wilhelm Nietzsche, 1844–1900）

二〇一五年三月我來到德國波昂（Bonn），看到不少哲學家尼采（圖一）的文物。尼采在開始研究哲學前，以寫作爲業，二十四歲時成爲德語區古典語文學教授，專攻古希臘語及拉丁文文獻。一八七九年之後尼采飽受精神疾病煎熬，撐到一八八九年終於精神崩潰，再也沒有恢復。尼采曾說：「許多眞理都是以笑話的形式講出來。」這句話影響我，在嚴肅的場合，忍不住搞笑，卻也因此常被長輩教訓，吃了不少苦頭。我

讀過一本書 *American Nietzsche*，發現尼采沉悶的哲學理論對美國有不小的影響。尼采一貫批判佛教，譴責其爲「虛無主義」（Nihilistic）的信仰系統，卻又自稱爲「歐洲的佛」（Buddha of Europe）。尼采在定義堅持己見的主張（Advocacy of Self-assertion）和意志力（Will-to-power）等觀點，直接反對佛祖，而對無常的世界（Impermanence of the World）和排斥物質本體論（Substance Ontology），尼采的思想則非常接近佛祖千年前闡明的見解。

尼采的著作深深影響了希特勒（圖二），某種程度相信基督教是有缺陷的，並認爲自己就是替上帝和基督代言的彌賽亞。希特勒以清除世界的墮落信仰體系爲己任，認爲人類進步必須靠優異的雅利安民族來邁向新境界。幸好他並不排斥佛教。一九二四年「佛教徒之家」在柏林成立，容納所有佛教派別。第二次世界大戰期間，納粹（Nazi）在嚴格的控制下容許佛教徒之家繼續開放。一九四一年納粹當局關閉了柏林的佛教協會，但並沒有迫害佛教。納粹寬容佛教的可能原因是，佛教是盟友日本的信仰。納粹標誌和佛教「卍」字相似，是否代表希特勒認同佛教及佛學？

圖二：希特勒（Adolf Hitler, 1889–1945）

圖三：「佛光大佛」

我們在廟宇看到「卍」畫在佛祖如來的胸部，是「瑞相」，能湧出寶光。唐代玄奘將它譯成「德」字，強調佛的功德無量。《大佛頂首楞嚴經》：「即時如來。從胸卍字。涌出寶光。其光晃昱。有百千色。」武則天則翻譯爲「萬」字，表示集天下一切吉祥功德。「卍」字有兩種寫法，一種是右旋（卐），一種是左旋（卍）。高雄佛陀紀念館上方矗坐著「佛光大佛」，胸口是一個左旋卍字（圖三）。希特勒親自設計的黨旗爲紅底白圓心，中間嵌一個黑色右旋卐字。他在《我的奮鬥》書中說：「紅色象徵我們這個運動的社會意義，白色象徵民族主義思想。卐字象徵爭取雅利安人鬥爭勝利的使命。」由這句話可知，希特勒完全不了解右旋卐的佛學意義。

希特勒對右旋卐的了解應該是由日爾曼神話

而來。今日好萊塢電影很夯的雷神索爾（Thor）其實是早期日爾曼民族共有的神祇，卐是他的槌子，直到今日，Thor符號還是白人至上主義的象徵符號。右旋卐字的德語是Haken kreutz，亦意指「彎勾十字架」。右旋卐字也使用於波羅的海沿岸，稱之爲Perkunas，拉脫維亞朋友克羅明博士（Janis Klovins）告訴我，一九一八年到一九三四年間，右旋卐字是該國空軍的標誌。

一九三五年希特勒成立了古代遺產研究和教學學會，任務之一是考察雅利安人種的源起。卐字符號在藏傳佛教廣布流傳，使希特勒相信，這西藏地區就是雅利安人的發源地。一九三九年西藏政府邀請德國考察團參加拉薩的洛桑（新年）慶典。西藏政府希望和納粹德國保持友好關係，藉以平衡英國和中國在西藏的勢力。納粹德國一拍即合，也希望和西藏建立友好關係。納粹對藏人的種族特徵進行科學調查。調查報告的結論是，歐洲人種的特徵完全體現在藏人貴族階層，藏人在日德聯盟的護蔭下將作爲泛蒙古同盟的黏著劑，在第三帝國的勝利扮演重要角色。報告並且進一步的推論出德國人與日本人都屬於雅利安民族，這個結論眞是可圈可點，令人歎爲觀止啊。二次大戰後，卐字和納粹是歐洲人的忌諱，德國刑法典第八十六a節（Strafgesetzbuch Section 86a）規定，除了學術用途外，任何人不得展示或散播卐字等納粹符號。當年希特勒若理解佛祖與雅利安人的關係，且因此研習佛祖的言行，或許可以避免第二次世界大戰的悲劇。

25

托爾斯泰與甘地

圖一：托爾斯泰（Leo Tolstoy, 1828–1910）

二〇一四年十月我到莫斯科參觀特列季亞科夫畫廊（Tretyakov Gallery），看到不少描繪托爾斯泰（圖一）的作品。當中一幅一八八七年他下田耕作的畫作，相當程度顯示托爾斯泰的草根農夫性格（圖二）。托爾斯泰十九歲時曾到喀山（Kazan）的一家醫院看病，在那裡他遇見了一位遭受強盜暴力襲擊而入院就醫的佛教和尚。和尚提到不贊成以暴易暴，反擊強盜。這種堅持佛教非暴力原則令年輕的托爾斯泰感到驚訝，對他

圖二：托爾斯泰下田耕作的畫作

有深遠的影響，終其一生對佛教教義感到興趣。

托爾斯泰最初被俄國東正教吸引，但很快認定基督教體系的腐敗，進而尋求新信仰。他的新信仰並不全然是佛教，卻接近其教義及哲理。托爾斯泰於一八六九年出版《戰爭與和平》（*War and Peace*）。書中包含了佛教哲理，敘述命運如何控制歷史，而人們在歷史洪流中只能扮演各自的角色，對事件的因果無法控制，不能逆天行事。即使像拿破崙這麼叱吒風雲，具有權勢，對環境的控制能力亦逐漸遞減，最終雲消霧散。因此入侵俄羅斯後這位法國皇帝成爲自己錯誤信念的俘虜，終於打了敗仗。反觀《戰爭與和平》中的皮埃爾（Pierre），順從佛教哲理，雖爲法軍俘虜，其心靈卻完全自由。托爾斯泰常在莫斯科的新聖女修道院（Novodevichy Convent）牆邊溜冰，因此構思小說時，選擇新聖女修道院牆邊爲皮埃爾被法軍處決的地點。

托爾斯泰一八八三年的文章〈What I Believe〉引用了佛教思想。他在一八九二年的信中提到佛教議題，說：「正如我們在生命中經歷了數以千計的夢想一樣，我們也會輪迴於成千上萬這樣的生命，進入新的生命，且在死去時返回。」托爾斯泰越來越受佛教影響，成爲素食者、非暴力主義者，並過著簡單的農夫生活。托爾斯泰創立的哲學tolstovstvo闡述佛教的理想：「人類應該在和平、和睦和團結中生活。」

托爾斯泰宣揚「勿以暴抗惡」原則，在一九○四年撰文反對日俄戰爭，對中國人民在日俄戰爭中的悲慘境遇和屢次遭受基督教民族的剝削表示同情。然而「熱心雖一片，中有萬千思。不到相安處，彷徨無已時」，托爾斯泰的忠告被當成耳邊風。他的寓言故事集《呆子伊凡》告訴讀者，引發人性中的貪婪很容易，只要讓他擁有比他需要的更多。日本和俄國貪婪地爭奪鄰國的土地，造成生靈塗炭，是人類的悲劇。托爾斯泰在一九○八年譴責英國殖民統治，鼓勵印度人以「愛的原則」拯救自己。甘地（圖三）受到托爾斯泰的感召，於一九○九年開始與他書信交往，承接其思想之衣缽。

圖三：甘地（Mohandas Karamchand Gandhi, 1869–1948）

如同托爾斯泰，受到佛教福音的吸引下，甘地接近佛教更甚於其他宗教。一九二〇年代甘地宣稱自己是佛教徒，說佛教植根於印度教，也代表了它的精髓。他認爲佛教之於印度教如同新教（Protestantism）之於羅馬天主教，而在程度上更強更大。佛陀將包圍他的堅實信仰引進「入世的改革」（Living Reformation），而其精髓形成了印度教的組成元素（Integral Part of Hinduism），並在印度綻放出完整果實。佛陀從不拒絕印度教，而是拓寬了其根基，給予它新的生命和新的詮釋。甘地接著說，印度教有否接受佛陀的教誨的精髓，並不重要。佛陀的教誨就像他的心一樣，擁抱自己，並將一切擴張於全世界。甘地說：「佛陀的成就也是印度教的勝利。」

甘地認爲佛陀最偉大的屬性是他給所有形式的生命（包括最低階層的）絕對的尊重（Exacting Regard）。佛陀認爲地球上最小生物的生命，如同他自己一樣珍貴。人類自認是下層造物的領主和主人，是一種傲慢的假定。在甘地一九二七年十一月的一次演講中說，他很痛心聽到，一些佛教徒同意「賤民的詛咒」（Curse of Untouchability），禁止賤民的女人穿上衣服。這種違反佛陀教誨行爲來自於種姓制度（Caste System in India）。西元前六〇〇年雅利安人入侵印度，創立種姓制度，延續至今日。印度教經典解釋種姓制度的分類架構，區分四種階層，並明確規範彼此的義務與權利。經歷過許多調整，成爲階級森嚴的階序體系，造成種姓歧視。甘地推崇佛陀，也希望藉佛陀的思想打破種姓制度的不公不義。

26 莎士比亞的禪語

二〇一六年四月二十三日是英國文豪莎士比亞（圖一）逝世四百週年的紀念日。英國表彰他爲人類留下的文化瑰寶，舉辦兩場紀念莎士比亞逝世四百週年的盛大活動，分別在泰晤士河畔和位於斯特拉特福的莎士比亞劇院上演。我於四月二十四日飛往倫敦，與這兩場盛會失之交臂。但也在倫敦感受到爲莎翁慶賀的氛圍。公務之餘，特別到泰晤士河南岸的莎士比亞環球劇場瞻仰（圖二）。

該劇場原建於一五九九年，一六一三年表演《亨利八世》時，劇場在加農砲表演意外下毀於大火，之後重建於一六一四年，最後在一六四四年拆除。今日看到的是在原址重建的劇場。環球劇院是一個公共劇院，莎翁在這個空間中培養了劇本寫作的技術，成爲他創作的重心。許多劇本首演的地方是宮廷，但稍做改編後都可以放在環球劇院演出，成爲他順應民心的不二法

圖一：莎士比亞（William Shakespeare, 1564–1616）

門。在倫敦緬懷莎翁之餘，也和他在萊斯特廣場的雕像合影一番（圖三）。

二〇一二年我擔任東元獎評審，當年的得獎者是吳興國。他將莎士比亞《暴風雨》改編成京劇演出，闡述個人對於《暴風雨》的興發體會：「這是一齣探討放下、和解、包容的禪劇。」說《暴風雨》是「禪劇」，我很同意。如果細讀莎士比亞的作品，會發覺當中有許多的警句和佛學哲理相通。智慧是佛教的核心，與佛教相關的深奧智慧，往往不是那種可以很容易封裝或闡述的道理。而莎士比亞的作品則往往呈現類似的智慧，今天人們不斷將莎士比亞的台詞從劇本中節錄出來，變成人生的智慧雋語，爲人生提供了許多答案。

有一句極有禪意的話常被人誤認是莎士比亞所說：「期望是所有心痛的根源。」這句話頗具莎士比亞的風格，但肯定不是他說的話，因爲在他那個年代，尚無「心痛」（heartache）這個摩登術語。這句話應該是從佛教第二聖諦中衍生出來的：「慾望是所有痛苦的根源。」莎翁在他的劇本《終成眷屬》中倒是曾經說過：「期望常常落空，尤其是最被看好的期望。」我們必須明白，期望終歸是期望，它很可能落空。例如莎翁寫《理查二世》，對「君權神授」等國家根本的觀念，提出質疑。英俊瀟灑、文采風流的理查二世不是一個好國王，導致臣民離心離德，爆發亨利四世叛變。當理查二世被叛軍包圍，大勢已去時，還認爲是自己是上帝任命，具有神聖性的君主。正如佛陀所說，理查二世表現背後的驅動力是渴求貪慾，其過程使他在誘惑下建立了妄想。

《理查二世》呈現出莎士比亞探討的永恆主題之一：當人們失去了依賴的身分，他們如何崩潰？而其崩解又給我們何種啟示？理查二世在劇中無法接受自己的神授遭受挑戰，他說：「喔，上帝，上帝啊！那是我的舌頭，曾對那邊那個得意的人，下了可怕的放逐之令，現在卻要再收回來，用上逢迎諂媚的言語！」他又說：「現在這個國王該做什麼？必須順從嗎？這個國王會這樣做。他必須被廢掉嗎？」終於，他領悟到，君權未必神授，可被推翻。於是他期望能化為一般人：「我願拿珍珠換一串念珠；我華麗的宮殿換一方隱地；我明豔的華袍換一襲濟貧者的粗衫；我雕飾的酒杯換一個木盤，我的權杖換一根朝聖者的拐杖；我的臣民換一對聖者的雕像；還有我廣大的王國換一座小小的墳墓；一座很小很小的墳，一座微不足道的墳。」

處於民眾仍然相信「君權神授」的年代，莎士比亞在《理查二世》驚世駭俗地暗示君權並非神授，人應生而平等。如同《阿含經》提到，佛陀自稱「我今亦是人數」，表示佛與眾生本來是平等的，差別在能否滅除煩惱；能滅除煩惱的是佛，反之，是眾生。理查二世被貪慾包圍，如何成佛，如何成神授之君？《查理二世》中有不少頗具禪意的警句，例如：「什麼都比不上厄運更能磨練人的德性。」佛陀教導，磨練自己的清淨心，處順境不起貪愛，處逆境不起瞋恚，這就是修行。《威尼斯商人》寫著：「一個人做了心安理得的事，就是得到了最大的酬

圖二：莎士比亞環球劇場

報。」《太上感應篇》云：「夫心起於善，善雖未爲，而吉神已隨之。」

莎劇台詞最有名的一句話是藉由優柔寡斷的哈姆雷特口中所說的：「To be or not to be, that is the question.」我到達英國的前一天，斯特拉特福舉行遊行、舞蹈和煙火等活動，查爾斯王子加入當天在皇家莎士比亞劇院上演的高潮，在眾演員陸續示範如何念哈姆雷特經典獨白「To be or not to be」時，查爾斯也摩拳擦掌，跳下觀眾席，要求：「我可以說一句嗎？」

「To be or not to be」是頗具禪意的問話。一八二三年英國出版的《藝術暨文學字典》解釋，哈姆雷特那一句意思是：「我要不要生存下去，眞費思

圖三：莎翁在萊斯特廣場的雕像

量。」然而這句話假如沒有和前後情節配合，並無完整的意思。單獨看哈姆雷特那句話，其實很難看到「生死」的意思，但「不知怎麼辦」含義則很明顯，正符合哈姆雷特猶豫不決的性格。而《哈姆雷特》提示普羅大眾：「無榮無辱便是我們的幸福。」唐代的詩僧拾得禪師寫〈終不逐時情〉：「般若酒泠泠，飲多人易醒。余住天台山，凡愚哪見形？常遊深谷洞，終不逐時情。無思亦無慮，無辱也無榮。」正是不流於俗、無寵無憂的自在心境。莎翁也在《亨利八世》諄諄善誘地說：「知足就是我們最好的所有物。」佛經常提梵語「兜率」，意思是「知足」，知足才是最樂，才是眞樂。莎翁在他寫完最後一個喜劇《第十二夜》之後，幾乎每一個劇本都拋出眞實的問題，卻不揭曉答案，藉此激起觀眾的思考，這正是禪宗「不說破」的原則。莎翁是眞正懂禪學的人。

27 悖動派禪宗

佛教在十九世紀伴隨亞洲移民進入美國，而於經濟大蕭條和二次世界大戰時期發展中斷。二十世紀五〇年代起美國「垮掉世代」（The Beat Generation）興起，被視爲後現代主義文學的重要分支，其成員篤信自由主義，創作理念往往是自發，甚至非常混亂。他們反對當時美國的權力機構、政治，以及知識分子階層。過去數十年來華人的文學界將「Beat Generation」翻譯成「垮掉世代」並不恰當。當年被指爲「垮掉派」的作家們自己並未垮掉，而是帶著憤怒，以破壞性的創造（Destructive Construction），對美國社會提出尖銳批評，試圖顛覆傳統美國文學。

我節錄「垮掉派」的一首詩如下：

Visions! omens! hallucinations! miracles! ecstacies! gone down the American river!

圖一：凱魯亞克（Jack Kerouac, 1922–1969）

Dreams! adorations! illuminations! religions! the whole boatload of sensitive bullshit!
Breakthroughs! over the river! flips and crucifixions! gone down the flood! Highs! Epiphanies!
Despairs! Ten years' animal screams and suicides! Minds! New loves! Mad generation! down on
the rocks of Time!
Real holy laughter in the river! They saw it all! the wild eyes! the holy yells! They bade farewell!
They jumped off the roof! to solitude! waving! carrying flowers! Down to the river! into the street!

每當我讀這首詩，心跳加快（Heart Beat），心靈隨之悸動。因此我個人將「垮掉派」改譯爲「悸動派」。他們認同禪宗思想，將唐代禪僧寒山的白話詩由中國傳入美國，並奉爲鼻祖。「悸動派」的代表人物凱魯亞克（圖一）是「悸動」運動中研究東方禪宗思想最深入的人，於一九五八年創作《達摩流浪者》（*Dharma Bums*），將書獻給寒山這位被視爲孤獨單純、忠於自己生活的精神偶像。寒山成爲很多畫家的題材。有的畫像有鬍鬚（圖二a），有些沒有鬍鬚（圖二b），而共同的特徵則是笑臉迎人。

《達摩流浪者》敘述「悸動」這一代的舊金山，反應了禪宗佛學。凱魯亞克的好友，也是「悸動」運動中最年長也最有名的作家柏洛茲（圖三），雖喜愛禪宗佛學的思想奔放，可不願意被苦行僧的做法束縛。他說：「某些西藏的佛教徒將自己圈在牆內，呆在那裡，直到他們死。這不是很好的想法。」柏洛茲隨興不拘，造成一九五一年的悲劇，在墨西哥城酒醉不小心開槍誤殺了他的太太福爾默（Joan Vollmer, 1923–1951）。福爾默是才女，有人認爲「悸動」運動的第一把火是她點燃的。

圖二：唐代禪僧寒山，a有鬍鬚；b沒有鬍鬚

《達摩流浪者》讓我聯想到賈伯斯（圖四），他深受悸動派禪宗影響。《達摩流浪者》書中寫著：「也許我會富有，賺很多錢，住在一所大房子。但思考一分鐘後，我問自己，誰想要用這一大堆來奴役自己啊（Maybe I'll be rich and work and make a lot of money and live in a big house. But a minute later: 'And who wants to enslave himself to a lot of all that, though'）？」這種想法某種程度反映出賈伯斯的行誼：雖賺大錢，卻不爲財富所奴役，任意爲之，享受工作。賈伯斯曾說：「我們的目標不是要打敗競爭對手或者賺大錢，我們的目標是盡可能做不平凡的或者更偉大的事情。」這位不想打敗對手的人打敗了所有對手，不想賺錢的人卻賺了最多的錢。

經過禪宗佛教和禪修，賈伯斯塑造對自己心理過程的了解。賈伯斯說：「當你開始靜坐觀察，會發現你的心思是多麼不安；如果你試著安撫心思，只會讓事情更糟，但隨著時間的推移，你會變得冷靜，且開始有餘力聽到更多微妙的事物。此時你的直覺開始旺盛長成，思緒越來越清澈。你的心神緩慢沉澱，此刻你能體會到前所未見的廣闊眼界。這是一種紀律；你必須實踐它。」在禪修的影響下，賈伯斯的思考傾向絕對的單純（Rigorous Simplicity），也反映在公司產品的設計。禪修不只提升賈伯斯的審美感，也塑造他了解顧客需求的能力。賈伯斯有名的宣言：「我給人們的並非他們說他們想要的東西，而是給他們自己不知道，而卻眞正需要的東西（the task wasn't to give people what they said they wanted; it was to give them what they didn't know they needed）。」賈伯斯並不依靠市場調查，而是磨練內心深處的直覺，體會顧客的眞正需求。如何訓練這種直覺？賈伯斯靠的是禪定（Meditation），以及《華嚴經》所說的「不忘初心，方得始終」。賈伯斯說：「擁有初學者的心態是件了不起的事情。」

圖三：柏洛茲（William Seward Burroughs II, 1914–1997）

圖四：賈伯斯（Steven Paul Jobs, 1955–2011）

28 李小龍的禪學

李小龍（圖一）是許多功夫迷的偶像。他並非一般武夫，而以哲學家自許。李小龍雖然並無宗教信仰，但他的武術哲學受到禪宗很大的影響。李小龍和我都畢業於美國西雅圖的華盛頓大學（University of Washington, Seattle），只不過相隔二十多年。入學時我就特別留意和他相關的報導，同時也沾沾他的光，稱他為「學長」。二十世紀最能名揚國際的華人當屬李小龍。作家三毛說，在撒哈拉沙漠，電影院平時門可羅雀，而放映李小龍的電影時則爆滿。我旅居美國時，路過紐約哈林區，常有人比手畫腳，學李小龍的怪叫，朝我直嚷嚷：「Bruce Lee, Chinese Kung Fu.」其受歡迎的程度可見一斑。美國《時代雜誌》評選李小龍為二十世紀的英雄和偶像，說：「早期中國人在美國被定型為溫順的服務生與鐵路工人。而李小龍僅僅利用手、腳及一大堆姿勢，就能神奇地將一個瘦小的人變成強悍人物，改變了中國人形象。」

圖一：李小龍（原名李振藩：Bruce Jun Fan Lee, 1940–1973）

李小龍於一九六一年獲得華盛頓大學的入學許可，專攻哲學及心理學。李小龍搏擊時能準確評估敵人的動向，是否和他的心理學專長有關？他在大學期間養成了埋首書籍的習慣，像海綿一般，汲取古今中外的哲學和武術的精華，對尼采的哲學風格尤其偏好。李小龍勤奮念書，讀成了六百度的大近視眼。他在課餘之暇，組織了一支「中國功夫隊」，經常在華大校園中展示演練，宣揚國威兼娛樂師生。我曾問華大的老教授當年是否看過李小龍表演？他們說這個年輕人看起來很古怪，但表演的武術還挺有看頭的。李小龍在西雅圖開設第一個亞洲武術館，努力鑽研中國武術古籍，卻找不到他要的答案，尤其在美國一般中國武術館的教學看到「（中國武術）古典的雜亂無章」，中看不中用。

李小龍曾多次示範詠春拳的「長橋發力」，能在任何距離或位置瞬間發力，英語稱之爲Inch Punch。《龍爭虎鬥》（*Enter The Dragon*, 1973）片中有一幕，李小龍以同一角度施展「長橋發力」，連續三次將對手打倒，將Inch Punch的精髓發揮淋漓盡致，成爲武打電影的經典動作。李小龍也被稱爲「李三腳」，因爲他能連續轉身踢腳三次，快如閃電。而每一次轉身所踢的角度都不同，踢到一半還能夠轉向，可以臨時決定該向高處或低處出擊，眞正是橫掃千軍，所向披靡。李小龍在《唐山大兄》（*The Big Boss*, 1971）片中就曾表演這招連環三腿，痛宰六名歹徒。全美國空手道冠軍羅禮士（Chuck Norris, b. 1940）於一九六七年結識李小龍。羅禮士以踢功著稱，曾說，早期的李小龍不相信上直踢法的威力，而喜歡從腰部以下的部位起腳。但羅禮士有不同見解，建議李小龍可以從任何角度及位置起腳，踢出來的威力不會減低。李小龍曾多次集訓羅禮士。有一次李小龍要羅禮士踢高掛的人形沙包的頭部。羅禮士的褲子太緊，怕踢不高，因此割開褲子一直裂到下部。正要一展雄風時，李小龍太太Linda剛好走進來，害得羅禮士春光外洩，羞人答答。從此以後他的褲子全部都是雙重縫線，以免走光。羅禮士和李小龍一起練功三年，很有默契。電影《猛龍過江》的最高潮，他們在羅馬競技場進行經典的武術決鬥，僅花三天的編排就完成。

有位武術界人士告訴我，日本人認爲李小龍是靠電影特效，動作才會那麼快，因此重金購買《精武門》（*Fist of Fury*, 1972）母帶，找出一群日本武術高手來分析。這群桃太郎研究了半天，得到相反結果：李小龍在拍片時，必須將動作放慢，否則攝影機捕捉不到他的身影。李小龍很欽佩身軀巨大的拳王阿里，步伐如蝴蝶般輕盈。我們看李小龍主演的電影，常見他學習阿里步伐的橋段。動作巨星詹姆士・柯本（James Coburn, 1928–2002）評論：「李小龍的力道能由靜止瞬間加速到一百四十英里。」尤其驚人的是，李小龍在《精武門》片中竟然能一腳將一名特技演員踢得破窗而去，飛得老遠。這名特技演員就是後來的武打巨星成龍。

李小龍最有名的雙節棍是中國冷門兵器，攜帶方便，也是李小龍居家必備的防身利器。一九六六年李小龍首次在《青蜂俠》連續劇中使用雙節棍，造成流行風潮。許多美國青年模仿舞弄雙節棍，結果玩出人命。爲此美國不少州政府立法，禁止擁有雙節棍。一九七二年拍攝《猛龍過江》時，李小龍研究發展出雙節棍的「平行處理技術」（Parallel Processing），由一支變成了一對，雙手同時舞動，更是虎虎生風，狠辣凌厲，令人嘆爲觀止。李小龍的雙節棍術是向他的學生，號稱「菲律賓棍王」的伊魯山度（Dan Inosanto）學來的。但他不滿足原來的招數，又潛心創新研發，將雙節棍術推展到更完美的境界，已和伊魯山度的打法大不相同。我在軍隊服役時見過士兵練雙節棍，都要戴鋼盔，不然雙節棍反彈時會打得自己滿頭包，滿地找牙。

不論在體力或哲理的見解，李小龍的創意都勝人一籌。他反對武術受到太多規則的限制，例如拳擊只能握拳，柔道只能摔。他堅持搏擊應不拘形式，「Use only that which works, and take it from any place you can find it」，必要時，摘葉也能傷人。李小龍創立截拳道，將哲學融入他的搏擊信念。我在華盛頓大學的東亞圖書館翻過一些李小龍的著作，發現他對截拳武術的解說多爲理念闡述，對於鍛鍊拳技的方法較少說明，只能拿書對照他在電影的表演摸索。李小龍的著作《截拳道之道》（*Tao of Jeet Kune Do*）敘述攻擊防守原則與武術哲學之終極目的。這本書的前十多頁敘述各種禪宗文本的片段。他將禪學融入武術的方式，令許多學武的外國人看得霧颯颯。例如書中寫著：「空就矗立於左右的中間。虛空包羅萬象，沒有對立面；空不會排除或反對任何事，它存在於虛無，因爲所有形式都根源於它。任何人認識虛無，就會充滿生命和力量，以及對全人類的愛（Voidness is that which stands right in the middle between this and that. The void is all-inclusive, having no opposite - there is nothing which it excludes or opposes. It is living void because all forms come out of it and whoever realizes the void is filled with life and power and the love of all human beings.）。」「涅槃是要自覺不自覺或不自覺地自覺意識到。這是它的祕密。

該法是如此直接即時，並無空間讓智慧能插入其本身，將之切割（Nirvana is to be consciously unconscious or to be unconsciously conscious. That is its secret. The act is so direct and immediate that intellectualization finds no room to insert itself and cut the act to pieces.）。」

事實上李小龍的武術哲學只有他自己才懂得去運用，別人看半天，仍然無法摸著他的門徑。不過他寫的書剴切精深，旁徵博引，常有出人意表的創新見解（例如形容西洋劍法如何結合於拳法），讀起來相當過癮。有人說李小龍很自負，炎炎大言，常常看輕其他門派的武術。李小龍的確曾說過：「If I tell you I'm good, you would probably think I'm boasting. If I tell you I'm no good, you know I'm lying（如果我說我的武功很強，你會認爲我太臭屁。但我若說我的武功很弱，你會發現我在說謊）。」不過根據羅禮士的說法，李小龍並未曾露出瞧不起別的門派的態度，而是提出他對各種武術的意見而已。我記得李小龍曾經說過，世界武術中最難破解的是泰國拳和日本相撲。泰國拳難破解，我聽得懂。日本相撲大概是皮厚不怕打，撲人時動量極大，難以躲避，因此難纏吧。羅禮士認爲李小龍雖然英年早逝，不過他的武功實力，比一個練了七、八十年的人還要高得多。窮其一生，李小龍發揮了極致創意，將武術推向登峰造極的境界。

圖二：跑酷（Parkour或Free Run）女郎翻牆的瞬間

李小龍說：「佛教無他，不須特別使力。一切保持平常心。吃東西，蠕動腸胃，喝水，累了就躺下休息。無知的人會笑我，但智者會理解（In Buddhism, there is no place for using effort. Just be ordinary and nothing special. Eat your food, move your bowels, pass water and when you're tired go and lie down. The ignorant will laugh at me, but the wise will understand）。」李小龍又說「慾望」是一種依附，「不渴望慾望」也是一種依附。想要獨立於依附外，必須脫離「慾望」的正反面。這種同時爲「是」和「不」看似荒謬，在禪的觀點，卻很正常（'To desire' is an attachment. 'To desire not to desire' is also an attachment. To be unattached then, means to be free at once from both statements, positive and negative. This is simultaneously both 'yes' and 'no,' which is intellectually absurd. However, not so in Zen）。這種一切自然，行雲流水的思維影響了許多事物，例如跑酷（Parkour 或 Free Run，圖二）。今日跑酷動作追隨者都宣稱他們受到李小龍哲學的影響：

「There are no limits. There are plateaus, but you must not stay there, you must go beyond them. A man must constantly exceed his level（跑酷之道沒有極限。每個階段都有高原，但你不應停留，而得超越高原。一個人必須不斷超越他的水準）。」他的哲學擴展到「思考如流水」，不爲框架限制，這是創意最講究的開闊胸襟（Open Mind）。

29 月照西鄉

二〇一六年七月，我來到京都清水寺參訪。這座佛寺建築承襲唐宋風格，處處是單純的原木本色，門前一對石獅，仰天長「笑」（圖一）。我閱歷世界各地石獅，第一次看到這麼開心的造型。來到清水寺北總門，北邊有三座石碑，分別鐫刻月照、信海兩名僧人的詩歌，以及西鄉隆盛的弔詞，是爲「月照上人・信海上人慰靈碑」（圖二），讓我想起「月照西鄉」典故。月照上人（1813–1858）曾經是清水寺住持，和「明治

圖一：清水寺石獅

維新三傑」之一的西鄉隆盛（圖三）有很好的交情。一八五八年，兩個人因爲反對幕府被追殺，由京都逃到薩摩藩錦江灣。月照寫下詩句「若爲天皇又何惜，身沉薩摩瀨户海」，和西鄉隆盛一起投江自盡。結果月照不幸罹難，西鄉被救起，保住了性命。月照的兄弟信海則遭幕府逮捕，死於獄中。後人紀念這對兄弟，故有「月照上人・信海上人慰靈碑」。

西鄉與月照可歌可泣之事蹟感動後繼慷慨赴死的志士，引以爲楷模。最有名的例子是清末譚嗣同（圖四）跟梁啓超（圖五）。譚嗣同自比月照，將梁啓超比擬爲西鄉隆盛，說：「程嬰、杵臼；月照、西鄉；吾與足下分任之。」程嬰、杵臼是指春秋時代搜孤救孤的故事。戊戌政變失敗，譚嗣同自己從容就義，卻鼓勵梁啓超爲國珍

圖二：月照上人・信海上人慰靈碑

圖三：西鄉隆盛（1828–1877）

圖四：譚嗣同（1865–1898）

重，留下對聯「我願將身化明月，照君車馬度關河」。上聯的最後一字及下聯的第一字嵌了「月」、「照」，是所謂的蟬聯格。

譚嗣同雖然年輕早逝，卻影響「人間佛教」的濫觴。這個近代的佛教運動由太虛大師（1890–1947）倡導，後來由星雲大師等人發揚光大。一九〇八年太虛大師遇見深受西洋新思潮影響的華山和尚，因而有機會閱讀梁啓超的《新民說》以及譚嗣同的《仁學》。譚嗣同曾學華嚴、唯識，因此他寫作《仁學》時受到佛學很深的影響。太虛大師折服於《仁學》的哲學思維，發下以佛法救世、救人、救國、救民的悲願心願，形成人間佛教的思想。一九二五年，太虛大師參加日本「東亞佛教大會」，亦曾到京都清水寺參拜。

譚嗣同引用「月照西鄉」的典故，而台灣宜蘭則有「西鄉堤」及「西堤晚眺」的典故。首任宜蘭廳長西鄉菊

圖五：梁啓超（1873–1929）

圖六：西鄉菊次郎（1861–1928）

次郎（圖六）是西鄉隆盛之子，於一八九七年（明治三十年）至一九〇二年間擔任宜蘭廳長，重視地方建設，修橋開路，興辦學校，整治宜蘭河，在宜蘭河兩岸建設堤防，解決水患。該堤防稱爲「西鄉堤」，而「西堤晚眺」成爲蘭陽勝景，是早年騷人墨客吟哦頌讚的情境。地方人士在一九〇五年建立「西鄉廳憲德政碑」紀念其治績。

西鄉菊次郎來到宜蘭係受到父親的影響。西鄉隆盛主張日本應該積極對外擴張領土，而台灣更是日本想謀取的土地。宜蘭文化中心的縣史有一份一九三六年日本作家入江曉風出版的書《西鄉南洲翁基隆、蘇澳偵察》，指出一八五一年初西鄉隆盛來台灣刺探清朝軍隊防務。他乘船沿著琉球群島南下台灣，從南方澳一處沒人看守的白砂海灘上岸。上岸後被一戶平埔族漁家收留，暗地探查附近的地理環境。二十四歲的西鄉隆盛與這戶人家的十七歲女孩「蘿茱」產生感情。蘿茱懷孕，西鄉卻不告而別，偷偷返

圖七：宜蘭廳長官舍

日。一八七三年樺山資紀前來台灣東部探查地理環境時，曾會見南澳番大頭目，寫《探險日誌》，提到在南方澳部落尋訪西鄉隆盛的兒子，而無所獲。西鄉菊次郎是西鄉隆盛正式的婚生長子，卻名為「次郎」。按照日本傳統，只有次子才會取名次郎，很明顯是有位哥哥。入江曉風研判，西鄉菊次郎在近六年的宜蘭廳長任內，極可能和留在南方澳的同父異母哥哥見過面，傳為佳話。

一九〇六年宜蘭廳長官舍落成，位於今日宜蘭市舊城南路力行三巷三號。西鄉菊次郎以八百坪面積規劃日式庭園特有的景觀，林木鬱鬱，幽雅靜謐，有池塘小橋、鋪設石片的枯石流水，以及小石燈。官舍主建築是占地七十四坪的一幢和洋混合房舍，融合了日本木造與西洋古典建築的形式。我於二〇一三年七月二十八日到此拜訪，並拍攝留念，如圖七。

卷四　科技人的信仰

30 佛學與科學

圖一：波普爾（Karl Raimund Popper, 1902–1994）

波普爾（圖一）是二十世紀最偉大的哲學家之一。他以辨別眞假命題的想法聞名於世，提倡「可證僞性」（Falsifiability）和「批判理性主義」（Critical Rationalism）。達賴喇嘛丹增嘉措（圖二）於一九七三年第一次訪問歐洲，特別拜訪年邁的波普爾。佛教人士鮮少能和科學家交流，而丹增嘉措卻很勇敢地和科學巨擘對話。他與現代科學家對話的信心來自佛祖說的：「比丘僧和智者們，如是煉截磨之金，仔細考量吾所言，汲取而非唯敬

圖二：丹增嘉措（b.1935）

圖三：帕斯卡（Blaise Pascal, 1623–1662）

之。」然而依照波普爾的標準，佛學和科學的方法上有頗大差距。傳統佛學的邏輯推演無法比擬科學運用複雜的數學工具進行演繹。以佛法作爲探索世界的方法，有明顯的局限，無法獲得現代物理學的定量成果。丹增嘉措很好奇地想將波普爾的「可證僞性」引入佛教，使用數學推理技巧，達到更高層次的抽象，以補佛學傳統方法的不足。因此丹增嘉措特別要求寺廟的喇嘛學習現代科學課程。

有人不信佛法。丹增嘉措認爲若佛法爲僞，則波普爾的理論可證其爲僞。然而在應用此理論時應謹慎，勿被誤導。藏傳佛教格魯派創始人宗喀巴大師指出，否定一個命題的邏輯推論，和不能證實一個命題的邏輯推論，性質是不同的。經過分析後無法確認，和經過分析後加以否定，是不一樣的。佛教徒應該像科學家對待科學一樣來對待佛陀的學說。然而佛學是哲學，並非自然科學，也未必要經過自然科學方法的驗證。這一點偉大的數學家帕斯卡（圖三）看得最清楚。帕斯卡智慧驚人，發明了早期的計算器，影響了電腦科學。他說：「信仰與證明不同，後者是天性，前者是天賦（Faith is different from proof; the latter is human, the former is a Gift from God）。」佛學的信仰是天賦（Gift），而科學的證明是凡人天性（human）。

波普爾認爲以柏拉圖（Plátōn, 427–347BC）爲主的西方哲學已走進樹林迷途，找不到出路。柏拉圖在他的「洞穴寓言」（Parable of the Cave）中表達了他著名的觀點：我們認爲的事物是具體的，眞實的物體僅僅是由這些事物永恆不變的想法投射的陰影。對於柏拉圖來說，椅子是體現「椅子的思想」或本質的任何物體。波普爾的觀點則認爲這種看待世界的方式將人導入迷途，因此他改進「唯名論」（Nominalism）的想法，提出極爲相似佛教概念中的「無我」（Anatta）、「無常」（Anicca）以及「緣起」（Paticcasamuppada）的觀念。佛陀說，沒有永恆的、持久的、不變的本質，一切都在改變，一切都在運轉，一切都與其他相連；定義和概念只不過是頭腦辨別的產物而已，是我們自己建造的監獄。波普爾在二十世紀尋思解答西方思想，特別是科學和社會的概念難題，而佛陀則在兩千五百年前思考如何解脫塵世之苦。他們提出的答案類似，眞令人驚訝。

31 佛曰不可說

二〇一六年十月十九日，我來到愛丁堡皇家學會（Royal Society of Edinburgh）開會，很驚喜在會場看到一座大理石雕像，是我十年前曾經畫過的「瘋子納皮爾」（圖一）。隔日早上我訪問蘇格蘭的聖安德魯大學（Univesity of St Andrews），又見到納皮爾雕像（圖二a），下午我訪問愛丁堡納皮爾大學（Edinburgh Napier University），更以他爲校名，當然也矗立他的銅像（圖二b）。蘇格蘭到處紀念此公，認爲他在

圖一：瘋子納皮爾

數學的發明是蘇格蘭人對科學做出最大的貢獻之一。

自一千八百年前算盤發明後，「計算工具」眞正的改進發生於一六一二年。蘇格蘭長老教會的修道士納皮爾（John Napier of Merchistoun, 1550–1617）聽到有人爲了計算龐大數值的商、積而感到苦惱，觸發他發明了對數法則（Logarithms）。納皮爾的創意是將大數目的積或商的運算，轉變成和或差的計算。此公思考往往出人意表，因此被稱爲「瘋子納皮爾」。「logarithm」是兩個字的組合：logos代表比例，arithmos則是數字。對數的表示法在人類文明的演進扮演重要角色，因爲它可以將「很遠的數字」拉近到人們的眼前，顯著地擴大人類想像力的「視野」。二〇一六年十月二十一日，我到愛丁堡的蘇格蘭國家博物館（National Museum of Scotland）參觀，看到和納皮爾相關的文物展示，拍照留念（圖三）。展示櫃中間放了一隻蘇格蘭的黑毛公雞（Scots Dumpy Rooster）。當中的故事是，納皮爾懷疑僕人偷東西，但沒人承認。納皮爾說他的公雞能抓小偷，要僕人們一一進入暗室，拍公雞的背，如果是小偷，拍背時公雞會有反應。結果公雞沒反應，但小偷找到了。原來納皮爾用煙墨塗在公雞的背上，小偷不敢碰公雞，回來時手是乾淨的。展示櫃中黑毛公雞的左下方放了一個圓盤，是他發明的「納皮爾圓周」，用來解析球面直角三角形公式。展示櫃中黑毛公雞的左下方是他發明的「納皮爾的骨頭」（納皮爾棒），類似先進版的算盤，用於簡化乘除法運算和數目的平方根。拉普拉斯（Pierre-Simon marquis de Laplace,

1749–1827）說：「納皮爾的骨頭延長許多天文學家的壽命。」

納皮爾的對數法則亦存在於自然現象。一九九〇年代我在美國紐澤西的貝爾研究公司（Bellcore）擔任研究科學家，在該公司的圖書館找到很有趣的歷史文獻。當中一則敘述，貝爾（Alexander Graham Bell, 1847–1922）發現人對聲音強度的反應是對數式的，亦即當聲音強度大十倍時，人耳只會感覺大一倍。貝爾電話公司的工程師於是制訂聲音強度的標度爲「貝爾」（Bel），而每一Bel的差爲十倍。「貝爾」被用來量測語音訊號經過一段距離的電話線傳輸後訊號衰減的程度。今日音響設備則以「貝爾」的十分之一dB（deciBel）爲量測單位。

對數式的感官讓我們能感知大範圍的音域，這種特性，在地球演化過程中，對人類適應生存有很大幫助。而其缺點是，我們對大數目比較不敏感，也較不易處理（聲音大到要震聾，還反應不來）。就經濟學而言，這種現象稱爲「帕金森定理」（Parkinson's Law）。英國作家帕金森（Cyril Northcote Parkinson, 1909–1993）說：「錢數越大，花在討論如何使用的時間就越少（因爲數目一大，人就不知所措了）。」這就是對大數目的麻木（Number Numbness），很巧妙地由「貝爾」詮釋。

利用納皮爾的大數法則，天文學家才能觀察浩瀚宇宙，而由於帕金森定理，人們不會被大

圖二a：納皮爾在聖安德魯大學的雕像

圖二b：愛丁堡納皮爾大學銅像

數字嚇壞。我於二〇一〇年九月參訪位於美國加州聖塔克拉拉（Santa Clara）山景市（Mountain View）的谷歌（Google）總部Googleplex。谷歌這家公司的名稱相當搞怪，係來自「googol」這個字，代表十的一百次方，大約等於七十的階乘（70!）。這個數值在電腦中需要333bits（約42Bytes）來容納，顯示出谷歌希望能無限量容納搜尋資料的企圖心。Googol這個單字首次出現在《數學與想像》（*Mathematics and the Imagination*）一書。作者卡斯納（Edward Kasner, 1878–1955）在書中提到一九三八年時他的九歲侄子西羅蒂（Milton Sirotta）創造了這個字。不過此字不符合西洋的千進制慣例。一般而言，英文應該只有在10的3次方倍數才有名稱，例如Thousand、Million、Billion。Googol是萬進制（10的4次方倍數）的名稱，屬於中國式的「萬、億、兆、京、垓、秭、穰、溝、澗、正、載」族群。若採西洋的千進

圖三：蘇格蘭國家博物館展示和納皮爾相關的文物

制，應以googol代表10的99次方。年幼的西羅蒂應該不知中國的萬進制，隨口說說罷了。據說谷歌原本想將公司的名字登記爲Googol，但是筆誤爲Google，就將錯就錯，沿用至今。谷歌雖然想以Googol表示數量之大。其實何謂大數字，佛經中已有開示。谷歌這個數目遠小於佛教的「不可說」。《華嚴經》將「不可說」定義爲10的4652297985247205555163324710981206016次方，遠大於Googol。《華嚴經．阿僧只品．第三十》：「世尊，諸佛如來，演說、無量、無邊、無等、不可數、不可稱、不可思、不可量、不可說、不可說不可說。」提到的都是極大的數目。谷歌公司的總部取名爲「谷歌布萊克斯」（Googleplex），係抄自Googolplex，代表10的Googol次方。換言之Googolplex是在10的次方放一千個零，這個數目就遠大於《華嚴經》中定義的最大數值「不可說不可說」。以往「佛曰不可說不可說」，因爲數字太大，一說就錯。現代的佛教人士應順應潮流，改講「佛曰Googleplex」，看看谷歌願不願意捐點香油錢，不必多，捐個「無量」就功德無量啦。

32 拍松的禪學

我在科技部工作時曾負責督導科學教育，希望能提升高中科學教育的水準。仔細檢視程式語言的教材，發現這些教材皆依循傳統的程式撰寫訓練方式，製作認眞，嚴謹度佳，能夠深入，卻較難淺出，高中學生不易親近，也不易理解程式邏輯。另外一個問題是，高中的資訊課程皆爲選修，如果課程艱深，學生選修願意不高。而高中生的資訊能力，是大學生能否有效延續運用資訊工具，進行研發的關鍵之一。所以，如何引導高中生投入電腦程式的學習，刻不容緩，這個問題一直縈繞我腦中。

至於要教授哪一種電腦語言，我們認爲對於初學者，拍松（Python）這個程式語言頗爲恰當，其優點是語法簡單，容易記住，而其程式碼的呈現方式易於閱讀，有助於快速開發應用。台灣學校教學常採用的電腦語言爲C、Java，以及其衍生的語言。執行這些語言的程式，必須先經過編譯的過程，其效能較佳，但也較爲繁複。而拍松程式在撰寫完後不須編譯，可以馬上執行，立竿見影，自然親民多了。也因此美國資訊系所排名在前的頂級大學中，有超過百分之八十是以拍松作爲第一個程式教學語言。

學習電腦語言就像學禪、學佛一般。要學精、學深並不容易。如果老師能深入，無法淺出，悟性不高的學生，根本學不會。要達到「釋迦拈花，迦葉微笑」意境，必須具備迦葉這般悟性，凡夫俗子如我輩，大概辦不到。因此「淺出」是很重要的。能以深入淺出的方式引導信眾者，例如人間佛教，以入世的方法，讓人們以做中學來悟得佛學。在拍松社群中有一位高手彼得斯（Tim Peters），提出了撰寫拍松程式的指引，是所謂「拍松的禪學」（The Zen of Python）。台灣使用者群組（PyTUG）曾將之翻譯爲中文。我將部分的句子重新組合，節錄如下面五點。撇開寫程式的細節，以下五點指引可做如下的禪學闡述。

一、明講好過暗諭，平鋪勝於層疊（Explicit is better than implicit. Flat is better than nested）。例如禪宗不立文字，採用以心傳心的暗諭方式，

圖一：蘇東坡（1037–1101）

凡人要實踐，頗有困難。惠洪詩禪開創「文字禪」，讓暗諭「淺出」爲明示，希望普羅大眾比較容易聽懂。將「文字禪」掌握最好的人是蘇東坡（圖一）。他的文筆甚佳，詩作透露的禪機，很容易讓人接受。這個準則同樣適用於電腦程式練習，如果蘇東坡來寫程式，或許會是一位電腦高手。

二、簡潔者爲上，複雜者次之，繁澀者爲下（Simple is better than complex. Complex is better than complicated）。蘇東坡辯才無礙，引用典故能左右逢源，是能夠以「文字禪」將理念簡潔敘明的高手。但不少人妄用「文字禪」，如同葛藤之蔓延交錯，變成「葛藤禪」。禪宗有些公案玩弄無用語句，纏繞束縛，難以理解，不得眞義，是爲葛藤禪。

三、特例難免，但不可超越原則，務求純淨，亦應切合實際（Special cases aren't special enough to break the rules. Although practicality beats purity）。我有一次聽星雲大師說故事，一個老和尚到溪邊，遇到婦人有急事，懇求背她過溪。老和尚答應，背她渡過了溪。事後小和尚不解地的問老和尚爲何犯了授受不親之戒，背女子過溪。老和尚笑說：「我已在岸邊將那女子放下了，你的心爲何還不放下呢？」老和尚因助人而權宜變通，切合實際，其特例並未超越原則。

四、終究有明確的寫法，最好只有一種，但須細想方可得（There should be one - and preferably only one - obvious way to do it. Although that way may not be obvious at first unless you're

Dutch）。禪宗公案的答案應有客觀的明確性，然而聽話人的主觀了解往往轉成了葛藤。細想「明確的寫法」，是知易行難。

五、難以解釋的實作方式，必定是壞方法，容易解釋的實作方式，可能是好主意（If the implementation is hard to explain, it's a bad idea; if the implementation is easy to explain, it may be a good idea）。禪宗公案中的弟子造成葛藤，往往和禪者（開示者）的教學風格有關。唐末五代時的宗慧禪師以答非所問著稱，往往作出一些不知所云、違反常識或充滿邏輯矛盾的回答。例如有僧問：「如何是佛？」宗慧禪師道：「麻三斤。」他這種「實作方式」眞是難以解釋，不是好方法。

上述五點是達到「文字般若」的指引。當人讀了經書，能夠吸收當中所說的道理，得到智慧，就是文字般若。語言文字雖不足以完全表達禪法意境，但依循「拍松的禪學」卻可藉由語言文字，自得出入於佛法間。《五燈會元》中青原惟信禪師（圖二）說：「老僧三十年前未參禪時，見山是山，見水是水。及至後來，親見知識，有個入處，見山不是山，見水不是水。而今得個休歇處，依前見山又是山，見水又是水。」彼得斯的指引可謂「見山又是山，見水又是水」的境界。四十年前我使用第一代的電腦語言編寫程式，

圖二：青原惟信禪師

所提供的功能有限，影響程式撰寫者的思維，寫出來的程式雖然「明講」（Explicit），卻很複雜、繁澀，可謂「見山是山，見水是水」的粗淺境界。之後第二代的電腦語言提供遞迴、模組化的功能，我輩見獵心喜，寫程式時難免賣弄技巧，以暗諭、層疊為時尚，是為「見山不是山，見水不是水」的境界。直到今日，我撰寫程式累積的經驗已能體會「拍松的禪學」，了解反璞歸眞的重要，能夠感受「見山又是山，見水又是水」的境界為何。

其實拍松和其他電腦語言並無不同，寫程式者必須如老僧一般，下了三十年參禪的功夫，深入鑽研後，才能達到「見山又是山，見水又是水」的境界。然而拍松易懂，初學者容易進入「見山是山，見水是水」的境界，該語言的結構又較容易遵循「拍松禪學」的正確指引，寫程式者只要持之以恆，自然會被引導進入「見山又是山，見水又是水」的境界。電腦程式的訓練如參禪一般，須有恆地下功夫，並採取正確的方法，才能頓悟得道。蘇東坡詩云：

橫看成嶺側成峰，遠近高低各不同；不識廬山眞面目，只緣身在此山中。

電腦程式語言的初學者，都有這首詩所描述的迷惑。由這首詩，我們應有認知，要看清楚事物的眞相與全貌，必須超越狹小的範圍，擺脫主觀成見。參禪如此，電腦程式的訓練亦如此。

33 心有靈犀一點通

我曾提到「天眼神通」，依照通訊原理，「天眼」是招徠（Pull-based）的應用，使用者必須運功（甚至必須指定方向），主動去尋找資訊。更進一步的無線通訊技術是「心血來潮」，係推進（Push-based）的應用，有事發生，會自動回報。《封神演義》記載許多有名的例子。例如太乙眞人在乾元山金光洞靜坐，忽然心血來潮，就知道發生啥事體，喚來徒弟哪吒，說：「黃飛虎父子有難，你下山救他。」

這類「心血來潮」的無線通訊能力也曾經出現於中古世紀的歐洲。聖女貞德（圖一）十六歲時就有心血來潮的經驗，在村子後頭的大樹下感應到天使聖彌額爾（Saint Michael）、聖瑪嘉烈（Saint Margaret），和聖凱瑟琳（Saint Catherine），從而得到「神的啓示」，帶兵收復當時被英格蘭人占領的法國失地。聖女貞德的話語眞誠，士兵見到她就精神大振。她以大約一週的

圖一：聖女貞德
（Jeanne d'Arc, 1412–1431）

時間，將被英國人占領的奧爾良收復。此後，貞德幾乎戰無不勝、攻無不克，每天都有許多士兵前來投靠。收復大部分失土後，貞德很堅持地鼓勵法國王儲查理接受加冕。加冕時貞德高興地哭著說：「神交給我的兩項任務，我都辦到了。」登基之後的查理七世卻削減貞德的軍隊，幾乎只剩幾百人。貞德因此在康比涅（Compigne）被勃艮第人抓到。最後，貞德被英國人戴上高帽子，上面寫著「異端、叛教」等字，處以火刑。我於二〇一四年參觀法國羅浮宮，拍攝了聖女貞德的大理石雕像，相貌純潔堅貞，看了相當感動。

聖女貞德的神蹟極受爭議，許多學者認爲她看到的，只是由心理疾病造成的幻覺和妄想，類似偏執狂的精神分裂症，或癲癇所造成的短暫腦葉變化。持相反看法的學者則指出，貞德聲稱還「聽到某些聲音」，這與一般心理疾病的症狀並不相同。當時有一派醫學解釋，認爲貞德喝了結核病牛隻的牛奶，未加熱殺菌，因而產生幻覺，因此匪夷所思地建議：「法國政府應該停止對牛奶的加熱殺菌規定，好培養出更多這樣的英雄人物來造福國家。」或許貞德具備「心血來潮」的能力，感應到遠方英軍部署，因此能改變法軍將領們一向謹愼行動的戰略，在戰場上採用正面的猛烈攻勢，將英軍打得措手不及。貞德死後仍對西方世界有深遠影響，馬克吐溫說：「任何人們認爲偉大的事物，只要在聖女貞德的行誼中尋找，一定可以找到。（Whatever thing men call great, look for it in Joan of Arc, and there you will find it.）」

「心血來潮」語出《封神演義》。說書人在此句後加注道：「但凡神仙，煩惱、嗔痴、愛慾三事永忘，其心如石，再不動搖；心血來潮者，心中忽動耳。」是形容修練成仙者，心思原無波動，但卻突然對人事有所感應與預知。心血來潮是單向的遙測技術，佛教則談到完美的無線通訊，亦即是「心有靈犀一點通」的雙向心電感應。〈東印請祖之頌〉：「雲犀玩月璨含輝，木馬遊春駿不羈。」意謂禪者之心玲瓏剔透，毫無陰影。句中「雲犀」又稱靈犀。心有靈犀自然能「以心傳心」，一點通。這種靈犀幻夢的境界曾發生於唐代的白居易（圖二）和元稹（圖三）身上，記載於白行簡的〈三夢記〉。這兩位好朋友，曾唱和寫詩兩百首，合爲一「詩屏風」，培養出心電感應的默契。元和四年（西元八〇九年），元稹擔任監察御史，奉使出關。他離京十幾天後，白居易帶著弟弟白行簡到長安曲江的慈恩寺閒逛。晚上一同在修行里喝酒。白居易舉杯深思，說道：「微之，如今該到梁州了。」說著，便在牆壁上題了一首詩：

「春來無計破春愁，醉折花枝作酒籌。忽憶故人天際去，計程今日到梁州。」

圖二：白居易（772–846）

大家只當白居易發酒瘋，不甚理會。沒想到過

圖三：元稹（字微之，779–831）

了十幾天，有人從梁州來，捎了元稹一封信，說他到達梁州那一天，做了一個夢，夢見白居易在慈恩寺喝酒。元稹附了一首〈記夢〉詩：

「夢君兄弟曲江頭，也入慈恩院裡遊。屬吏喚人排馬去，覺來身在古梁州。」

他們的詩同一天分隔兩地寫出，都是「尤」韻，最後一句更不約而同地用了「州」字韻腳。這眞是「心有靈犀一點通」的雙向心電感應，由通訊（Communication）昇華到神交（Communion）的最佳例子啊。

「心有靈犀一點通」語出李商隱（813–858）〈無題〉詩：「身無彩鳳雙飛翼，心有靈犀一點通。」比喻戀愛中男女雙方的心心相印。現在則多用於形容兩個人有默契的心領神會，亦即「心電感應」（Telepathy）。利用心電感應爲通訊媒介的想法，在一九五六年的一本小說《異星遊》（*Time for the Stars*）有提及。該書是科幻大師海萊因（圖四）的傑作，描述人類到遠離太陽系的星球探險。由於光速限制，無線電波的通訊會有數年的延遲，因此開發心電感應的通訊模式進行即時通訊。當然了，這種說法漏洞甚多。根據相對論，當太空船以光速旅行時，太

圖四：海萊因（Robert Anson Heinlein, 1907–1988）

空人的老化較地球人遲緩。兩方心電感應通訊機制隨著時間的增加，折舊率大不相同，是否能夠同步連接上，還得好好「科幻」一番呢。

心電感應常被禪宗採用，當作覺悟的最直接傳授方式。《六祖壇經》：「昔達摩大師初來此土，人未之信，故傳此衣，以爲信體，代代相承；法則以心傳心，皆令自悟自解。」禪宗講究老師與弟子以心靈相照面，傳達佛法的極義，而不經由文字與經論。例如釋迦拈花，迦葉微笑，是所謂的以心傳心，若有心電感應的技術，自然能以心傳心，暢通無阻。

34 科學家的情書

二〇一六年十月十八日我來到英國愛丁堡，看到了兩位偉大科學家的畫像及雕像。第一位是馬克士威爾（圖一）。我在愛丁堡皇家學會（Royal Society of Edinburgh）與他的畫像合照，也有幸看到他於一八五九年在皇家學院報告的手抄原稿*Researches on Contact Electricity*。我忽然想起他隔年（一八六〇年）寫給老婆的一首詩，名爲〈Valentine by a Telegraph Clerk〉。「Valentine」是情人節時寄給異性的卡片，而「Clerk」一語雙關，是電報的發報員，也是馬克士威爾的名字，表面上名爲「電報員拍發的情人節電報」，其實是暗指

圖一：馬克士威爾（James Clerk Maxwell, 1831–1879）

自己「Clerk」寫給太太的情書。有人畫蛇添足地將這首詩的標題加長為「Valentine by a Telegraph Clerk to a Telegraph Clerk」，將馬克士威爾的太太也變成電報員，未免唐突佳人。這首詩比偉大的「馬克士威爾方程式」早十五年問世，我將之分為四段來賞析。第一段的詩文如下：

> 即使遠隔萬里，我靈魂的觸鬚交織於妳的思緒，如盤旋的迴路縈繞於我內心的指針（The tendrils of my soul are twined With thine, though many a mile apart. And thine in close coiled circuits wind Around the needle of my heart）。

這段詩文以安培定律（Ampère's circuital law）來比喻馬克士威爾和他老婆的心心相印，兩地分隔時，魂魄仍如蔓藤般相互纏繞。安培定律告訴我們，當電流通過線圈（Coiled Circuit）時，會產生磁場，讓磁針（Needle）偏轉，比喻兩人濃情密意，老婆滿滿的愛意牽動馬克士威爾的心。第二段寫著：

> 如丹尼爾般穩定，如葛羅姆般強烈，像斯米那樣熱情奔放，我的心湧出潮水的愛意，全數匯流向妳（Constant as Daniel, strong as Grove. Ebullient throughout its depths like Smee, My heart puts forth its tide of love, And all its circuits close in thee）。

這一段以「電池」比喻其愛情的穩定、強烈，且熱情奔放。「Daniel」是「Daniell」的筆誤，係指丹尼爾電池（Daniell Cell），發明者丹尼爾（John F. Daniell, 1790–1845）大幅改進伏特電池（Volta Cell）的穩定性，用於電報系統。「Grove」是指葛羅姆（William Robert Grove, 1811–1896）發明的燃料電池（Fuel Cell），威力強大。「Smee」電池的發明者爲斯米（Alfred Smee, 1818–1877）。我沒見識過斯米電池，不知它有何特性可形容「熱情奔放」。第三段詩寫著：

請告訴我，經由磁力線，我心中飛出的訊息，可有電流在妳心間感應？妳快滴答一聲回應，終止我的焦慮（O tell me, when along the line From my full heart the message flows, What currents are induced in thine? One click from thee will end my woes）。

和第一段詩相反，馬克士威爾以心中的訊息比喻爲磁場，散發磁力線，感應出愛的電流。這是法拉第感應定律（Faraday's law of electro magnetic induction）。「滴答」（click）是電報按鍵的比喻，按一次鍵，是一個滴答，形容滿心期盼的馬克士威爾，任何音訊都足以讓他的煩惱拋到雲霄之外。最後一段的詩文如下：

經由一個又一個伏特，韋伯的流動是妳的滴答給我的回音；我是妳眞誠忠實的法拉，充滿一伏特對妳的愛（Through many a volt the weber flew, And clicked this answer back to me; I am thy farad staunch and true, Charged to a volt with love for thee）。

在這一段，馬克士威爾說出他希望聽到的「滴答」。伏特（Volt）是電壓的單位。韋伯（Weber）是電磁流量（Magnetic Flux）的單位，以德國物理學家韋伯（Wilhelm Eduard Weber, 1804–1891）命名。法拉（Farad）是電容（Capacitor）的量測單位。一般的電容器會註明其伏特數。「And clicked this answer back to me」是以拍發回來的電報比喻愛人的回應。馬克士威爾內心充滿愛意，將自己的心比喻爲伏特數頗大的電容，能承載愛妻傳送來高電壓，轉化爲濃情密意。

這首詩最後一段提到「法拉」爲電容單位，係以英國偉大的科學家法拉第（圖二）命名，

圖二：法拉第（Michael Faraday, 1791–1867）

我三度訪問愛丁堡大學，都曾到一棟以法拉第命名的八層樓建築。他沒念過數學，卻能以無比的想像力將向量的概念導入電磁學。法拉第的人格高尚謙虛。皇家學會聘請他爲學會主席，英國貴族院要授予貴族封號，都被他謝絕。他寫的化學教科書極爲暢銷，自一八二七年至一八三八年間多次再版。他拒絕印行第五版，認爲科學書籍萬壽無疆地再版，代表科學沒有進步，是很丟人的。法拉第很感性，寫了一堆情

圖三：盤長的例子

書給他的妻子莎拉（Sharah Barnard）。某次婚前約會，搭驛馬車到曼斯頓（Manston）看夜景，法拉第的情書寫道：「難以想像坐馬車有這麼的快樂，每一刻的時光、每幅景致、每個地方、都優美得像首交響曲，我去過的任何地方，我度過的任何夜晚，沒有一次，像今夜這麼奇妙，全是因爲有妳作伴。」馬克士威爾寫情書，不忘給太太上一堂電學課程，而法拉第則很感性地向妻子表白，不帶任何科學名詞。

由上述科學家們的情書文采可知，他們都具有相當的人文素養。有人說，馬克士威爾的研究似乎和藏傳佛教的盤長有關。

盤長又稱永恆結（Dpal be'u，圖三），是佛教八大吉祥之一，也表示佛法迴環貫徹，長久永恆之意。馬克士威爾對於「結」的理論很感興趣，曾以此發展出電磁理論來解釋高斯的鏈接積分。西方許多佛教學者認爲，佛教思想已有原子（Atom）的觀念，影響到後來法拉第及馬克士威爾的電磁學研究。而電磁現象的奧祕，在法拉第及馬克士威爾等人孜孜不倦的鑽研下，讓人類對原子有更明確的認知，如同《楞嚴經》所云：「生滅根元，從此披露。」

35 澳門行

二〇一六年十一月，我飛到澳門至澳門大學演講，並拜會學術副校長倪明選教授以及侯芬教授，討論物聯網技術、智慧校園以及合作的可能性。我下榻的旅館是巴黎人酒店（The Parisian），建築內部採用巴洛克式裝潢，豪華壯觀。來到櫃台登記，面對一幅超大壁畫，是仿製大衛（Jacques-Louis David, 1748–1825）的作品《拿破崙一世加冕典禮》（圖一）。巧合的是，我於二〇一四年的同一天在巴黎羅浮宮（Musée du Louvre）看到大衛的原作。大衛年少時學畫不順，幾乎絕望自殺，直到一七七四年獲頒羅馬獎，並於一七八四年成為法國皇家藝術院院士，一舉成名。法國大革命時他對法國博物館的建設和羅浮宮的保護有不小的貢獻，成為法國博物館事業的奠基人之一。一七九七年大衛被延攬為拿破崙一世的首席宮廷畫師，創作了許多大型作品，對拿破崙歌功頌德，不遺餘力。滑鐵盧兵敗後，拿破崙身旁的人，樹倒猢猻散，大衛避禍，逃亡到布魯塞爾，賣畫爲生，皆以古希臘和羅馬的題材爲主，不再沾惹政治議題，過著恬淡生活。大衛最令我注目的作品就是這一幅《拿破崙一世加冕典禮》。一八〇四年十一月六日，公民投票通過拿破崙・波拿巴爲「法蘭西人」的皇帝，號稱拿破崙一世。這是法國皇帝第一次以自己的「名字」作爲皇帝的稱號。他並未依例由教宗加冕，而是自己將皇冠戴到頭上，然後爲妻子約瑟芬加冕爲皇后。這表示他的權力至高無上，不受教會控制。畫中的教宗噤若寒蟬，只能旁觀，不敢吭一聲。大衛將拿破崙與教宗微妙的關係表達得淋漓盡致。

我在澳門經過一條名字很特別的馬路，稱爲殷皇子大馬路（Avenida do Infante Dom Henrique），很多澳門年輕人都不知這條大馬路紀念的殷皇子是何許人也。「Infante D. Henrique」是葡萄牙航海家亨利王子（圖二）。他建立了全世界首間航海學校、天文台、圖書館、港口及船廠，爲葡萄牙日後成爲海上霸主奠定了基石。亨利王子和他的後繼者想盡辦法保護並壟斷他們開發的非洲沿岸商業利益，其關鍵在於航海圖的保密。現代葡萄牙的歷史學家信誓旦旦，戟指宣稱葡萄牙人比哥倫布更早發現美洲，只是保密成功，外人不知罷了。十五世紀時葡萄牙擁有最豐富的航海經驗，也因此掌握海權。然而亨利王子由航海圖創造的霸業，因印刷術的普及而漸漸被他國取代。無論如何保密，葡萄牙人終究抵擋不住航海知識的散布。當印刷術廣泛應用，地理資訊得以順利結集成冊。之後焚書人及出版物檢查官在封鎖知識的戰役，

圖一：澳門巴黎人酒店的《拿破崙一世加冕典禮》（*Sacre de l'empereur Napoleon I*）壁畫

總是穩輸不贏（禁書往往越禁越好賣）。葡萄牙的海上霸權因「殷皇子」而起，因印刷術而衰，科技的影響力實在驚人。

此行我特別去瞻仰鄭家大屋（Mandarim's House）歷史遺跡（圖三 a）。鄭家大屋是鄭觀應（圖三 b）於一八六九年建造的。鄭觀應的實業和我的學術研究相關。中國最早的電報編碼依循摩斯碼。早期漢文的每個字都配有一組四位數的電報碼。例如「中」是「〇〇二二」號，「國」是「〇九四八」號，這些號碼轉換成摩斯電碼後，就可以傳送電報。而電報碼的轉換，最早靠一本類似電話簿的《電

圖二：亨利王子（1394–1460）

圖三b：我素描鄭觀應（1842–1922）的肖像

圖三a：鄭家大屋

報新書》，係參考《康熙字典》的部首排列方法，選了六千八百個漢字來編碼。後來鄭觀應把這本書改編了一下，使之更適用於中文，增加了更多漢字，改名叫《電報新編》，成爲中國電報長期採用的系統。

鄭觀應是澳門人，自幼受歐風薰陶，「究心政治、實業之學」，富於宗教思想，壯年豪俠有奇氣。他曾發表一篇文章《論電報》，詳細闡述電報工作原理，並指出電報在軍事、商業、政治上的種種優勢。他撰寫的《盛世危言》（圖四）對中國近代社會極具震撼力，影響了光緒皇帝、康有爲、梁啓超、孫中山，甚至毛澤東。孫中山年輕時結識了大他二十四歲的鄭觀應，深受他維新變革思想的影響。鄭觀應也積極支持並具體幫助孫中山的早期政治活動。我向鄭觀應老前輩默禱，請教物聯網發展前景。他老人家託夢指示：「首爲商戰鼓與呼。」

《盛世危言》的《危言‧道術》提到儒曰「正心」、

圖四：《盛世危言》

道曰「修心」、佛曰「明心」，說法雖然不同，三教窮理、盡性、以至於命之學，道理相通。聖賢仙佛異於人者，異其心者也；聖賢仙佛與人同者，同其理者也。《金剛經》：「一切聖賢皆以無爲法而有差別。」修齊治平皆宜師之。或問：「仙、佛之道所重者何處？」曰：「佛經重在楞嚴之聞思，仙經重在南華之心齋，儒經重在易之習坎。其實聞思即習坎，習坎即心齋。文雖殊，義則同也。孔、顏問答，惟道集虛。虛者心齋也。觀世音從聞思修入，方獲圓道。」

鄭觀應批評世人口誦堯之言，心行桀之行，惟慕浮名，以爲仙佛皆先世宿緣，爲己所限；或云但得眞仙親手提攜，便可立地成佛，不知自修；或不遇眞師自負聰明，將其經旨妄加箋注，雖強名略同而至道殊邈，駢詞麗句反失本眞。今日台灣大力推動創新創業，一些「新創」青年的想法偏差，如鄭觀應所批評，我輩值得深思。

36 三歲孩兒也道得

二〇一六年十二月教育部請美國學術倫理辦公室前主管John Dahlberg來台，在台北和台南兩地舉辦國際學術倫理工作坊，要求大學校長、學術副校長、研發長或負責學術倫理事務主管出席。結果只有兩間學校的校長參加，其他多數學校則派出副研發長、主任、辦事員或組長層級代表。教育部和大學教授之間對這個工作坊活動的「實用性」的看法似乎有落差。

每當高等教育及研究機構發生學術倫理事件，教育部和科技部就會進行兩件事：調查懲處當事人以及教授學生的學術倫理再教育。我在科技部擔任政務次長時，參與多件學術倫理的案件的調查，深知將事實眞相公諸社會的重要性。而媒體及大眾往往不了解處理學術倫理事件流程，在調查期間，常常要求我發表看法。我請媒體在調查報告未正式公布前不要追問，於是

圖一：白居易（772-846）

圖二：鳥窠道林禪師

有報紙標題寫著，科技部次長「拜託媒體不要追根究底」，言下之意，想隱瞞眞相。事實上絕非如此，學術倫理事件有法定調查程序，時程冗長。在調查委員會未完成正式調查報告前，不宜有個人看法。即使調查報告認定當事人有違反學術倫理的事實，也不見得能馬上進行懲處。當事人若不服調查結果，可以一再進行訴願，而科技部則必須花費大筆公帑，繼續陪著玩。以我處理的一個案例，由二〇一四年初案發到二〇一六年五月我卸任科技部職務，當事人一再訴願，仍未結案，而何時結束，沒人說得準。這是台灣重視人權，有「寧可錯放千人，不可誤殺一人」的特質。

至於針對教授及學生的學術倫理再教育，是否有效果，更是見仁見智。這讓我想起禪宗的一則公案。西元八〇六至八二〇年間白居易（圖一）出任杭州太守，慕名拜訪一位特立獨行的禪師。這位禪師不住寺廟，而是在秦望山上一棵很老的松樹上蓄個窩，不論風雨，都在樹上，因此人稱「鳥窠道林禪師」（圖二）。白居易仰觀禪師搖搖晃晃地在樹上，很緊張地說：「師父您在樹上太危險了！」禪師俯視著說：「太守大人，你的官職這麼高，薪火相交，縱性不停，處境才非常危險呢。」白居易聽了，肅然起敬，又問：「如何是佛法大意？」禪師回答：「諸惡莫作，眾善奉行，自淨其意，是諸佛法。」白居易的大哉問竟然得到這麼平常的答案，啞然失笑地說：「三歲小孩也知曉這個道理啊。」禪師說：「三歲孩兒雖道得，八十老翁行不得。」言下之意，這個道理三歲孩童都會說，可惜許多八十歲的老翁做不到。扮演鳥窠道林禪師的教育部，如何教導教授們「三歲孩兒也道得」的學術倫理，可得好好思量啊。

37 科技人的宗教信仰

我因公務，常往返台北的南港軟體園區及新竹科學園區。每次由台北回新竹，離開南港軟體園區，上高速公路的交流道前，都會經過一間小廟，往往瞄到幾位西裝筆挺，像是公司員工的人士，很虔誠地在上香。台灣有不少科技人逢廟必拜，祈求指點事業迷津，期盼研發順利，事業興隆。我以前在美國的科技公司工作，認識不少虔誠基督教徒，他們可能每天會在餐前或睡前禱告，但皆偏重祈求個人健康或家庭幸福，未曾見過在公司內部或上班時間大張旗鼓，集體進行祈福的儀式，爲公司的鴻圖大展，大拜特拜。一九九五年我回到台灣工作，看見很多科技公司都會利用農曆「中元節」團拜三界公，並準備豐盛祭品給好兄弟。一九九七年我擔任交通大學資訊工程系的系主任，一時興起，也提議在系館前拜拜。系上教授急忙阻止，讓我的創舉胎死腹中。

圖一a：葉桂（1667–1746）

圖一b：傅青主（1607–1684）

圖一c：莫爾（Thomas More, 1478–1535）

科技人有時相信江湖術士，甚至稱之爲「活佛」，我頗不贊成。愚見以爲信仰的對象，最好是選擇已經作古之人，予以神格化，不易有爭議。當年江西龍虎山的張天師在世時就被神格化。某次他路過蘇州，染上瘟疫，自己畫符念咒都無效。最後偷偷找當時「溫病學派」的名醫葉桂（圖一a），才將病治好。爾後每當張天師遇到葉桂就立正站好，尊稱爲「天醫星」。被封爲天上星宿的葉桂，只好哭笑不得地認了，否則凡人醫好張天師這尊活神仙，成何體統？這「自身難保」的事，想必讓不少張天師的信徒感到失望。

另一位被誤認爲神仙的人物是傅青主（圖一b）。清兵入關，明朝滅亡，漢人被強迫綁豬尾巴辮子。傅青主抵死不從，將頭髮盤在頂上，扮作道士模樣在深山打游擊戰。由於他的行動詭異，高深莫測，不少人以爲他是神仙人物，都去求他指點長生不老的祕訣。一心反清復明的傅青主被這群仰慕者鬧得啼笑皆非，游擊戰也打不成啦。傅青主的醫術高明，被譽爲醫仙，也難怪民眾將之神格化。中國許多神棍以道教、佛教名義，自詡爲活神仙，鬧出不少社會新聞。天主教會也會封「聖人」，但大致是往生之後才行之。例如英格蘭政治家、作家與空想社會主義者莫爾（圖一c）。莫爾於一五一六年用拉丁文寫成《烏托邦》（*Utopia*）一書，對以後社會主義思想的發展有很大影響，也被英國天主教徒譽爲「最偉大的英國人」。當年他忤逆亨利八世，被砍掉尊頭，死後被天主教會封爲聖人，因此又稱「聖托馬斯・莫爾」（Saint Thomas More）。這種崇拜現象也非古代特有，即令今日，仍有不少科技人相信奇人異士的神通。

或曰，科技人怎麼可以迷信！其實宗教信仰並非迷信，和愚夫愚婦將凡人神格化，不可同日而語。英國人類學家泰勒（圖二a）在宗教理論下過極深功夫，被視爲文化進化論的代表。他認爲「萬物有靈論」（Animism）是宗教發展的第一個階段，而宗教則具有發展普遍性事物的功能基礎。歐美科學大師中有不少人同意泰勒的理論，也因此篤信宗教。例如偉大的科學家法拉第。他的最後一句遺言是：「我的一生，是用科學侍奉我的上帝。」詩人布萊（圖二b）引用里爾克（圖二c）的話：「I am circling around God.」（意指行爲規範不踰越上帝信仰），再向外擴展人生：「I live my life in growing orbits which move out over the things of the world. Perhaps I can never achieve the last. But that'll be my attempt.」的確，在宗教信仰的大框架下，找出人生的

圖二a：泰勒（Edward Burnett Tylor, 1832–1917）

圖二b：布萊（Robert Bly, b.1926）

圖二c：里爾克（Rainer Maria Rilke, 1875–1926）

目的及行爲準則，會讓不少人活得更加喜樂平安。

牛頓（圖三a）研究宗教經典所花費的時間，遠超過研究科學。他所發表的神學著作是科學著作的八倍以上。牛頓曾說：「宇宙萬物，必有一位全能的神在掌管統治。在望遠鏡的末端，我看到了神的蹤跡。」「各種運動是如此錯綜複雜，只能出於指導和主宰萬物的神的自由意志。」牛頓甚至根據聖經，於一七〇四年的一封書信上推論，認爲神聖羅馬帝國的查理大帝（圖三b）之後的一二六〇年，就是世界的末日。換言之，二〇六〇年就是咱們地球打烊的日子。讀者諸君相信嗎？牛頓對神學研究的熱誠相當有名，以至於小說《達文西密碼》（*The Da Vinci Code*）在尋找聖杯的神學大解密劇情中，安排牛頓爲「錫安會」的騎士，讓男女主角在牛頓之墓找到開啓第二層藏密筒的密碼。

好玩的是，牛頓的虔誠信仰，竟然發展出世界各地實用的年代線索，對歷史的宗教研究方法有極大貢獻。舊制依照

圖三c：傑森（Jason）

圖三b：查理大帝（Charlemagne, 742–814）

圖三a：牛頓（Isaac Newton, 1642–1729）

統治的王室、朝代，或神力來命名年代，搞得大家頭昏腦脹；例如，讀者諸君有誰知道唐朝「天寶元年」距離清朝「康熙十年」有多少年？由於牛頓的研究，促成西方紀元的產生，解決了這個問題。「世紀」（Century），源於拉丁文centuria，指一百個人的集合。莎士比亞的《辛伯林》有一個句子「a century of prayers」，我一直以爲是一世紀間的祈禱者，實在是學識淺薄，貽笑大方。將century解釋爲「世紀」的專用名詞，是在牛頓年代之後的事，而牛頓幾乎晚莎士比亞一百年才出生呢。

牛頓的宗教研究到底幹了啥事，對歷史年代排序造成重大影響？其實他只是單純地想將聖經記載事件的年代和埃及、巴比倫、羅馬等文明的年代劃一。他以絕對的天文學專業進行這項工作。令我感到不可置信的是，他的年代基準點竟然選擇來源最可疑的金羊毛神話（Golden Fleece）。這個故事敘述傑森（圖三c）率領一群勇士尋找

圖四c：孔德（Auguste Comte, 1798–1857）

圖四b：湯恩比（Arnold Joseph Toynbee, 1889–1975）

圖四a：希羅多德（Herodotus, 484–425BC）

金羊毛。爲何選擇金羊毛神話？根據希羅多德（圖四a）的說法，傑森啓航後半個甲子，特洛依城（Troy）陷落，而城中的伊尼德（Aeneid）逃亡後建立了羅馬城。因此牛頓認爲只要找出傑森啓航之日，希羅多德《歷史》一書的年代就能依序正確定位。姑且不論牛頓是否找到他的金羊毛，他的宗教紀事考證方法成爲「年代新系統」的濫觴。其實我很高興牛頓選擇金羊毛神話，因爲這是我最喜歡的希臘神話，也因此將自己的洋學名取爲傑森（Jason）。希羅多德做了一件很聰明的事，在作品首頁上簽下自己的名字，並對發生的事蹟加以評論闡釋，而非僅是記載。像荷馬（Homer）這種吟唱詩人，唱了老半天，大夥都搞不清楚是否眞有這個人。希羅多德將歷史的書寫，變成新的文體，將希臘散文提升至新的境界，因此被稱爲「歷史之父」。

歷史的演進和宗教往往密不可分。英國歷史學家湯恩比（圖四b）的作品《歷史的研究》（*A Study of History*）

對世界二十六個文明的興起、衰落與滅亡進行分析，言之鑿鑿地的指出西方文明能否生存的關鍵，在於宗教復興或基督教精神的再生。湯恩比在一九五五年說：「現代文明是沒有希望的，除非有宗教的復興。」他相信西方文明還有這種能力，所以還相當樂觀。而法國哲學家孔德（圖四c）在其著作《實證主義教義問答》（*Catéchisme Positiv*）中則說明：「科學是人類以其智力對自然事物進行探究活動的結果。」這個活動歷經了三個時期：神學、形而上學，以及實證學。因此像牛頓這些偉大的科學家經過西方人文哲學洗禮，能夠同時認同「存在神學」與「實證思想」，一點也不奇怪。孔德一生坎坷困頓，死後卻得到「社會科學創始人」的榮譽，以及「實證史學流派原創者」的尊稱。

其實人人都有宗教的「下意識」。英國《每日郵報》報導，科學家在人體大腦中發現「上帝區域」，大腦中有三個組織部分（Frontal Lobe, Parietal Lobe, Temporal Lobe）負責控制宗教信仰意識。這項研究找來四十多位基督教、回教、猶太教和佛教人士參與實驗。核磁共振成像掃描顯示，每當問及關於宗教思考和精神道德範疇的問題時，這些宗教人士大腦的三個部分就出現神經元活躍狀態。換言之，宗教信仰的形成，是人類大腦對某種意識形態的反應。如果屬實，宗教信仰研究將由社會學轉向為生物學。（於是我也想研究我家貓咪的大腦三個組織活動，了解牠們的宗教信仰是否虔誠。）

台灣的企業名人透過宗教信仰，讓公司度過難關，財源興隆的故事，時有耳聞。例如，長榮集團總裁張榮發（圖五）信奉「一貫道」。他從小在海邊長大，十八歲進入日本船公司並由基層的管艙員做起，憑著自己的苦讀，成功地轉型成爲航海技術人員。後來自修考上三副，並做到船長，經歷十五年的航海生涯，才決定創業。據聞曾有一貫道扶乩之士指點張榮發走險招，到戰火頻傳的中東載運貨物，因而開啓了張榮發航運王國。另一則傳說，郭台銘某次要到香港，因開會延誤，未搭上飛機，原訂的班機竟在澎湖馬公外海墜機。逃過一劫的郭台銘，捐款整修了鴻海總部附近的一間土地公廟，也在台灣及大陸的鴻海各廠房，蓋了土地公廟。我常經過新竹市古奇峰的普天宮，也見到科學園區的科技新貴在拜月老星君，求得好姻緣。

圖五：張榮發（1927–2016）

張榮發和郭台銘兩位先生都屬於「不完全」的宿命論者（Predestina）。宿命論（Fatalism）指人生早已註定的遭遇，包括生死禍福、貧富貴賤等。宿命論者相信一切事情都是由人無法控制的力量所促成的。巴比倫人是典型的宿命論者，認爲個人或群體的命運通通都操縱在諸神的手裡。他們用骰子或籤來占卜，期待能獲知神的旨意，解釋事情隱含的意思，以窺未來天機。中國也有類似現象，最早期的文字甲骨文是刻在龜甲上，可以用來占卜。西元前三世紀，占星術（Astrology）成了希臘人流行的玩意兒。他們將未來事情的預測稱爲「兆頭」（Portena），而兆頭預告的信息是爲「奧敏那」（Omina）。希臘人相信命運操縱在命運三女神（Moirai）的手裡：克洛托（Klotho）紡織生命之紗，拉凱西斯（Lachesis）決定人壽命的長度。當指定時間一到，阿塔羅波斯（Atropos）大剪一揮，人的生命就登時了帳。北歐也有命運三女神。莎士比亞在其名劇《馬克白》（*Macbeth*）提及，命運三女神（The Weird Sisters）在「可怕的石南叢上」。莎士比亞的命運女神源自於北歐神話中的諾恩三女神（Nornir），傳說是時間巨人諾爾維（Norvi）的女兒，因此這三位女神掌管的工作和時間有關。大女兒烏爾德（Urð, Wyrd）司掌「過去」，二女兒薇兒丹蒂（Verðandi, Verdandi）司掌「現在」，小女兒斯庫爾德（Skuld）司掌「未來」。換言之，這三姊妹是「支配命運的姊妹」（Weird Sisters），掌握了人類以及諸神的命運，主要任務是織造命運之網。Weird是日耳曼語中「命運（Wyrd）」的字源。而Nornir則是Norn的複數，由Twine這個字演化而來。Twine是麻線，用來織造命運之網。諾恩三女神的出現，代表諸神的好日子過完了，必須臣服在女神們的命運之網，不再能隨心所欲。古冰島神話《新埃達》（*Snorri's Edda*）稱烏爾德爲「高貴之人」，薇兒丹蒂被稱作「同樣高貴的人」，斯庫爾德則被稱爲「第三高貴的人」。烏爾德是短髮、薇兒丹蒂是長髮、斯庫爾德則綁著髮辮。在古老的圖畫中，手持天秤的諾恩三女神，是公平與正義的化身。不同於希臘靠近地中海的歡樂，北歐是冰天雪地之處，傾向描述世界的悲觀面。因此北歐神話中的人物都相當刻苦，其神衹會老會死，並不完美。於是乎在畫作中，諾恩三女神皆是一副苦瓜臉，而且衣服顯得破舊，形象陰沉。

我嘗試以另一手法呈現諾恩三女神。我先畫了長髮的薇兒丹蒂，如圖六 a 所示。薇兒丹蒂可以掌握現在，因此面帶笑容，不斷地編織麻線，很活潑地將麻線纏在身上，進行正在發生的「歷史」。圖六 b 是短髮的烏爾德，地上一堆麻線，到處糾結，剪不斷理還亂，代表無法改變的過去，令她張口無奈。圖六 c 是斯庫爾德。在這張畫，我只為她留下一束髮辮，將其他的髮辮解開，散在胸前，以免裸露上半身。她靜坐沉思，考慮如何創造未來。二〇一三年我擔任交通大

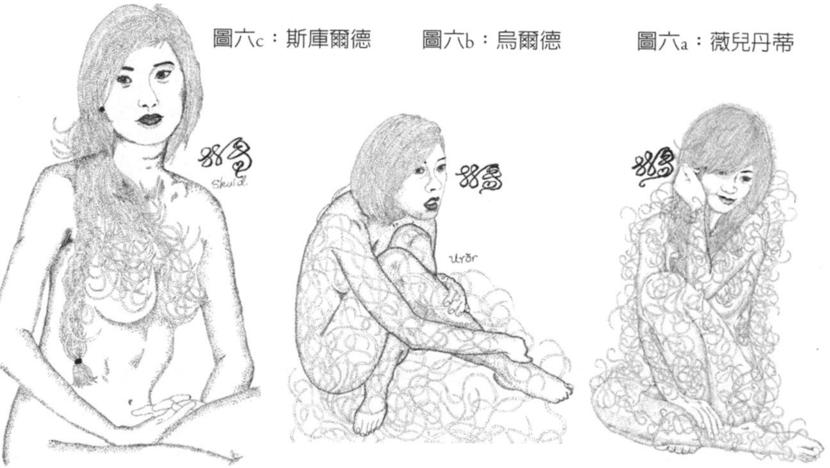

圖六a：薇兒丹蒂　圖六b：烏爾德　圖六c：斯庫爾德

學通識委員會主委，將薇兒丹蒂畫像裱掛在主委辦公室，希望交大的通識課程能引領學生掌握現在。

希臘民眾一致認爲星宿的影響乃天經地義。唯一的分歧想法是，星宿以何種方式產生其影響力。於是乎，占星師們眾說紛紜，各顯神通地表達他們的卓見。托勒密（圖七a）《占星四書》（*Tetrabibilos*）更成爲占星師依法有據的權威經典，被阿拉伯人由希臘引入西方，直到二次世界大戰，還被兩度重印；一次在德國，一次在英國。這兩個打得你死我活的國家，顯然仍用同一本占星書來算計對方何時敗亡。

圖七a：托勒密（Claudius Ptolemaeus, 90–168）

圖七b：霍爾巴哈（Barond' Holbach, 1723–1789）

當年的基督徒理所當然地抗拒異教徒的占星奇技淫巧。聖奧古斯丁（Aurelius Augustinus, 354–430）在他的自傳式著作《懺悔錄》（*The Confessions of Augustine*）中批判占星師的不是，大聲疾呼：「羅馬帝國的國運並非由星宿控制，而是由上帝的神旨決定。」而更早的特圖連恩（Quintus Septimius Florens Tertullianus）更是循循告誡大夥別信占星術。他憂慮地說：「人們若相信命運由星宿決定，就不會再追尋上帝了。」有趣的是，中古世紀的神學家卻努力想由占星術掰出基督教眞義。君不見基督處女受胎時，也有伯利恆之星（Star of Bethlehem）？

絕對的宿命論者認爲命運不可改變。《西遊記》提到「一飲一啄，莫非前定」，暗示著一切是時間的函數，在某一時刻的條件（環境、心情等），人的凶吉禍福只能以唯一的方式實現。換言之，必然性（Inevitability）統治整個宇宙，決定物質運動的因果關係。霍爾巴哈（圖七b）說：「宇宙不過是一條原因和結果的無窮鎖鏈。」而牛頓則稱宇宙是上帝製造的精密時鐘，按表操課地運作。這種說法，極權君王最喜歡聽。希臘統治階層鼓吹宿命論，手段既高明又詭詐。只要哄得百姓安於天命，他們的領導地位就穩如泰山，萬壽無疆。

然而很多人不認爲神的旨意是無可變更的，只要向神懇求開恩，就可以逃過厄運。宗教鼓吹「不完全」宿命論，認爲人的行爲可以改善命運，因此要信上帝，行善事。而迷信的人則認爲經由算命占卜，可以短線操作，趨吉避凶。其實，「不完全」宿命論是矛盾的。如果人們可預知未來而趨吉避凶，改變命運，那麼宿命就不再是「定而不移」，也就無所謂「宿命」啦。對於不存在的東西，又有啥好預知呢？

日本著名俳句詩人小林一茶（Kobayashi Issa, 1763–1828）對宗教的態度，比起那些占卜求神的人們格調高出甚多。他說：「不能邊念彌陀，邊把慾念的網，架在春野上，用蜘蛛的伎倆去蒙蔽他人耳目。要像鴻雁般無掛，不可有自吹自擂的盜心，只要如此，即使不出聲念佛，不求佛助，祂也會保護我們。」他還很幽默地說：「有人的地方，就有蒼蠅，還有佛。」眞正有趣。

一九八〇年代台灣資訊網路通信科技業，傳說宏碁每位主管辦公室，都有一面埔里地母廟的令旗，還有人開玩笑地說，沒令旗的，表示職務不高。宏碁集團創辦人施振榮廣爲傳誦的故事是，一九八四年三月十八日宏碁失竊七十萬顆昂貴的ＩＣ。施振榮的母親建議他去請求鹿港城隍廟的神祇協助。城隍爺出示詩籤「基業宏圖四海通，來春印月細眞功，坐然穩固心中數，甲乙丙仁善德蒙」，由城隍的「榜牌爺」八爺范將軍出馬，起駕前往新竹科學園區緝凶。八爺比福爾摩斯還厲害，當天下午就得到關鍵線索，由警察循線找到竊賊車號，順利找回大部分的ＩＣ。對於宗教，施振榮其實是以平常心待之。一九九六年《遠見》雜誌專訪時，施振榮說：「也沒有信，也沒有不信，媽媽要我拜拜我就拜，只要她高興就好。」但他顯然深通佛理，實踐人性本善精神與授權經營哲學。面對艱困的處境以及不好相處的人，施振榮會往好的方面解釋，不只善解人意，更善解人生。施振榮不斷強調，人活著最重要的是自我肯定，別人的名利與成就可當榜樣，不必羨慕。

施振榮求救的城隍應該是台灣科技人最常祈福的對象。城隍是道教的基層神明，緣於北齊，係由秦漢的社神轉化而來，最早風行於江南。江南人頗有想像力，很聰明地賦予城隍爲陰間的地方官，和陽間官員的編制相同，有三班六房，在冥冥中可抓人辦案，也難怪施振榮會請城隍爺幫忙緝凶。城隍爺麾下有鬼卒，負責押送壽終者的魂魄到城隍爺面前接受審訊。鬼卒一身瘦骨，受到八仙中李鐵拐造型影響，其坐姿則似模仿民間乞丐模樣。

我讀過一本很有趣的書《福惠全書》，教人如何當官。當中有一段寫著，新到任的地方官「於上任前一日，或前三日至城隍廟齋素」，就是拜會陰間同僚的意思。江南城隍廟中又以上海的最爲出名，建於明代永樂年間，至今已有六百多年的歷史。俗話說：「到上海不去城隍廟，等於沒到過大上海」。因此我二〇〇四年拜訪上海時，也到城隍廟一遊（圖八）。

國史館曾經針對全台灣的土地公廟做過田野調查，歸納整理出其中較爲特殊者。和大陸城隍不同之處是，全台灣的土地公都戴員外帽，唯一例外是屏東車城福安宮正殿安立的土地公。該土地公在清朝曾受乾隆皇帝褒封，可戴官帽，原因是當年林爽文之亂（其實是官逼民反），福安宮土地公託夢，讓清兵逮到林爽文。台灣各地的土地公有不同特色，例如借最多錢給信眾的土地公銀行在南投縣竹山鎮紫南宮；唯一建築在水中的土地公廟在桃園縣頭寮大池；會協助辦刑案的是基隆市中正區清福宮的土地公。新竹市交通大學土地公廟亦名列其中，特色是保佑學生考試順利。這座香火鼎盛的土地公廟，面對著交通大學北校門警衛室。廟前有幅類似打油詩的俚俗對聯：「土地公公真靈驗，保佑學子中狀元。」每年一到考季，會看到一群考生，擠在廟門前，供奉仙草蜜，祈求金榜題名。土地公愛喝仙草蜜的傳聞，我們都以為是交大警衛室的警衛嘴饞，愛喝仙草蜜，就故意指點考生如此供奉。然而按照土地公廟爐主的說法，是「有一位外地學生，考前夢見一位老先生告訴他，拿瓶瓶罐罐去拜拜就會有好結果。這位同學到賣場猶豫了很久，最後選擇了消暑退火、甜蜜又方便老人家咀嚼的仙草蜜。敬拜之後，這位平常成績並未太突出的考生竟然順利考上交大。」於是，「準備仙草蜜拜土地公」成了考生間不成文的慣例，廟方平均每年會收到將近十萬瓶的仙草蜜，由土地公廟委員會分送給新竹地區

圖八：上海城隍廟

的弱勢團體，如老人院、育幼院，及偏遠地區的小學。

交通大學的土地公公到底有多靈驗？舉一例說明。交大宿舍供不應求，必須抽籤決定是否有床位。有一位學生在宿舍抽籤前到土地公廟，祈求讓他中籤。土地公讓他如願中了籤，但卻沒得住宿。原來當年的辦法是沒抽中籤的才能住宿。這位學生沒弄清楚規則就糊裡糊塗地許了願，因此沒分配到宿舍，搞得自己都啼笑皆非。

我二〇〇四年擔任交通大學研發長，過農曆年時曾經代表研發處到交大土地公廟拜拜。當時也曾靈機一動，打過主意，和土地公廟建教合作，育成一家公司，當考生到土地公廟拜拜時，順便推銷研究所的考古題解答。不過壯志未酬，還沒進行，就由研發長轉任資訊學院院長，育成土地公廟公司的創意，無疾而終。

科技人的宗教信仰相當多樣化。有些人是「一神論」，有些人是「多神論」。布爾斯汀（圖九 a）在他的著作《探索者》（*The Seekers*）提到，一神論揮之不去的困擾是：「善良的神爲何允許祂創造的世界裡有惡的存在？」微積分的發明人之一萊布尼茲（Gottfried Wilhelm Leibniz, 1646–1716）還首開風氣之先地提出「神義論」（Theodicy）來稱呼「神是否正義」的研究。多神論則無此煩惱，認爲群神也受到感情的支配，也有善惡的矛盾。

圖九c：阿肯那唐（Akhenaten）

圖九b：韋戈爾（Arthur Weigall, 1880–1934）

圖九a：布爾斯汀（Daniel Joseph Boorstin, 1914–2004）

最有趣的是，曾經有人因政治因素，嘗試將人民的信仰由多神論轉變爲一神論。著名的歷史學者韋戈爾（圖九b）提到埃及三千年歷史當中最奇特的法老王阿肯那唐（圖九c）。他在位於埃及的十八王朝，國力正値顚峰。當時埃及的疆土擴大至兩河流域，但國內的宗教問題卻日趨嚴重。祭司們假藉「神諭」，已經到了無法無天，干涉國政的地步。阿肯那唐是可忍孰不可忍，在西元前一三四八年毅然實施宗教改革，史稱「特埃阿馬納」（Tellel-Amarna）時代。這位法老廢除了多神的傳統，尊崇一神教。在他的理念中，任何人都可以和神溝通，不必由祭司轉達。這個理論在當時可謂驚世駭俗。「特埃阿馬納」的神殿中只有柱子，沒有圍牆與天花板，人們只要抬頭，面向太陽，即可直達天聽地和神溝通。這種前衛的理念，擋了祭司的財路，當然被斥爲邪說。韋戈爾相當佩服阿肯那唐，稱他爲「The first man to whom God revealed himself」。

「神的存在」應該可以歸類於哥德爾定理中的命題。哥德爾（圖十）在一九三一年證明了有名的不完備定理（Incompleteness Theorem）：「在包含了自然數的任一形式系統，一定找得到一個命題，這個命題是眞的，但不能被證明。」哥德爾定理的證明相當複雜，我每次讀到一半就昏昏欲睡，不過其結論卻頗富哲學深意：對有宗教信仰的科技人而言，「神的存在」就是這個不可證明的眞命題。哥德爾個人包辦了數理邏輯幾個經典定理，並爲整個領域帶來革命性的改變，堪稱是二十世紀最偉大的數理邏輯學家。尤其是他的「不完備定理」，暗示了一個理性系統不可能是全知的想法，經常被引申到其他領域。例如不少人認爲「自然是無法被人類了解」就是符合不完備定理的命題。非科學家竟然常常引用如此晦澀的數學定理，也該算是二十世紀的數學奇談了。

有宗教信仰的科技人相信「神的存在」，但是要信哪

圖十：哥德爾（Kurt Gödel, 1906–1978）

個神，往往搖擺不定。我待在美國時期，認識不少在美國的台灣科技人，宗教信仰有很大的轉折。原來是虔誠的基督徒，忽然轉變爲虔誠的佛教徒；而虔誠的佛教徒則變成虔誠的基督徒。這種心路歷程，局外人看得霧煞煞，不易體會。由於宗教信仰的轉折影響到思想的著名例子，如諾貝爾文學獎得主歐尼爾（圖十一 a）。歐尼爾從小受到父母信仰基督的影響。後來他的母親染上毒癮，曾試圖溺水自殺，而父親面對宗教，則是態度虛僞，讓他失望憤怒，有上帝已死的思想。他相信尼采（Friedrich Wilhelm Nietzsche, 1844–1900）所說的：「人必須在自己的內心深處中，找到一種新信仰，因爲基督教漸漸在衰敗了。」所以他寫了尋找新信仰的作品，包括《焊接》（*Welded*）、《噴泉》（*The Fountain*）等。歐尼爾是位多產作家，一生創作獨幕劇二十一部，多幕劇二十八部。一九三六年因其代表作《地平線外》（*Beyond the Horizon*）而獲頒諾貝爾文學獎，獲獎理由是：「由於他劇作中所表現的力量、熱忱與深摯的感情，它們完全符合悲劇的原始概念。」

尼采出身於宗教家庭，對於存在主義與後現代主義的哲學發展影響極大。他寫《反基督：對基督教的詛咒》（*Der Antichrist. Fluchaufdas Christentum*），是他最具爭議的著作，對基督教的道德觀發起了論戰式的批判攻勢，因此被視爲反基督教的狂熱者。這本書集結了尼采對基督教的各種批評，以諷刺的風格表達出基督教倫理中奴隸道德腐敗了高尚的古羅馬道德。我

圖十一a：歐尼爾（Eugene O'Neill, 1888–1953）

圖十一b：雷納德（Jules Reynard, 1864–1910）

圖十一c：斐爾德（Edward Field；b.1924）

讀了尼采的一個句子，印象深刻。他說：「The Christian resolution to find the world ugly and bad has made the world ugly and bad.」由尼采對基督教的態度觀之，西方無神論者的手段激烈，往往痛貶基督徒，寧可沒有聖經，因此引起無數辯論大戰。例如法國作家雷納德（圖十一b）就很鐵齒，不認爲上帝應該存在。他說：「我不知上帝是否存在，但爲了祂的好名聲，最好是不存在。（I don't know if God exists, but it would be better for His reputation if He didn't.）」又如美國作家斐爾德（圖十一c），在其作品*The Bride of Frankenstein*表明，無神論者心目中的唯一上帝是「純科學」。他這麼寫著：「The Baron has decided to mate the monster, to breed him perhaps, in the interests of pure science, his only god.」

當時達爾文的演化論大闖紅燈地挑戰了聖經中亞當和夏娃的存在，更激化了無神論者和教會間的對立。當中也有搖擺不定的騎牆派。英國著名動物學家米瓦特（圖十二a）最初是演化論的熱情支援者，隨後卻變成了激烈反對者。一八七一年，米瓦特出版《物種發生》，列舉許多例子，試圖說明自然選擇無法解釋生物結構的由來。其中經常被提及的著名例子，是比目魚（Flatfish）的進化。米瓦特和達爾文的比目魚大戰經過一百多年，直到二〇〇八年才塵埃落定。而米瓦特的態度反覆，搞得兩面不討好。達爾文固然很不爽，教會也不甚領情。

一九二五年春天，田納西州的議會頒布巴特勒法案（Butler Act），禁止公立學校在課堂上傳授達爾文的演化概念。這個立法惹火了「美國公民自由聯盟」（American Civil Liberties Union），懸賞教師，特意在課堂裡教「演化論」，向這個立法挑戰。田納西州一個小鎮戴頓（Dayton）見獵心喜，慫恿鎮上一位高中老師史寇普（John Scopes）接受懸賞。戴頓鎮的如意算盤是，一旦史寇普公開挑戰這項法令，就會被審判。審判的過程，一定會吸引媒體注意，會替小鎮做免費的觀光宣傳，當地的餐廳和旅館也會因此高朋滿座。於是乎有名的史寇普審判（Scopes Trial）在一九二五年七月登上媒體版面，美國的國家級報紙、廣播電台、甚至英國的報紙，都大幅刊登這個小鎮的花絮。當法庭內劍拔弩張時，小鎮的財源也滾滾而來，當地如同嘉年華會般，紀念品到處熱賣，甚至有人帶家中愛猴，在此「溜猴」。這次審判，美國公民自

圖十二a：米瓦特（George Jackson Mivart, 1827–1900）

圖十二b：丹諾（Clarence Darrow, 1857–1938）

圖十二c：費爾普斯（William Lyon Phelps, 1865–1943）

由聯盟派出大將兼名律師丹諾（圖十二b），在法庭上的攻防激烈，刀槍劍戟，鑼鼓喧天。不過沒人理會小尾的史寇普，而是將火力集中在「演化論」的爭議。

我讀丹諾的自傳，依稀記得提到當時法庭上的辯論過程。丹諾詰問對方，聖經中記載諾亞方舟的故事是否眞實。對手曰：「千眞萬確。」丹諾追問：「然則沒有搭上方舟的生物是否都滅絕？」對手肯定回答：「都被水淹死啦。」丹諾再問：「那麼魚呢？」對手語塞。雖然丹諾舌燦蓮花地辯論，法庭仍然胸有成竹地判決史寇普敗訴，罰金一百美元。丹諾受到胡適的高度推崇：「丹諾，一位最可敬愛的美國人。」他是人道和自由主義者，並且以律師的身分，終生爲弱勢族群辯護，透過法律，捍衛人身自由和發揚人性眞諦。丹諾建塑了「法律人」眞正的價值和意義。

即使是無神論者，亦無可否認，聖經影響了西方的文化、國家，甚至世界歷史。美國作家費爾普斯（圖十二c）曾經評論：「我們的文明根植於聖經。我們從聖經而來的觀念、智能、哲學、文學、藝術以及理想，遠超過其他書籍之總和。」

圖十三a：古柏（William Cowper, 1731–1800）

圖十三b：司馬特（Christopher Smart, 1722–1771）

我完全同意費爾普斯的說法。由聖經引導出的偉大文化作品，處處可見。例如英國詩人古柏（圖十三a）。他陷於憂鬱症，某一夜晚想不開，打算跳河自殺，叫了一部馬車載他到泰晤士河。忽然天降大霧，馬車夫迷路，繞來繞去找不到泰晤士河。古柏只好叫馬車夫停車。他下車想瞧瞧要如何理會，赫然發現自己正站在自家門前。古柏認爲這是上帝的旨意，感激涕零（我猜想，應該是馬車伕看出古柏的苗頭不對，故意繞圈圈）。經此事件，古柏文思泉湧，有如神助，寫出他的傳世之作《神的道路奧祕難測》（*God Movesin Mysterious Ways*）。古柏是十八世紀最受歡迎的詩人之一，通過描繪日常生活和英國鄉村場景，改變了那個時代自然詩的方向。古柏虔誠信仰基督教，但仍然擔心他註定要受到永恆的詛咒。另一位詩人司馬特（圖十三b）也是在一場大病後，受到聖經感召，出版《給至高無上主的讚歌》（*Hymn to the Supreme Being*）。不久，他又被送進聖路克醫院和波特瘋人院，直到一七三六年才出院。在住院療養期間，他寫下《大衛王之歌》（*A Song to David*）以及「輪唱讚美詩」（Anthem）形式的長篇詩作*Jubilate Agno*。《大衛王之歌》是司馬特最具原創性和傳世價值的作品。這部作品歌頌〈詩篇〉（Psalms）的作者大衛王，說他是神聖詩人的典型代表。《大衛王之歌》對精神層面的探索，啓蒙了詩人克萊爾（John Clare）和布萊克（圖十四a）。司馬特於一七五〇年代陷入宗教狂熱，常常在街上和其他怪異的場所雙膝跪地祈禱，顯見他內心騷亂不安。他生前最後五年被貧困和不斷高築的債務纏身；一七七〇年，他又因債務入獄，於翌年死於獄中。葉慈（圖十四b）認爲在人心不古，充滿物質化的世界，這首作品代表著發自心靈的信念。

圖十四a：布萊克（William Blake, 1757–1827）

圖十四b：葉慈（William Butler Yeats, 1865–1939）

讚揚司馬特的葉慈於一九二三年獲得諾貝爾文學獎，獲獎的理由是「以其高度藝術化且洋溢著靈感的詩作表達了整個民族的靈魂」。他也有許多宗教相關的佳作，例如他在〈Where there is nothing, There is God〉這首詩，有如下對話：「Why is the ruby a symbol of the love of God?」「Because it is red, like fire, and fire burns up everything, and where there is nothing, there is God.」加拿大有名的詩人塞必思（圖十五a）也以小孩的觀點頌揚上帝。他是一個平民詩人，跟著淘金熱來到加拿大的育空（Yukon Territory）。塞必思居住在育空的小木屋，寫出廣受加拿大民眾喜愛的作品。他的作品〈My Childhood God〉寫著：「When I was small the Lord appeared Unto my mental eye, A gentle giant with a beard Who homed up in the sky…」塞必思懷念小時候敬慕上帝的純潔之心，在詩的結尾寫著：「Oh could I second childhood again!」

我最喜歡的讚美詩〈破曉〉（Morning has broken）是英國作家范瓊安（圖十五b）的作品。她出身於文學世家，以寫作童謠著稱。范瓊安是安徒生獎（Hans Christian

圖十五a：塞必思（Robert William Service, 1874–1958）

圖十五b：范瓊安（Eleanor Farjeon, 1881–1965）

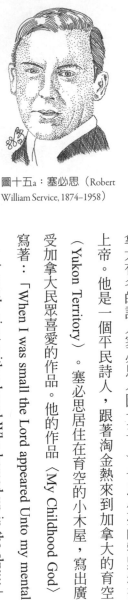

Andersen Award）的首位得士，也曾榮獲卡內基獎（Carnegie Medal）獎。范瓊安中年皈依天主教，視信仰爲其心路歷程。一九三一年，教徒們認爲他們需要一首讚美詩（hymn）來感謝每一天，於是請她來創作這一首詩。膾炙人口的〈破曉〉於焉誕生，詞云：「Morning has broken like the first morning, Blackbird has spoken like the first bird. Praise for the singing, Praise for the morning, Praise for them springing fresh from the world...」翻譯爲：「天已破曉，如同第一個清晨，黑鳥鳴唱，如同第一隻鳴禽。讚美這歌唱，讚美這早晨，讚美它們使這世界充滿了清新。」我昏昏欲睡時，只要聽到這首歌，精神就會爲之一振。

我在九歲時首次接觸聖經。當時我讀一本中譯傳記《奮學記》，敘述主人翁包狄池（圖十六 a）如何在極度貧困的環境下苦讀成功，我深深著迷。包狄池是天文航海家，曾英譯拉普拉斯的巨著 *Celestial Mechnics* 三大冊。他終生在海上與日月爲伍，熟諳二十多種語言，校對三角函數表，使航海技術大幅躍升，減少海難。他幼時只上學一年便去船運公司當學徒，讀書全靠自學，在夜間躲在閣樓苦讀牛頓《力學原理》的拉丁文版而學會拉丁文及物理。《奮學記》中敘述包狄池由不同語言版本的聖經自學多國語言。他第一句學的是約翰福音1：1-9「太初有道，道與神同在……」九歲時，我也東施效顰地拿起中英對照聖經，想學包狄池的做法，由譯文對照學英文。結果連中文「太初有道」是啥意思都不懂，對照英文更是霧煞煞，結果當然是失敗囉。

讀者諸君若住宿美國的旅店賓館，在房間抽屜裡都會看到一本基甸版聖經（Gideon Bible）。一八二三年，美國的國際聖經學會（International Bible Society）開始在旅館放聖經。而將之發揚光大的是基甸會（The Gideons），該會宗旨是「領人歸主」，想盡辦法把聖經發送給不相信耶穌的人。早期的基甸會會員們幾乎是到處旅行的商人，會在住宿的旅館中閱讀聖經，並在離去後，將聖經留在這些旅社中，繼續默默地作見證。一九〇八年基甸會決定在美國各旅館的每一房間中放置一本聖經。這個效應持續擴大到今日，美國人幾乎理所當然地認爲，酒店旅館房間裡面應該有本聖經。

圖十六a：包狄池（Nathaniel Bowditch, 1773–1838）

圖十六b：凱查姆（Hank Ketcham, 1920–2001）

聖經廣布西方世界，上帝之力甚至及於頑童。凱查姆（圖十六b）筆下的淘氣阿丹頑童（Dennis the Menace），調皮搗蛋，整得大人哭笑不得。但是在禱告時，面對上帝，也不得不敬畏的說：「Dear God, No use tryin' to kid You... You know I done it.」基督教的習俗也影響到一般人的日常生活。例如在台灣，即使沒有基督教信仰的人，同樣會歡度聖誕節。我在美國漂泊十年，深深感受到基督教感恩節（Thanksgiving Day）的團圓氣氛。記得某次感恩節夜晚，我抱著三歲的女兒，爲她念美國作家凱茲（圖十七 a）的童詩〈A Thanksgiving Thought〉：

The day I give thanks for having a nose
Is Thanksgiving Day, for do you suppose
That Thanksgiving dinner would taste as good
If you couldn't smell it? I don't think it would.
Could apple pie baking– turkey that's basting
Not be for the smelling? Just be for tasting?
It's a cranberry-cinnamon-onion bouquet!
Be thankful for noses on Thanksgiving Day.

圖十七a：凱茲（Bobbi Katz, b.1933）

圖十七b：赫胥黎（Thomas Henry Huxley, 1825–1895）

我一邊念著，女兒鼻子也斷斷有聲地吸著空氣，好像聞到了感恩節晚餐的美味。此時我心中溫馨，感恩之情油然而生。

有人問我是否有宗教信仰。依循「不完備定理」，我勉強算是赫胥黎（圖十七b）不可知論（Agnosticism）的信徒，認爲我輩凡夫俗子根本無法回答是否有來世、上帝是否存在這類形而上學的問題。嚴格而言，不可知論者認同宗教懷疑主義，認爲人不能知道神的存在，但並非如無神論者一般地否認神的存在。

身爲科技人，我的宗教慧根顯然不足，但是年輕時，受到日本武聖宮本武藏的影響，倒是常畫佛像。宮本武藏習慣用左手雕刻佛像，以此琢磨劍的眞意，也在其著作《五輪之書》中以雕刻佛像比喻兵法。他說：「擊敗一個人和擊敗十萬人的技法並沒什麼不同，兵法家可以小中見大，就如同按照一寸高的木俑可以雕刻出極大的佛像一樣。」我大學時代讀書累時，就學習武藏的方式畫佛像。宮本武藏常在重大決鬥前雕刻佛像，我大考前也會畫佛像，都有穩定心情的功效。而日理萬機的科技業老闆，每天緊繃神經，面對事業的各種挑戰。他們透過宗教信仰，得到心靈的舒緩，亦不足爲奇。讀者諸君若有空，可讀一讀《旅美小簡》的文章〈鐘聲的召喚〉，文中寫著：「鐘聲表示上帝存在，靈魂不滅。」陳之藩建議大家，好好思量當中宗教與眞理的深意。

國家圖書館出版品預行編目資料

大橋驟雨／林一平著. -- 初版. -- 臺北市：
九歌，2017.08
224面；14.8×21公分. --
（九歌文庫；1263）
ISBN 978-986-450-137-3（平裝）
855 106011297

九歌文庫1263

大橋驟雨

作者 林一平
圖片提供 林一平・達志影像（頁13、64）
責任編輯 張晶惠
創辦人 蔡文甫
發行人 蔡澤玉
出版發行 九歌出版社有限公司
台北市105八德路3段12巷57弄40號
電話／02-25776564・傳真／02-25789205
郵政劃撥／0112295-1
九歌文學網 www.chiuko.com.tw
排版 綠貝殼資訊有限公司
印刷 前進彩藝有限公司
法律顧問 龍躍天律師・蕭雄淋律師・董安丹律師
初版 2017年8月
初版3印 2019年8月
定價 300元

書號 F1263
ISBN 978-986-450-137-3（平裝）

瞬時競爭力

5G時代打通管理和領導任督二脈的組織新能力

顏長川——著

THE FIFTH GENERATION TECHNOLOGY STANDARD FOR CELLULAR NETWORKS

一個資深顧問的體驗報告

中華經濟研究院董事長｜**曹添旺**

第五代行動通訊（5G）結合人工智慧物聯網（AIoT）帶動各行各業的蓬勃發展。中華電信以最大5G頻譜頻寬、最廣覆蓋的4G、5G行動寬頻網路爲目標，鞏固市場地位、提升客戶體驗、創新應用服務、鏈結垂直場域，引領台灣進入5G新時代。同時創新投資，廣結盟，攬英才，穩固5G領先地位，打造5G時代大未來；在2020年6月30日開台，成爲台灣第一個推出5G服務的電信業者。初期將先推出符合企業及消費者需求的商業化服務，並制定合理的各項費用，成爲業界的指標。

顏長川先生服務中華電信董事長室資深顧問期間，發現中華電信早就有電子錢包和歡樂點的業務，只是好像不太受到重視，淪爲聊備一格的「Me too」業務；只有少數幾個人負責，更談不上有什麼績效，連自己的員工都不感興趣。他幾度在重要的業務策略會議上，力倡電子錢包和點數是未來開拓新戶、增加 ARPU 和黏住客戶的非常重要的策略產品組合，應將眾多分散的相關單位匯總起來，由專業團隊負責並訂定顯著的業務目標努力追求之。他建議大家要把客戶的位階拉高到「Customer is God」層級，且需以「會員」經營之；而點數是膠，會黏住客戶，要當第二貨幣（second currency）看待，「累點多元、集點靈活、兌點優惠」是點數經營三部曲，必須一心一意去贏得「最有賣點」的點數公司的頭銜。

顏長川先生曾服務中國信託銀行 25 年，有相當豐富的金融經驗；當大家在爲是否要投資純網銀而議論紛紛、莫衷一是之際？他不疾不徐地將電信業爲何要再投資純網銀的理由娓娓道來：「中華電信因應數位匯流的趨勢，蛻變成最有價值與最值得信賴的資通訊公司；在大數據中運用雲端運算發展出物聯網（IoT+）業務。在顧客關係管理方面（Customer Relationship management，簡稱CRM），若能加強個資資安、法遵監理和洗錢防制、傾聽顧客聲音（Voice of Customer）、便能提供「智能客服」和「精準行銷」。利用此一基礎，結合金融機構組成一家「未來銀行」（NEXT BANK）是順理成章的事。特別是針對「年輕族群」（信用小白），將人工智慧（AI）技術運用在「申請和審核」上，讓普羅大眾或市井小民都能享用線上存款、證券、基金、微信貸、跨境匯款、旅行平安及意外險……等金融產品，甚至可透過「機器人理財」；將人流、金流、產品流、資訊流熔於一爐，實現「普惠金融」的理想。」顏長川先生再將電子錢包、點數經營和純網銀結合成一幅「金融科技的生態系」，點出「一台智慧手機就是一家分行、一點一元就是虛擬貨幣」，讓大家都茅塞頓開了！

有鑑於百年老店的中華電信員工似乎還保有一點點

「固守本位、防弊重於興利及過度保守」之心態，顏長川先生曾舉辦過15梯次的「新中華電信人3天菁英訓練」，企圖塑造「由負轉正、勇於創新」的One CHTer。據他說當時的財務長手下有一個會計副總很想參加，但礙於需要離開工作崗位3天，直呼不可能；還好有一位協理自告奮勇願承擔代理工作，而財務長也鼓勵她儘管去受訓，該副總才得以出席。而後，顏長川先生在中國信託的25年金融實務經驗和在哈佛企管的13年專業講師經驗派上用場，深入淺出的課程內容讓參與者驚爲「神」課程，甚至建議爲整個中華電信集團的財會人員，加開一個梯次。自此，顏長川先生的課程傳爲美談。

顏長川先生自稱「智慧老人」，他從2017年起在FB和YouTube上用直播或錄影的方式開一個「一周一書」的讀書心得分享會，目的是要協助大家養成讀書習慣，以便能吸收新知識、激發新創意（據統計，台灣人一年只讀2本書）；他堅持一個星期讀一本書，一年讀了52本書，迄今已經是第四年了。我非常佩服他的這種精神和毅力；

每周都在期待他爲大家「精讀一本書，找出 3 個活用觀念，外加可能影響一生的一句話」的 7 分鐘影片。

顏長川先生將 5G 時代視爲「百倍速」或「加零競速」的時代，呼籲職場人士必須按照六大步驟：（1）調整 N2Y 心態，（2）活用新 3C 觀念，（3）記住 6 字箴言，（4）揮灑 2 把刷子，（5）勤練 18 項商場技能和（6）秒傳商場智慧；才能建立「瞬時競爭優勢」，成爲新經理人，鍛造幸福企業。

如今，長川兄願意將他對 5G 新時代的觀察和體會，以及建立瞬時競爭優勢六大步驟的具體做法和工具，寫成本書，分享給社會大眾的職場人士，這種不藏私的作風，我極爲欣賞，故樂爲之序。

推薦序

智慧老人的
乾坤大挪移

中信金控首席經濟學家／
台大經濟系名譽教授｜**林建甫**

顏長川先生是我台大經濟系的學長。幾年前在一個餐會場合認識，才知道我有一位這麼經歷豐富，各方面表現傑出的學長。認識學長後，他眞的是以文會友，從社交軟體傳來的不是長輩圖的問候，而是他報章雜誌的文章。最近疫情的關係，他傳來的是「敬愛的親友：抗疫期間閱讀最安全了！請給我 7 分鐘，讓我爲你精讀一本書。」附贈的連結就是他在 Youtube 中錄下的七分鐘新書介紹。大概一周一次的訊息傳遞，也成爲我每周必收看的功課，讓我收穫良多。最近他給我傳了電郵，告訴我他即將出新書，囑咐我幫忙寫序。我當然義不容辭。

很多人在年紀大了後，可能習慣於安逸，或是缺乏挑戰的勇氣，每天就走相同的路，依樣畫葫蘆的過人生。但長川兄，不是這樣的人。學長大我幾歲，他走的路非常豐富，他先在金融界服務，歷練過個金、法金、國際金融、證券、駐外單位等重要部門。他開了中國信託商業銀行的加拿大子行，並曾擔任中國招商銀行信用卡中心的行銷企劃顧問。這已經是不得了的豐功偉業，他在服務 25 年後，轉行到企管顧問公司，擔任雜誌總編輯、e 化事業部總經理。他雖然不是學術圈內的人，但是可以用「著作等身」來形容，因爲他已經出版過十幾本書，而且很多的書在企業管理界都是擲地有聲的巨作。另外值得一提的是：1993 年中國信託銀行推出第一張公益認同卡「慈濟蓮花卡」，蓮花卡的設計人就是長川兄。他當時還陪同主管，親自向上人報告發行信用卡的事宜，讓金融與慈善能共相結合，相得益彰。

長川兄退而不休，現在更以「智慧老人」自居，並以「生活教練」和「生命管家」自許。除了寫文章，更走在時代尖端，成了直播主，做自媒體將「經營的智慧、職場企管實務和個人生活體驗」分享給社會大眾，非常值得敬佩。

這本《瞬時競爭力》，是現在這個時代想要增強自身競爭力所必需看的書。5G 是新時代的產物，讀者要在新時代適者生存，更要取得先機，這本書的幫助會很大。而就像作者講的要「建立瞬時競爭優勢」，書中第十四章就是所有濃縮的精華。只要按照書中歸納出的六大步驟，認眞調整學習，長川兄就幫你打通任督二脈，瞬間傳輸一甲子功力給你。

長川兄的表達能力很強。讀他的文章，會喜歡他講的觀念，因爲他的經驗豐富，文筆又好，旁徵博引，信手拈來都是有趣的例子。而看他的直播節目，會被他的語言、動作給吸引，也會被他傳達的觀念給洗腦。這是「智慧老人」厲害的「乾坤大挪移」。

好東西要與好朋友分享。你如果也要感受顏長川先生的震撼，請你泡一杯茶或咖啡，打開這一本書，好好的享受書中的微言大義。不過我還要建議你在 Youtube 中，搜尋「智慧老人」的影片，觀賞學習，保證你收穫滿滿。之後更要按下小鈴鐺，加以訂閱，並且也分享給你的好友。

從遽變談瞬間競爭

康師傅控股公司人資長｜**吳之煒**

疫情期間，跨國人力資源諮詢公司首席顧問，問我在疫情期間你們公司人力資源部門做了多少因應措施？相較一般企業在此期間推動很多的裁員、降薪，甚至關店、歇業……，我回答，我們一直持續在做面臨環境挑戰的人力資源變革，沒有因爲疫情而加速或緩慢下來。因爲，環境遽變其實早已來臨而常態存在，「疫情」只是遽變時期一個跑出變革上下管制界限（Control limited）的一個變異點。按理講一個正常的企業，它就是變革管理狀況點之一，只是狀況大一點而已。

變革時期成為企業面臨挑戰的常態而非變態，企業不變無以應萬變，想遵循隨時多變的環境，不管個人或企業只能不斷調整自己的心態、作法與學習。否則溫水煮青蛙時代已經遠離，不再有溫水一來就是沸水。

顏長川先生的《瞬時競爭力》與其說是提醒大家如何因應5G時代的來臨，不如說詳實的演繹一個多變化、遽變異的時代早已開始，我們如何體認、調適，再去面對。顏先生提到新3C觀念（Changes, Challenges and Chances）貼切地摘要快速變遷的時代三個特性：改變、挑戰與機會。早在三年前，當我們公司在推動人力資源變革時，就主張「正念才會有正能量，轉念才能轉型升級」新3C時代不再是電子化、數字化的問題，而是以變革引導出挑戰，帶來未來新商機與個人發展新機會的時代。

舉一個人力資源管理驅動變革或拯救企業的實際例子（HR rescue enterprises）：過去人力資源指標設定（HR KPI）、計劃擬定 (HR Planning)、行動方案（Action

Plan）、組織規模（Organization Size）、方針策略（Strategy and Direction）……均為年度管理循環。因應瞬間競爭時代，我們必須縮短到季度（Quarterly）甚至月度來進行檢視、調整。因此過去的組織合併、拆分、裁撤、增設，編制的增刪，崗位評估的高低，人才規格的定義，都應該隨時因應調整，去應對競爭者，與市場征戰所帶來的機會、危機與衝擊。

顏先生多年投入企業經營顧問角色，洞見諸多企業發展積弊與機會，堪稱兩岸個體經營與經理人輔導的先行者。欣聞再逢大作，我以多年積累的人力資源管理經驗得出，雖處遽變時代，但變化仍有一定的軌跡，是漸進的、循序的。若積累足夠大的變化才去因應則容易失掉先機。最後以高潛人員四力來呼應顏先生新作內容：求知欲、洞察力、感召力與意志力。企業創始人、領導層、經營層能否順利搭上甚至引領變革時期列車關鍵在此。

您，「5G」了沒？

保德信國際人壽保險（股）公司首席壽險顧問／
MDRA 大中華區主席｜**陳玉婷**

「這是一個最好的時代，這是一個最懷的時代；這是一個智慧的年代，這是一個愚蠢的年代；這是一個光明的季節，這是一個黑暗的季節；這是希望之春，這是失望之冬；人們面前應有盡有，人們面前一無所有；人們正踏上天堂之路，人們正走向地獄之門」。這一段出自狄更斯雙城記中的經典語錄，直接反應了當今時下狀況最佳的詮釋！

目前是資訊爆炸、飛速轉變、日新月異、稍縱即逝的世紀，人們必須隨時隨地、無時無刻、戰戰兢兢、如臨深淵、如履薄冰、才能達到自己設定的目標並且實現自己的夢想！然而在實際的努力付出追求未來的過程中，十之八九是不順人意的，感謝有顏老師（智慧老人）的眞知灼見、有系統化無私的分享，才讓很多的有志之士在追求成功的道路上，有法效尤、有跡可尋、築夢踏實。

本書的十六章節中，簡明扼要、深入淺出、鑒古知今：「從 5G 時代、N2Y 的硬功夫、3C 變化帶來的挑戰、職場 6 字箴言、翻轉職場贏家、生命管家、學習讀書、接受訓練、新經理人的 KSF、知識變現、教練基本功、世代交替、秒傳商場智慧、瞬時競爭優勢、守破斷捨離、到基業長青」；每個章節內容都非常符合貼切時下的狀況、順應當下潮流。眞的很榮幸能拜讀如此受用的書籍，更欣喜有此機會爲此書寫序，當然最重要的是讀者們的好福氣啊！

玉婷以一個壽險行銷業務的角度，在閱讀此書之後，

有感而發：「您，5G 了嗎？」:

① Get——要怎麼收穫，先怎麼栽？必須清楚明白如何得到最正確、充分、有用的資訊方法，才能事半功倍！

② Goal——具體的目標、明確計劃、運籌帷幄、目標視覺化、系統化、組織化、加上高效行動，增進達標的可行性。

③ Good——希望由 Good 到 Great，非得有過人之處不可；能更上層樓，唯一的差異化在團隊運作、協同賦能的功效；誰能整合資源並且擁有人脈平台，成功的可能性相對大大提昇。

④ Global——國際觀、執行力、優勢定位、利基市場，他山之石，可以攻錯！立足台灣、放眼國際，做出差異化、打造品牌，讓我們的優勢無人可以取代！

⑤ Give——己立立人，己達達人，凡事以利他爲導向，值得信賴、顧客導向、互敬互重、誠信致勝，

在別人的需要上，看見自己的責任！虛懷若谷、設身處地爲他人著想，提撥一些金錢、時間、能力助人，有捨才有得啊！再次問問自己：「我，『5G』了嗎？」。

企業和個人
都需要「數位轉型」

中華人力資源管理協會理事／
「讀領風潮」讀書會創辦人｜**鄭俊卿**

企業的「數位轉型」在各項科技加速器的助力下，勢必會加速進行，而個人要想在職場保有競爭力，就必須即時強化自己學習力的成長思維（Growth Mindset）、數位化（Digital）與敏捷（Agile）能力，而最便捷有效的自我學習就是從閱讀開始。很多企業更是藉由讀書會來推動變革、學習與成長，微軟 CEO 薩帝亞．納德拉在內部推動《心態致勝》的成長型思維，並將自己帶領微軟成功轉型的過程寫成《刷新未來》一書，這本書也成爲華碩施崇棠董事長推動 AIoT 轉型時的重要參考，熱愛閱讀的施崇棠董事長更把《OKR做最重要的事》當成華碩轉型的最後一塊拼圖。宏碁集團創辦人施振榮先生，融合東西方管理，淬鍊其40餘年經營管理智慧，將王道思維的「創造價值、利益平衡、永續經營」無私分享撰寫成《新時代·心王道》以及《王道創値兵法》系列叢書，並運用王道領導學完成宏碁跨世紀新變革。

個人的「數位轉型」除了閱讀、參與讀書會，混成式學習的教育訓練也可以快速而有效。講師擔任引導者的角色(facilitator)，可以運用多元教學方式如:「課堂講授」、「小組討論」、「影片教學」、「競賽活動」、「腦力激盪」與「心得報告」……等方法。或是運用「體驗式學習法」透過各種實務活動設計成仿眞情境，讓學員去親身經歷，好像是在「管理實驗室」做實驗，允許犯錯，從「做中學、錯中悟」；而個人配備一隻5G的智慧手機可以強迫自己進行數位轉型。

本書從新科技5G時代的興起，建議我們如何調整心態，活學活用，謹記「能跨、敢變、夠快」，翻轉成職場贏家，但須掌握角色轉換的竅門，學習最快速的讀書法，接受最有效的訓練，以蛻變爲新經理人，讓個人知識得以變現，學會教練的基本功，以帶領新世代人，快速秒傳商場智慧，建立瞬間競爭優勢，將自己昇華爲人生管理師，鍛造出基業長青的幸福企業。

筆者在企業內部以及企業外部長年推動讀書會，並講授「如何引導與推動讀書會」，幫助有興趣的夥伴建立並推動讀書會，近年並創立與經營「讀領風潮」讀書會知識社群。即便如此，遇見顏顧問如此熱愛學習、大量閱讀的前輩，令人感佩其「讀萬卷書，行萬里路」的職志。顏顧問對學習的熱忱、堅持與毅力，讓人眞正體會到什麼是「終身學習、樂於分享」。就讓顏顧問的新作，引領我們一起邁向與時俱進，不斷精進的終身學習之路吧！

瞬間傳輸
一甲子功力

資通信業的技術已進展到第五代（5G），具有高頻寬、低延遲和廣連結三大特性；圍繞著5G所發展出來的技術和產業有人工智慧（AI）、物聯網（IoT）、大數據（Big Data）、雲端（Cloud）運算、端末機（Devices）、邊緣（Edge）運算、金融科技（FinTech）、遊戲電競（Gamification）和健康管理（Health）等八大行業。專家說：「4G是十倍速時代、5G是百倍速時代、6G是千倍速時代」；因此，5G可說是處在「加零競速的時代」；外在環境瞬息萬變，職場人士凡事須持N2Y轉正的心態、具新 3C 的觀念、用 6 字箴言的心法才能翻轉成「職場贏家」、透過 R&T 蛻變爲「新經理人」，須能建立瞬時競爭優勢，才可鍛造一家基業長青的「幸福企業」！

「N2Y 轉正的心態」（由負轉正，From No to Yes，簡稱 N2Y）；要做到三件事：（1）把經常說 NO 的本位主義轉爲只說 YES；（2）把得過且過的心態變成當責；（3）除掉三不（不想變、不想衝、不想動）的保守作風外再加上創新。凡事正向（Positive everything）可造就「樂在工作，活在當下」和三證俱全（學歷、經歷、專業證照）的上班族，在「權責相符，賞罰分明」的環境中工作。

「新 3C 的觀念」是指「把變化（Changes）帶來的挑戰（Challenges）視同機會（Chances）」；職場人士須向《冰山正在溶化》的企鵝學「商場敏感度」，向《誰動了我的奶酪》的小老鼠學「危機急迫感」，把葛洛夫的速度感「從十倍加快到百倍」，不要忘了麥奎斯教授警惕的「瞬時競爭策略」，佛里曼也提醒過大家「世界是平的，也是快的」。

「6 字箴言的心法」是指「能跨敢變夠快」：（1）

能跨——只有一項專業是不夠的，以前要練十八般武藝，現在講究跨領域，多功能，以「斜槓」、「平行」爲尙，可向變形金剛學習；（2）敢變——以不變應萬變行不通了，要以萬變應萬變，不變也要求變，可向變色龍學習；（3）夠快——5G 是百倍速時代，速度是勝敗關鍵，可向變形蟲學習。要能建立瞬時競爭優勢，才能翻轉成職場贏家（Winner）！

台灣平均每人每年僅讀兩本書，德國則平均每人每周讀一本書，令人佩服！比爾 蓋茲一年約讀 50 本書，值得學習；「一周一書的讀書會」（Reading）可達成「培養閱讀習慣、吸收新知和激發創意」。「3 天菁英培訓計畫」（Training）可讓學員改頭換面、脫胎換骨、心態調整、角色認知；透過 R&T，蛻變爲一個「會做事也會做人、會管理也會領導、會溝通也會激勵」的新經理人（New Manager）。

很多企業家都有一個誤解：「核心競爭力一旦擁有就是永久的，就可以無憂無慮地躺著幹了！」這年頭已沒有什麼永恆的事？所有的競爭對手都無所不用其極地想方設法要幹掉市場領導者，任何企業處在加零競速的5G時代，必須要能敏感偵知：「市場變了嗎？有沒有危機？核心競爭力還管用嗎？誰是智慧老人？哪裡去找解決方案？」趕快建立瞬時競爭優勢，找到有用知識組成商業模式，不斷修正直到成功！先立於不敗之地，再求勝出，才有機會成爲基業長青的幸福企業！

每一部武俠小說或電影都會有這樣一個場景：武功高強的翩翩美少年，有一天，他會掉落深淵裡，被一個白髮皤皤的老頭救起，雙手按在他頭頂上，打通任督二脈並瞬間傳輸一甲子功力，且勤練降龍十八掌，重出江湖成爲天下無敵。職場主管的管理能力和領導魅力等同任督二脈，而十二項自我修練和做對六件事剛好是降龍十八掌；假如學習像練武功，被「醍醐灌頂」的人，花三天就可瞬間吸收智慧老人六十年的職場經驗。

若想自我「建立瞬時競爭優勢」，請完成下列六個步驟：（1）先轉正心態：「N2Y由負轉正」；（2）塡妥「新3C觀念的九宮格」；（3）記住6字箴言：「能跨敢變夠快」；（4）打通任督二脈：管理能力和領導魅力；

（5）勤練降龍十八掌：做對六件事和十二項自我修練；

（6）秒傳商場智慧，傳輸「一甲子功力」。

如何建立瞬時競爭力

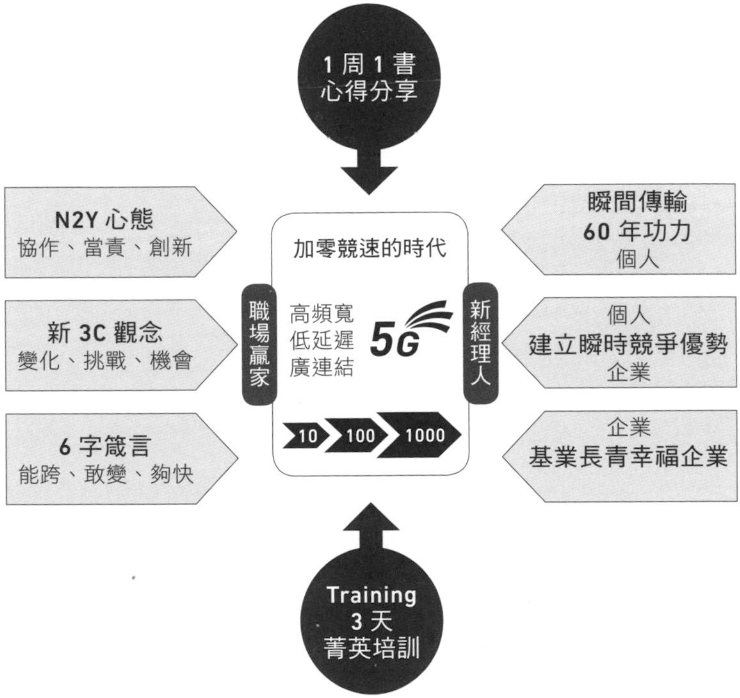

目錄

推薦序

參考圖表與案例

圖

表

案例

CHAPTER 1

面對「加零競速」的 5G 時代

小學課本有放羊的孩子喊：「狼來了！」的故事，世界各國的資通信業也早在幾年前就爭先搶著喊：「5G 來了！」最後大家總算達成共識：「2019 年是 5G 元年，2020 年 5G 進入全球商轉大躍進！」行政院於 2019 年核定「台灣 5G 行動計畫」，總統也宣布 2020 年進入 5G 時代；未來一切都將智慧化（SMART everything）。川普說：「5G 是美國必須贏得勝利的競賽。」國際公認：「誰能擁有 5G，誰就是世界霸主。」如果說 4G 是「十倍速時代」，5G 是「百倍速時代」，那麼 6G 就是「千倍速時代」；這是個「加零競速」的時代，職場人士面對 5G，「N2Y 心態」（From NO to YES，簡稱 N2Y）、「新 3C 觀念」（Changes、Challenges、Chances）和「6 字箴言」（能跨敢變夠快）是求生之道，而「建立瞬間競爭優勢」是當務之急。

〉〉〉5G 的生態和功能

5G 被產業界視爲工業 4.0，具有「高頻寬、低延遲、廣連結」三大特性，連接數億個設備形成「萬物互聯」，供消費者、企業和政府使用。最值得注意的是八大行業（AIoT、Big data、Clouding、Devices、Edge Computing、FinTech、Gamification & Health）及十個最具潛力的應用場域（VR、AR、車聯網、智慧製造、物聯網、個人 AI 助理、智慧城市、智慧家庭、智慧路燈、智慧電表），構成「跨界混合、異業結盟」的大生態。

圖 1-1　5G 的三大特點

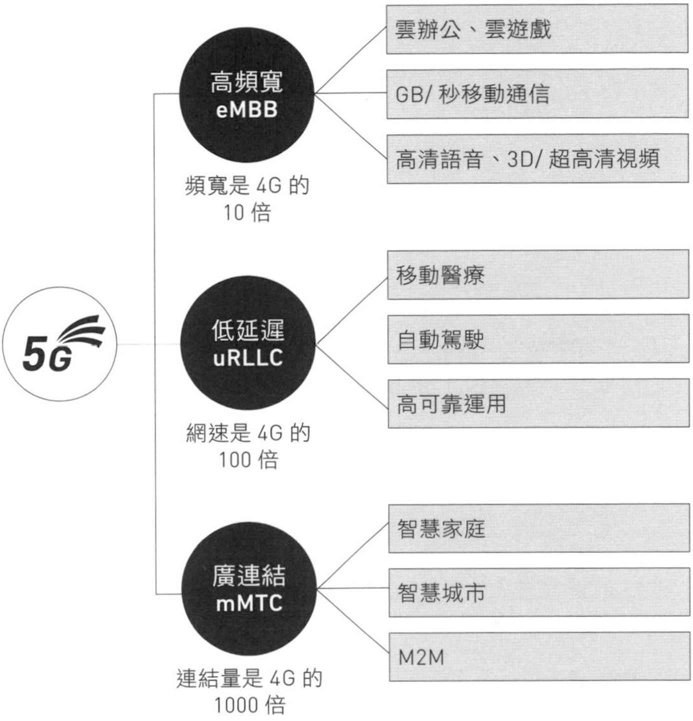

5G 會讓未來生活更科技、更創新、更便利，將從生活、商業和產業等方面來創造更有感的智慧世界並產生三大功能：（1）「生活變革」──3 秒鐘就能下載一部 2 小時的 HD 高解析電影、達文西手術下刀精準可少流 80%

的血、很多宅男都幻想要有一具比林志玲還美的高 EQ 機器人……等；（2）「創業紅利」——5G 帶來「新金融 × 新科技 × 新商務」，賦予每個人創造新價值的機會，任何個人和組織都有創業的機會並享受商業創新紅利，造成新微企業如雨後春筍般在各地紛紛探出頭來；（3）「數位轉型」——5G 緊密結合 AI、Big Data、Cloud、Devices……等技術，讓人事物相互聯網，使電信、金融、娛樂，教育、零售、運輸、製造、醫療……等各行各業，進行產業數位轉型，引爆龐大企業垂直運用，估計全球約有 2,510 億美元的商機。

››› 5G 的三大活用方式

5G 將帶來一場翻天覆地的數位革命：「數位匯流」讓資通信業又多了影視業和娛樂業的綜合服務業；10 歲男童吳比獲 2019 年寶可夢世界錦標賽兒童組冠軍，成為新台灣之光；「數位金融」讓銀行不再而金融常在；在數位革命下，大數據會變巧生活且讓人長命百歲：

（1）「數位革命」——影視業進行新五四（5G＋4K）運動，直播風行（只要敢秀，人人都是自媒體），網紅當道（爭搶 8,000 億元的商機），遊戲升級（桌遊、手遊、電競等琳瑯滿目）；行動支付造成無現金社會，純網銀完成普惠金融，連信用小白也可借到錢。

（2）「大數據」——5G 的大數據會「指數成長」爲海量甚至是無限量，經過雲端、邊緣或量子運算出人工智慧（AI），任何事情只要加上人工智慧（+AI）就會變聰明，關鍵在想像力；沒有想像力就不會運用大數據。

（3）「巧生活」——人人都想過智慧生活，智慧音箱或萬能小秘將成爲智慧生活八大需要（食衣住行育樂＋醫養）的妙管家兼好幫手；智慧醫療（病後復建）和精準健康（病前預防）可讓人活到 150 歲，「呷百二」不再是天方夜譚。

〉〉〉5G 的未來已來

職場人士千萬不要贏了所有的競爭對手，卻輸了整個 5G 時代！ 5G 的未來已來，請擁有未來，不要被未來所控制，任何職場人士都不能置之度外；面對「加零競速」的 5G 時代，要如何建立瞬時競爭優勢？請三思。

即使已屆被退休的 65 歲，若受到克林・伊斯威特和席維斯・史特龍的精神鼓舞，仍可以擁有一個比馬丁路德・金恩更偉大的夢想：將多年的職場經驗用最有效率的方式，瞬間傳輸給下一代。因此，現在就要奉行彼得・杜拉克提倡的終身學習，抱著「學到老才能活到老」的認知，才能立於不敗之地並確保創造一個百年以上的幸福企業。

CHAPTER 2
調整 N2Y 心態

認知心理學的領域中，「正面思考」和「負面思考」同等重要，沒有孰優孰劣的問題；但長久以來，大家幾乎清一色都是一面倒地在強調「正面思考」，致使「負面思考」成為眾矢之的，甚至一切都錯在「負面思考」，人人避之唯恐不及。其實，畏縮和煩惱不是壞事，那是解決問題的重要過程；「負面思考」的優點是能夠直視現實，深入研究之後，發現蘊藏著很大的力量。因此，與其勉強自己不要負面，倒不如讓負面思考成為強項，徹底發揮負面思考的正向力量；甚至能學會「由負轉正」（from NO to YES，簡稱 N2Y）的硬功夫，發揮正向的威力。

〉〉〉負面思考不一定壞

最上悠是日本的一個精神科醫生，曾發出「正面思考眞的萬能嗎？」的大哉問，發現人生有時正面，有時負面；鼓勵大家發揮《負面思考的力量》：他認爲（1）「正面思考並非萬能」——正面思考的人甚至相信「積極向上就能治癒癌症」，但自稱想法積極的人，意外地都缺乏包容，對別人並不友善，沒有多數世人所禮讚的那麼萬能。（2）「過度正負都苦自己」——過度的正面思考會限制人生的選項，讓人生充滿苦味；而過度負面思考，只能以負面看待一切，會變得只說不做。因此，不管正負，都是過猶不及。（3）「正面思考的後遺症」——凡事正面的人無法傾聽別人的意見，總是以自己爲中心，缺乏同理心，實在令人困擾；越正面的人身心越容易生病，產生自律神經失調的症狀致心理失衡。

「負面思考」是每個人的自然情緒宣洩，爲過了頭的正面思考，扮演相當重要的踩剎車的角色，能更正確地直視現實。負面可深化人際關係，拿捏正負力道去練習切換的技巧，就像練習開車，必須會自己判斷何時加速？何時減速？才能成爲一個安全、快樂的司機。在攀爬職涯天梯的過程中，有些幸運兒扶搖直上，一飛沖天；有些苦命的阿信卻嚐盡挫折和失敗，命運大不同。面臨困境，有人一蹶不振，有人愈挫愈勇；獵人頭公司有興趣挖角的對象是那些能夠十戰九敗還能東山再起的人。

不當的正面思考就是逃避現實，不容易聽進別人的意見，甚至只看表面從不深思，因而庸庸碌碌過一生。在工作或生活上，若能養成懷疑、找碴的習慣，從負面的角度切入，嚴格看待每一件事情，並加以細分，就能夠看到現實的缺點加以改進，反而可另創一番局面。在一片人人喊正面思考的當今社會，何不試試「負面思考的正向威力」！比爾·蓋茲和史蒂夫·賈伯斯兩大天才都曾經歷消沉的空白時期，進而找到自己面對世界的方式。

〉〉〉肯定正面的威力

2018年5月，IKEA進行了一項社會實驗，證明植物也需要讚美與鼓勵。在實驗中，IKEA找來一群學生分別錄製讚美與咒罵的聲音，在接下來的30天裡，讓兩株植物在一樣的成長環境中，一株植物每天聽讚美的聲音，另一株則每天聽咒罵的聲音。結果，聽讚美的植物維持健康，而聽咒罵的植物則已枯萎。言語的力量在這個社會實驗中重新被關注，令人震撼的是，言語所展現出的正向力量還能讓重達萬磅的殺人鯨，開心地跳出水面十呎高。Well Done！正向肯定的力量眞的可以讓Whale Done。

肯・布蘭佳在一次的休假中，到了聖地牙哥的海洋世界觀賞了殺人鯨表演，爲此震撼不已，對如何訓練殺人鯨進行表演且還能如此歡愉感到十分好奇，在與訓練師請教箇中祕訣後得到許多啟發，原來殺人鯨是這樣訓練的：（1）「建立信任」——殺人鯨是海洋中最可怕的肉食者，因此要讓這地球上最大的生物能做出高難度的跳躍動作，關鍵就在信任的建立；（2）「強調正面」——當殺人鯨做訓練師所要求的事情，訓練師就會把注意力擺在他們身上，讚美他們，激勵他們持續有好的表現及無限潛能。（3）「容錯轉正」——將注意力從做錯的事情移開，並不是要忽略那些過錯，而是要讓更多的專注力在正確的事情上；記住一個觀念：「你越注意一項行爲，它越會重複出現。」所以，你選擇關注正確的事還是錯誤的事？

組織中常有所謂的「海鷗型經理人」或是「錯誤糾舉者（GOTcha）」，總是等著別人出錯，然後藉者指出別人的錯誤來耍聰明。而這對組織成員的表現不僅沒有任何幫助，還會撕裂彼此的信任。因此肯・布蘭佳以「ABC 表現管理法」來說明該如何用正向的讚賞，來持續維持成員的高動機與績效；即（1）「催化劑（Activator）」——在訓練殺人鯨的案例中，訓練師的揮手、拍水或吹哨子都是催化劑；而在組織中最普遍的催化劑就是「目標」，藉由設定清楚的目標激發出所要的表現。（2）「 爲（Behavior）」——以殺人鯨而言，可能是跳躍出水面或是載訓練師繞圈圈。而在職場上的行爲，就是傑出的執行力，或是有效的團體協作。（3）「結果（Consequence）」——一般會有四種結果：毫無反應、否定式回應、轉移方向、肯定式回應。前面兩點對組織都

表 2-1　負面能量 vs. 正向能量一覽表

類別	負面能量	正向能量	備註
應變	害怕改變	歡迎機會	改變就是機會
讚美	沒必要稱讚他人	看到並稱讚他人	抓住現行範
交往	說話講自己	了解他人的心情	同理心
自我	世界圍著他打轉	出手扶人一把	為善最樂
當責	將錯誤怪罪他人	為自己的失敗負責	擔當
謙虛	知錯也不道歉	造成不便先道歉	Sorry 掛嘴邊
計較	個人利益	不傷害他人的感受	利己不損人
氣度	討厭被批評	建設性的討論	頗有見地
心胸	想看他人失敗	希望他人成功	有福同享
求知	認為自己什麼都懂	想學習新事物	終身學習
企圖	遇事退縮說不行	遇事想改變活更好	精益求精
因果	下地獄	上天堂	圓滿結局
實例	青蛙只會坐井觀天	癩哈蟆敢想吃天鵝肉	關鍵不在美醜

資料整理：顏長川

會產生負面的影響，後面兩點則是才能讓團隊建立信任並往前走的關鍵產生肯定正面的威力。

〉〉〉調整 N2Y 的硬功夫

職場上講究的是待人處世的心態（mindset & attitude），指的是心思和態度，也就是一個人的思想傾向、思維方式、觀念模式……等。大家都有這樣的共識：「以積極的心態面對所有的挑戰，可提高主管的領導力和激活部屬的上進心」；「心思」是認同公司的「願景和使命」的內心世界，「態度」則是奉行「價值觀」的外在行爲；都是需要經過打造和淬鍊才能可長可久。若態度有所偏差，則專業知識愈高，工作技巧愈強，反而績效愈差，危害組織愈大；公司的每位員工都應謹慎面對績效公式 P ＝（K ＋ S）^{a}。

在職場上打滾夠久、歷練夠深的人，通常會「信任自己、接受現況、放下種種、保持耐心和初心、不做任何判斷、無爲不強求」，幾乎已達「不忮不求」的完人境界。其實就是稜角都磨圓了！誠如聖嚴法師所說：「能有，很好；沒有，也沒關係」；他認爲若自己想不開，就把心胸打開，借別人的智慧和經驗，多讀、多聽、多想。資深的職場人士，早已練就下列幾個調整 N2Y 的硬功夫。

表 2-2　調整 N2Y 的硬功夫

技巧	說明	備註
轉個念頭	1 秒中閃過 216,000 個生死念頭	放下屠刀，立地成佛
換個角度	360 個角度，每個角度的看法都不同	馬雲要部屬倒立看世界
給個說法	給個響叮噹的名號，再苦也幹！	送貨員 → 物流代表
切換一下	情緒的控制猶如電器的開關（On & Off）	變臉、破涕為笑
逆轉勝	不到最後關頭，絕不輕言放棄	棒球（九局下，二好三壞兩出局）
精神勝利法	自我安慰或自我感覺良好	魯迅的阿 Q

資料整理：顏長川

〉〉〉一念之間，判若兩人

所有「調整 N2Y 的硬功夫」中，以「轉念」最簡單，「閉著眼睛、咬著牙根、頭一縮、腿一伸」就過去了；所謂的「觀念轉個彎，世界無限寬；情緒轉個彎，快樂無限廣」；證嚴法師勸大家不要生氣，她說：「生氣就是拿別人的錯誤來懲罰自己！」一個被批評爲「頑固不靈、一成不變」的創業家回嗆：「一成不變，九成變。」鴻海集團董事長郭台銘說：「不要爲明天憂慮，因爲明天自有明天的憂慮；一天的難處一天當就夠了。」頗有《飄》中費雯麗的瀟灑。他當初買下日本公司 SHARP，送一頂繡有紅色 Logo 的夏普帽子給戴正吳，要戴正吳飛往日本接社長，則頗有「風蕭蕭兮易水寒」的味道，戴正吳只好半夜吹著：《*One way ticket*》的口哨來「激勵自己」了。

CHAPTER 3
活用新 3C 觀念

台灣的消費者過去對「3C」的認識始於「大同 3C」廣場或「燦坤 3C」廣場，一般指的是對電腦（Computer，及其周邊）、通訊（Communications，多半是手機）和消費電子（Consumer-Electronics）三種家用電器產品的代稱；現在號稱的「新 3C」有別於「舊 3C」，指的是「將變化（Changes）帶來的挑戰（Challenges）視同機會（Chances）」；也就是瞬息萬變的時代勢必帶來無窮盡的挑戰，稍一不慎即將跌入萬丈深淵；若能超前部署，預作心理準備，甚至抱著「吃苦就是吃補」的態度，把各種挑戰當作千載難逢的機會，就能乘機而起，一飛沖天！

〉〉〉不變也要求變

古希臘德爾菲神廟的壁上刻有「know yourself &gt」，這也是蘇格拉底的口頭禪：「know yourself」（認識自己），他常這樣提問：「你眞的了解自己嗎？」認為這是人一生中最重要的課題，其實就是「自知之明」的意思。職場人士必須先有「自知之明」，才能去實踐李開復的《做最好的自己》《Be Yourself》。知道什麼是最好的自己之後，才知道如何再去「改變自己」（Change Yourself）？因此，認識自己，做你自己，改變自己就是「人生三部曲」。很多職場人士想盡辦法一心一意要去改變部屬、改變主管、改變公司、改變顧客、改變親戚、改變朋友、甚至想要改變全世界，但就是沒想到要改變自己，爲什麼？因爲世界最難改變的是自己；所謂「江山易改，本性難移」。

在千變萬化的年代，唯一不變的眞理就是「變」；一般人面對改變有三種心態：（1）以不變應萬變，總認爲萬變不離其宗；（2）以萬變應萬變，也就是隨機應變的意思；（3）不變也要求變，主動積極破壞性創新；不變有危險，萬變有風險，求變可避險。對內外在環境敏感的變革者需先有「急迫感」開動，然後猛踩油門一再「加速」，最後達到「超速」變革的境界。據專家統計：70%以上的公司進行大規模的一次性變革都失敗，而一開始就能變革成功的公司低於 5%，其中最主要的差別在於敏感度、急迫感和速度差。

任何一家企業必須很嚴肅地自問下列這些問題並做一份完整的評估：（1）相關外在變化的強弱？（2）內部變革需求的強弱？（3）需要改變企業文化嗎？（4）有近期強化科層系統的經驗嗎？（5）已經執行的變革策略爲何？（6）評估眼前風險的高低？如果這些問題的答案都已心知肚明，那麼「請趕快進行變革，愈快愈好」！

〉〉〉挑戰不可能任務

「挑戰」一般是屬於戰爭，運動或各種競賽……等的用語，即「首開釁端，激使敵方出戰或鼓動對方與自己競賽」的意思。若是運用在職場上，則是指一項艱鉅，甚至是不可能的任務；即使耗很多的能力或資源，也不見得能達成。要先有在年底交出「極大化績效」的抱負，才敢於年初承諾「挑戰性目標」。若套用最新的用詞則是「灰犀牛」或「黑天鵝」；灰犀牛是顯而易見卻視而不見，災難即將臨頭；黑天鵝是從未見過卻存在已久、一旦出現，猶如世界末日。兩者都是一種極嚴酷的挑戰。

世界上沒有偉大的人，只有普通人迎接的巨大挑戰，挑戰讓生命充滿樂趣，克服挑戰讓生命充滿意義；整個生命就是一場冒險，走得最遠的人，常是願意去做，並願意去冒險的人；所謂活著的人，就是不斷挑戰的人，不斷攀登命運峻峰的人。李敖往生前，曾有人跟他挑戰，大聲跟他嗆聲：「你放馬過來！」他悶不吭聲，揚長而去，然後「放馬後炮」打倒對方！

21 世紀是一個複雜而不可預知的世紀，那些照目前來看已經固定的思維習慣和價值觀正接受新的挑戰，一個人若無超越環境之想，就做不出什麼大事，要成功，必須接受遇到的所有挑戰，不能只接受喜歡的那些。馬雲曾感慨地說：「在經營企業上，面臨最大的挑戰在於用人，而用人最大的突破在於信任人。」大家公認：「最具挑戰性的挑戰莫過於提升自我」；難怪德蕾莎修女會這樣鼓勵大家:「生活是一種挑戰，迎接它吧！」德蕾莎修女的生活，對一般人而言，簡直是「不可能的任務」。

〉〉〉踏破鐵鞋找機會

機會是指關鍵性的時機，在職場上作決策進行選擇時，最常用到的概念是「機會成本」，為了做某件事，而犧牲了其他的事情，被犧牲的事情就是機會成本；一般企業在設定目標時，會運用 SWOT（優勢、弱勢、機會、威脅）分析法，考慮外在環境的機會和威脅及內在組織的優勢、弱勢；在投資時，則會依據事件發生可能性、風險發生之嚴重性及事件發生之效益項目進行評估風險及機會。

大多數人的毛病是，當機會衝奔而來時，兀自閉著眼睛，很少人能夠去追尋自己的機會，甚至在絆倒時，還不能見著它。機會不會自己找上門來，更不會敲第二次門，只有人去找機會；從容不迫地談理論是一件事，把思想付諸實行，尤其在需要當機立斷的時候，又是另一件事。古人早就警告我們：「花開堪折直須折，莫待無花空折枝」！

人生勝利組的祕訣就是當好機會來臨時，立刻抓住它。只有弱者坐失良機，強者會製造時機；沒有時機，通常只是弱者的藉口。只有愚者才等待機會，而智者會造就機會；樂觀主義者從每一個挑戰中看到機會，而悲觀主

表 3-1 新 3C 觀念的九宮格——資通信業

	變化（CHANGES）	挑戰（CHALLENGES）	機會（CHANCES）
產業	5G 時代來臨 數位匯流 數位經濟／創新產業	5G ABCD 多螢需求＋行動支付 工業 4.0（智慧化）	5G ＋ 8K （MOD ＋ OTT）/Himi wallet 智慧生活＋智慧城市
組織	架構的改變 數據庫之需求 物聯網之運用	科層系統（功能、專業） 知識庫之運用 三創事業	網路系統（顧客、產品） CSR/CIS/KYC/VOD 新創子公司
個人	心態調整角色認知 專業之需求 人才庫之建置	官僚、管控、本位 電信＋電腦＋媒體 AI 機器人	公僕、服務、整體 跨業（多能） HP ＋ HP

義都從每一個機會中看到挑戰。機會不會從天上掉下來，當你有「得來全不費工夫？」的疑惑時，其實你已經把鐵鞋踏破了！

〉〉〉把變化帶來的挑戰視同機會

各行各業都有各自的求生本領，但面對大環境的千變萬化，考驗都是一樣的；有人把它視爲千辛萬苦的挑戰，另有人把它當作千載難逢的機會，就在一念之間。藉著「九宮格」去活用新3C觀念，橫軸爲變化（Changes）、挑戰（Challenges）和機會（Chances），而縱軸則爲產業（Industry）、組織（Organization）和個人（Individual），兩者構成九宮格。集合產業專家及全體員工的眾人之智，在每一空格裡面填上三個重中之重（觀念、想法和做法），能用27個重點將九宮格填滿，且年年動態調整，然後按圖索驥、照表操課，就會有一群職場贏家去創造一家基業長青的幸福企業。

★案例 3-1：大谷翔平的九宮格

美聯（AL）新人王於 2001 年選出「鈴木一朗」，2018 年則選出洛杉磯天使隊「大谷翔平」係 17 年來首位日籍球員；在打擊方面，他初登場就連三場轟出全壘打；在投球方面，前兩場就三振 18 名打者，拿下勝投（惡魔指叉球）；第 3 場擔任先發（6.1 局，完全比賽 + 無安打必賽），球速 165km。這種紀錄有很多職棒選手窮畢生之力也不可得，堪稱「現今棒壇唯一投球與打擊兼備的棒球員」；是一個「固定先發 + 常態打擊」的標準二刀流，獲得「怪物、外星人、二刀流少年、貝比魯斯二世……」等稱號；野村克也：「他是前所未見的球員」，王貞治：「他不可能兼顧投球與打擊」？

大谷翔平係 1994 年 7 月 5 日出生，從小在父親的調教下掌握了投打的要領：「投」（手指頭確實握在球的縫線上），「打」（掌握球棒中心左右開弓）；23 歲長到 193 公分，成為職棒怪物（二刀流），運用「曼陀羅思考法」成為既有潛力又有即戰力的大人物；學習「草履蟲的試誤精神」撞上牆就更加努力去嘗試，把不可能變成可能！寧願減薪 78% 去挑戰大聯盟；春訓低迷四天後翻轉局勢，成為**「世界的大谷」**。聽說大谷翔平青少年時期即有很強的自律能力，按照九宮格操課，終能成為「天才棒球手」。

CHAPTER 4
謹記 6 字箴言

佛教界的「六字真言」又作「六字大明咒」，「唵嘛呢叭咪吽」，源於梵文，象徵一切諸菩薩的慈悲與加持。六字大明咒是「唵啊吽」三字的擴展，其內涵異常豐富、奧妙無窮、至高無上，蘊藏了宇宙中的大能力、大智慧、大慈悲。此咒即是觀世音菩薩的微妙本心，久遠劫前，觀音菩薩自己就是持此咒而修行成佛。我也誠心斗膽在企管界提出「6 字箴言」──「能跨敢變夠快」，與職場人士共勉之，期能在 5G 的百倍速時代，游刃有餘。6 字箴言是「跨變快」三個動詞的擴展，分別加上「能敢夠」

三個副詞的強化，鼓勵大家能跳出框框，有求變的勇氣，還要講究速戰速決。

〉〉〉能跨，一人可抵三人

當你踏進不同領域、科目或文化的異場域碰撞時，可以把現有的觀念結合起來，形成大量傑出的驚人新構想；這種現象稱爲「梅迪奇效應」（Medici Effect）。簡單地說：「當兩個不相關的東西，變成相關，就是跨界，就是創新」。跨（Crossover）字會發揮 1 ＋ 1 ＞ 2 的綜效，扮演舉足輕重的角色，有跨領域、跨物種、跨界限、跨產業、跨國企業、跨境電商、跨……等琳瑯滿目；較新的說法是互聯網+、AI+，可說已進入到「三無」（無界限、無國界、無所不在）的境界。

台灣的各級教育界目前正如火如荼地推廣跨學科的教學方法，如結合科學（Science）、技術（Technology）、工程（Engineering）、藝術（Art）、數學（Mathematics）的「STEAM」；2010學年度台大EMS招生說明會強調「跨領域學員、跨院系師資、多元創意、整合創新」；2019年諾貝爾獎化學獎由美國固態物理學家古德諾、英國化學家惠延安和日本化學家吉野彰因發展出可充電的鋰電池而共同獲得，可說是跨學科研究（化學＋物理學＋工程學）的最好例子。

近幾年，職場人士紛紛加入「斜槓族」的行列，他們都擅長經營個人品牌、會換個角度看問題、不喜歡每天都做一樣的事或想做出別人沒做過的東西、具有不安於現狀的靈魂與性格；許文章醫師於48歲考上律師加入醫療糾紛委員會，53歲再考上專利師，爲跨產業創新中心提供發明專利審查及法律救濟，人稱「許三師」，傳爲美談；奧運八金短跑名將波爾特告別田徑場後，仍想轉戰足壇，證明自己也能在足球場上生存！」令人肅然起敬。

〉〉〉敢變，才能看見未來

彼得・杜拉克說：「沒有人能左右改變，唯有走在變化之前」；改變眞的很痛，它讓我們放棄原擁有的一切，讓我們不斷地學習，讓我們去理解新的事物；因此，擁抱風險、不斷改變，才能看見未來；關於變化，我們需要的不是觀察而是接觸；當改變發生，最安全的方法，就是擁抱改變。人生常在一念之間就產生很大的變化，若要調整觀念和想法，使心更放寬，請常去下列這五個地方：書店、精品店、農場、醫院、殯儀館。

每天都有新事情發生，越來越多事情沒有標準答案，培養適應和改變的態度是一輩子都受用的技能；這世界上有兩難，難在改變別人，難在被別人改變；如果改變不了別人，只好改變自己了，偏偏世界最難改變的是自己！想改變自己，就從閱讀開始吧；唯有瘋狂到自認可以改變世界的人，才能眞的改變世界。科技界最夯的商業雜誌 Inc. 於 1981 年推出全球首本以賈伯斯爲封面並預言他將改變世界！詹宏志對改變有非常深刻的體驗：「當你一無所有的時候，改變就是機會；但當你雄霸天下時，改變可使帝國傾頹！」而趨勢大師奈恩比的名言：「天下唯一不變的就是變！」

NOKIA 曾是手機界的霸主，但錯過改變即錯失了企業生存的機會，於今安在？「全家就是你家」的老二便利商店，用扎根 30 年的「敢變」心法，走入後進品牌的翻轉之路，分分秒秒都在想:「如何轉守爲攻去挑戰老大？」

引爆新零售浪潮下的創新商機；NTT DoCoMo 的中期經營策略 2020 beyond 宣言竟標榜「求變」（Challenge to Change）；2017 年諾貝爾文學獎得主巴布狄倫的成名曲是「時代正在改變」《The Times They Are A-Changing》；百年老店玉珍齋的第五代經營者竟深知：「老店最核心的部分是永遠不變的，而能變的部分必須變得比誰都快！」

〉〉〉夠快，可失敗不能輸

郭台銘早就認清：「這年頭不是大的打小的，而是快的打慢的。速度快的賺利潤、速度慢的賺庫存」；他很相信速度經濟學（Economy of Speed）：Time to Idea、Time to Product、Time to Market、Time to Volume、Time to Money。大家都公認：「企業存活的不二法門是創新和速度」。台灣清大校友黃敏佑結合高階物理、數學及電路，設計出一套特殊反饋晶片，將訊號自動偵測校準鏈結的速度從 45 毫秒提升至僅需 0.001 毫秒，打破 5G 的世界紀錄，堪稱「台灣之光」！

來無影去無蹤、神出鬼沒的「祖魯族」曾以夜間急行軍的戰術打敗英軍；二戰英雄麥克阿瑟也曾感慨地說：「連上帝也不能挽救不能迅速移動的人」；Netflix 創辦人哈斯汀則說：「企業很少因爲行動太快而死，大多是行動太慢才死！」現代的年輕創客自有一套「速度感」和「成功學」；他們講求決策一定要夠快，規劃是老掉牙了，

Just Scrum！允許在可控的範圍內失敗，從失敗中快速的學習和驗證想法或假設（Fail fast，fail early），但絕不服輸，「最後成功一定是咱的」。大家都夢想共騎一隻獨角獸！

全球最快的超級電腦若運算 1 萬年，Google 量子電腦只要算 3 分鐘，這樣的「速度差」，實在無法想像？原來，傳統電腦是以 0 和 1 位元（bit）運算，量子電腦則以量子位元（qubit）運算，可將 0 或 1 相互疊加，愈多量子位元，愈能同時處理大量且複雜的資訊。如果說傳統運算呈指數成長，則量子運算呈多項式成長；也就是說，矩陣運算比一般加減乘除快得多！量子電腦橫空一出，再多厲害的超級電腦，即使是目前第一名的超級電腦「巔峰」（Summit），也會頓時被貶爲傳統電腦。台大物理系特聘教授暨台大/IBM 量子電腦中心主任張慶瑞說：「你現在看起來沒有變化，但突然有一天，你會發現你活在另外一個世界」；他估計 10 年後會看到量子電腦有效應用、20 年後會有全面性的影響。在量子電腦時代，你敢不敢質疑：「這樣夠快嗎？」

〉〉〉職場人士的 6 字箴言

「變形金剛」遇到緊急狀況時，會隨者任務需要在「金剛」與「戰車」之間互換，堪稱跨界的代表作，哪天你能讓老闆稱讚：「一個人能當三個人用」就對了！「變色龍」會隨著環境變體色，主要是欺騙天敵以逃命或欺騙獵物以保命，敢變是因生死攸關，不是變著玩的；「變形蟲」一發現獵物，馬上伸出僞足，快速進行獵殺！柯 P 罵麻木不仁的學生連一隻變形蟲都不如；辜濂松用「阿米巴」罵被動的員工講一動作一動；稻盛和夫則用「變形蟲哲學」將日航轉虧爲盈、起死回生。願所有職場人士碰到諸事不順時，不妨心中默唸這 6 字箴言：「能跨敢變夠快」！

CHAPTER 5

翻轉職場贏家

傳統的職場上有兩種這樣的說法：相信「萬般皆下品，唯有讀書高」的人會「十年寒窗無人問，一舉成名天下揚」；而相信「家纏萬貫，不如一技在身」的人則會「花三年四個月拜師學藝，習得一技之長」。看到行政院主計總處發表的統計數字：2016 年 1~2 月，博碩士失業人數創了 2.7 萬人的新高，失業率也升至近 3 年同期最高的 3.1%，不禁嚇出一身冷汗，很多博士候選人（candidate）紛紛放棄學位，提早擠入職場混口飯吃，所有的人都相信：「行行出狀元」，讀書不再是唯一的出路。吳寶春的麵包師、江振誠的廚師、林義傑的超馬、陳偉殷的MLB投手、林書豪的NBA後衛、戴資穎的羽球、林昀儒的桌球……等是另類台灣之光，而王建民的復活、曾雅妮的重生則頗令人牽腸掛肚！任何技藝都必須「鍛鍊、鍛鍊、再鍛鍊」，而職場贏家則有五字訣——「生熟巧通達」。

〉〉〉一回生，二回熟

職場贏家的五字訣有另一俏皮的版本：「一回生、二回熟、三回巧、四回妙、五回呱呱叫！」也頗能讓人琅琅上口；兩種版本都從「一回生，二回熟」開頭，意思是說：「萬事起頭難」，而「好的開始，是成功的一半！」「再試一下，就功德圓滿了」。

就像胡適在《嘗試歌》裡說的：「嘗試成功自古無，放翁這話未必是，我今爲下一轉語，自古成功在嘗試」。胡適鼓勵大家要勇於嘗試，而且要一試再試：「莫想小試便成功，那有這樣容易事！有時試到千百回，始知前功盡拋棄」；「大膽假設，小心求證」的科學家在實驗室裡不斷的嘗試、嘗試、再嘗試，終於發現了聲光電波，改變了世界。

職場新鮮人就工作能力而言，可說是白紙一張，隨時都可能犯錯，絕不能放手；簡單地說就是「粗心有餘，成事不足」。就工作意願而言，卻有一股不切實際的樂觀，有時幾近於天眞或者說是不知天高地厚？

必須把目標說清楚，交辦標準化工作，並經常告知結果且要手把手地直接下指導棋。經過一段期間之後，原有的熱情因挫折而冷卻，嚴重點會事事產生質疑，批評目標過高或不合理，有時會感到憤怒與挫折；要給關心安慰並給機會討論，也就是要雙管齊下，但要先處理心情再處理事情。找出值得認可和讚美之處再加以指導和教練，此時用「一回生，二回熟」來鼓勵再恰當不過了。

〉〉〉熟能生巧，精益求精

「學然後知不足」，學習是爲了運用，而運用後就知道哪裡學得還不夠？會繼續主動的學習，如此循環不已終至「熟能生巧」；而自我要求高的人會精益求精，好還要更好，沒有最好，只有更好。熟練了就能產生巧辦法或找到小竅門，要想掌握任何技術，只有勤學苦練一途，所謂的「台上一分鐘，台下十年功」。

神射手陳堯咨對自己能「百步穿楊，箭無虛發」的功力頗爲自豪，在一旁觀賞的賣油翁嗤之以鼻：「這也算不上是什麼特別的技術，只不過是手熟罷了！」他提起一杓油對著瓶口上的孔方兒，滴油不沾、不漏地穿進瓶子裡。大書法家王羲之的兒子王獻之，山寨了老爸的一幅字，想試老媽的眼力；王羲之提筆「點大成太」，叫王獻之拿給老媽看，老媽指著「太」字說：「就只有這一點還像你老爸寫的！」王獻之受到刺激，發憤寫完 18 缸的水，終成「書法界的二王」。其實，「庖丁解牛」的神技，說穿了，也不過是熟能生巧罷了，甚至歌手林俊傑都疑惑：「也許愛情就是熟能生巧？」連老外都說：「practice makes perfect」。

在職場上打滾過 2 年以上的人，基本上已具備某種程度的工作能力，度過「一回生、二回熟」的階段之後，碰到過去成功的經驗，卯起來會像拚命三郎；碰到過去失敗的經驗，就需要做球給他或打強心針，很快地幫他把信心建立起來，然後用「熟能生巧，精益求精」來支持就對了。

〉〉〉打通任督，突飛猛進

就中醫診脈的觀點：「以人體正下方雙腿間的會陰穴為起點，從身體正面沿著正中央往上到唇下承漿穴，這條經脈就是任脈；督脈則是由會陰穴（也有人說是長強穴）向後沿著脊椎往上走，到達頭頂再往前穿過兩眼之間，到達口腔上顎的齦交穴。任脈主血，督脈主氣，爲人體經絡主脈。任督二脈若通，則八脈通；八脈通，則百脈通，進而能改善體質，強筋健骨，促進迴圈。」顯然，「任督二脈」確實存在，但眾說紛紜：有的說可以打通，有的說打不通，還有的說本來就是通的。

就道家養生的說法：「人的壽命極限爲上壽一百二十歲，只要以導引內丹的訓練，從逆的方向上奪天地之造化，凝練精、氣、神，提高生命品質，就可挑戰年壽極限，延長生命」。所謂「通任督」也就是通三關（尾閭、夾脊、玉枕）、行「周天」運轉之意。

金庸的武俠小說可說是全球華人的共通語言，他在《倚天屠龍記》中，描述張無忌因修煉了九陽神功，打通了任督二脈，可以比任何人用較短的時間，修練成更多的絕世武學。在武俠小說中，可藉由武功高強之人打通自身的任督二脈，武功會突飛猛進，甚至成爲天下無敵。如果職場人士的任督二脈是指工作能力和工作意願的話，那麼用「授權」可以打通職場人士的任督二脈，一個能力強意願高的員工，會把職業當事業，願做額外工作，會站在主管角度看問題，爲全公司的利益著想，有主人翁心態，能主動積極創造出高績效來，可以說是主管心目中的金童玉女。

〉〉〉一萬小時，磨成達人

葛拉威爾（Malcolm Gladwell）寫了《引爆趨勢》、《決斷兩秒間》、《異數》等三本暢銷書，他堅信創意得花大量的時間來培養、練習；他擅長引用數據，從表面的現象，切入分析背後的社會人文意涵，歸納趨勢，引爆話題。他指出傑出的成功人士爲什麼與眾不同？不管哪一種專業，成功的最大前提，都是要有一萬個小時的不斷練習。

普林斯頓大學數學教授安德魯．懷爾斯（Andrew Wiles）花了差不多一萬個小時，吃足苦頭，才寫出三百年來都沒人能解的「費瑪最後定理」的證明。現代世界也是這樣，許多原本束手無策的問題，其實只要給人實驗、犯錯的機會，都有可能找出解答。不禁令人發出一聲大哉問：「創造力由何而來？」成功者的才華與創意，當眞那麼源源不絕，輕而易舉？一則則成功者的故事印證：即便是創意與創新，也需要大量的磨練，才有出類拔萃的機會。

經濟學家蓋倫森把擁有創造力的成功人物，歸納爲：（1）「概念性創新者」（conceptual innovators），這種人擁有大膽、創新的想法，而且很快就能把想法揮灑出來，如畢卡索二十一歲就已經成名。（2）「實驗性創新者」（experimental innovators），這種人藉由不斷的試驗與犯錯，刻苦而緩慢地發揮優點，締造成就，如塞尙成名時，已經五十幾歲了；畢卡索面對一個簡單命題，可以隨性丟出一個簡單俐落的革命性創意；塞尙面對更複雜、微妙而困難的創作挑戰，必須從試驗與犯錯中，找到創新。這兩位都具備一萬小時以上的硬功夫，但擁有軟實力者較

表 5-1　職場達人的五字訣

五字訣	說法	做法	想法	備註
生	一回生	起心動念	萬事起頭難	勇於嘗試
熟	二回熟	有一就有二	一不做、二不休	再試一下
巧	熟能生巧	Practice makes perfect	找到竅門	精益求精
通	通暢	打通任督二脈	突飛猛進	延長生命
達	達人	一萬小時的練習	不斷地磨練	創意、犯錯

資料整理：顏長川

易勝出；如果只是不想輸，也許一萬小時就可磨成達人；如果想贏就要看天賦、苦練和意志力了；一個職場達人的養成，多則10年（4小時／天），少則5年（8小時／天），就看經理（Manager）、教練（Coach）和導師（Mentor）的造化了。

〉〉〉達人翻轉為贏家

翻轉教室（Flipped classroom），是一種新的教學模式，2007 年起源於美國，翻轉教室會先由學生在家中看老師或其他人準備的課程內容，到學校時，學生和老師一起完成作業，並且進行問題及討論。由於學生及老師的角色對調，而在家學習，在學校完成作業的方式也和傳統教學不同，因此稱爲「翻轉教室」；「翻轉」兩字成爲最夯的字眼，爲各行各業的人所樂用，猶如用英文 Upside down 才能充分表達出 360 度的大轉變！

職場人士需先蹲馬步，練好達人基本功（生、熟、巧、通、達），經過一萬小時的淬鍊，從凡夫變達人；再熟記贏家五字訣（亡、口、月、貝、凡），五年磨一劍，25 年就可橫跨經營五領域（產、銷、人、發、財），從達人翻轉爲贏家。

CHAPTER 6

掌握職場角色轉換的竅門

職場資深人資主管認為一個重要的職位至少要有五個人坐過，才能找到它的 Mr.Right；相對地，一個職場達人可能至少也要輪調過五種工作，才會找到他的安心立命處；在職場上最要講究的是「適才適所」，也就是把對的人放在對的位置上。每次職場的晉升調動，當事人都必須在心態調整、角色轉換和知識技巧提升上，做相當程度的配合；最忌諱的是「都已經是科長了，還在做組長（低一級）的工作？」而最被期待的是「科長要站在處長（高一級）的角度看問題！」如此一來，便可進行無縫交接，無所謂的空窗期。其中，職場的角色會經過「獨行俠、貴人、智慧老人、生活教練和生命管家」等五次的轉換，需寄予十二萬分的關切。

〉〉〉獨行俠的悲歌

職場中的主管通常會根據部屬的工作能力和意願區分為新進人員、學習進度慢的人、缺乏信心的人和獨當一面的人等四種類型；再運用命令和支持行為組合成多下指導棋、多關心及教導、多支持、多授權等四種方式，分別帶領不同類型的部屬共創最佳績效。

依行業及工作複雜度的不同，經過大約半年至三年的磨合，一般都能達到主管對能獨當一面的部屬做充分授權的境界，主管會經常對部屬說：「你辦事，我放心」。

有人曾以「菜鳥」稱呼新進人員、以「笨鳥」稱呼學習進度慢的人，以「老鳥」稱呼缺乏信心的人、那麼獨當一面的人就叫做「孤鳥」了；或者也有人以技術的成熟度來區分部屬爲生手（一回生）、熟手（二回熟）、巧手（熟能生巧）和高手（大內）。通常，孤鳥或大內高手都能獨立作業，再困難的事交給他們去辦，兩三下就處理完善了，所以又稱爲「獨行俠」。

職場中的獨行俠，來無影、去無蹤，獨來獨往，一向不求人，只講究個人貢獻；技術本位，專業掛帥，嘴邊常掛著：「此處不留爺，自有留爺處」；內心常嘀咕：「老闆，你最好離我遠一點，不要管我，我已經夠成熟，可以獨立作業了，有問題我自然會去找你！」在有意無意間把主管拒於千里之外。

除非獨行俠的專業確實獨特到不可或缺外，在凡事都必須群策群力的現在，獨行俠可能孤掌難鳴，最後可能只有悲歌一曲，留下無限的遺憾了，尤其是把形同貴人的頂頭上司棄如敝履，簡直是愚不可及。

〉〉〉貴人，你在何方？

在攀爬職涯天梯時，少數的精英分子憑藉的是豐富的產品知識、熟練的業務技巧、再加上積極的正面態度，創造出超標的高績效，才能獲得提拔晉升；但有些人卻故意忽略這些硬功夫，還帶點酸葡萄的心理：「不過是有貴人相挺罷了！」其實貴人之爲用，是在生命中的轉捩點或關鍵時刻稍加提點或拉一把；而貴人也不會突然從天而降，就看平時如何去經營人脈了。

一般人建立人脈的第一步，除了同事外，通常會從大學同學找起，往下溯及高中、國中、小學，甚至是幼稚園的同學；其次同鄉會、宗親會、獅子會、讀書會、社團、宗教等的資料也一網打盡。各類關係算起來計有「九同」之多，例如同宗、同鄉、同年、同學、同袍、同事、同業、同好、同修；平時若能好好經營這九層的人際關係，相信貴人就在其中，必要時就可派上用場。聽說龔天行跟蔡明忠是復興小學的同學、吳均龐跟蔡明興是台灣大學的同學、吳修齊是高清愿的貴人、辜濂松是吳炫三的貴人……等，可見每個成功人的背後都有這麼一座人脈資料庫。

「頂頭上司」因握有績效考核的生殺大權，可說是一生中最重要的「貴人」，務必搞好跟他的關係。貴人有樂於助人的天性，任何人都可以是任何人的貴人，即使在街上碰上的任何一個陌生人，都不能忽略或錯過。眞正成功的人，對最卑微的人都會畢恭畢敬的，從此以後就不必再仰天長嘯：「貴人，您在何方？」

表 6-1　職場角色轉換一覽表

角色轉換	目標	重心	風格	技巧	結果
生命管家	生命意義	養生哲學	創造宇宙繼起的生命	靈修	意義論
生活教練	生活目的	工作與生活	增進人類全體的生活	樂活	經驗談
智慧老人	智珠在握	知識管理	包打聽	指點迷津	經營智慧
貴人	人際關係	人脈管理	樂於助人	關係至上	分配資源
獨行俠	技術本位	職涯攀爬	不求人	專業掛帥	個人貢獻

資料整理：顏長川

〉〉〉智慧老人，你在哪裡？

在攀爬職涯天梯時，困難、困頓、困惑在所難免，若知道去尋求「智慧老人」的協助，可少走很多的冤枉路！大家如果都有下列三點共識：（1）年齡不是問題——職場上唯一的生存之道是專業，不是年齡，更不是年資；專業還必須轉化成績效，只有績效才是硬道理；如果職場上出現五年級生向七年級生報告的現象，不要訝異！而百歲人瑞還在唸博士，一點也不奇怪。（2）智慧是寶——資深員工在職場打滾多年，必然累積很多血淋淋的教訓，練就一身百毒不侵的功夫；教訓和功夫經過系統化會變成知識和技巧，資深員工經過系統化會變成智慧老人。（3）虛心求教——有人肯學才有人肯教，有人肯教才有人肯學，教學可以相長；光是學習型組織是不夠的，還要是教導型組織。

職場上一路走來跌跌撞撞，爲什麼升官加薪沒份？放無薪假或裁員減薪卻首當其衝！除了交不出令人滿意的成績單外，在關鍵時刻沒有智慧老人指點迷津，應該也有相當的影響；其實，看智慧老人的角度應該廣一點，任何可以提供意見或幫忙解惑的都可以是智慧老人，如圖書館、Google、維基百科、報章、雜誌、老師、同學、公會、同業、同事等，甚至是警衛、清潔工、小妹；聽他們一席話，可能勝讀十年書；包打聽的智慧老人就在身邊，不要再到處問：「智慧老人，您在哪裡？」了。

〉〉〉生活教練及生命管家

企業主管應該同時也是部屬的生活教練和生命管家才對；強調工作即生活，生活即工作，甚至能顧全大局、願做分外事、並有主人翁心態；此外，還要特別注重身心靈的健康，以求工作、生活和健康的三角平衡，如此才能和部屬打造一隻高績效團隊，永續爲企業做出極大化的貢獻。下列的對話頗值得深思：

部屬：「您的智慧從哪裡來？」

主管：「正確的判斷！」

部屬：「正確的判斷從哪裡來？」

主管：「經驗！」

部屬：「經驗從哪裡來？」

主管：「錯誤的判斷！」

高處不勝寒的企業高階主管如：福特汽車公司的CEO穆拉利（Alan Mulally）也需要聘請外部專家——馬歇·葛史密斯（Marshall Goldsmith）作爲他的生活教練，俾能在關鍵時刻得到充滿經營智慧和生活經驗的具體可行建議。有些生命管家建議詳讀坎伯的《千面英雄》，可以透過神話學習生命的智慧和意義；李開復在父親李天民過世後，從抽屜中覓得一紙：「老牛自知夕陽短，不必揚鞭自奮蹄」，讀來令人爲之動容。

在人脈管理上幡然覺悟的獨行俠可在「一夜之間、一念之間」轉換角色成爲以「助人爲快樂之本」的貴人和「提供世界級經營智慧」的老人，甚至開始思考生活的目的和生命的意義。很多早期學校禮堂的左右兩邊寫著這麼一副對聯：「生活的目的在增進人類全體之生活；生命的意義在創造宇宙繼起之生命」，如今看起來格外親切。生活教練可以用「樂活」的態度來分享工作與生活的平衡經驗，而生命管家可以用「靈修」的智慧來體現生命的意義。請記住這個竅門：「位置變了或角色換了，也要記得翻轉腦袋！」

CHAPTER 7

學習最快速的讀書法

古早有一句順口溜：「一命、二運、三風水、四積陰德、五讀書」；讀書雖被擺在第五順位，但人生成敗盛衰的因素千千萬萬種，能擠進前五，也可見讀書在大家心目中的分量了;換句白話:「閱讀的力量可讓人翻轉脫貧，大量閱讀可讓視野更寬闊」。有人認為讀書是想像力的操場、創意的發電廠，閱讀與想像力讓改變世界成為可能；可惜，現代人只讀臉書，不讀書；現代年輕人則已不太看臉書，只看圖片和短片了。《傲慢與偏見》的電影中有句對白：「沒有什麼比閱讀更讓人享受。」《有錢人是怎麼想的？》（How Rich People Think?）的作者席博德（Steve Siebold）訪談過1,200位富豪，發現他們的共同點就是讀書。

〉〉〉讀書變有錢，有錢愛讀書

世界首富比爾·蓋茲愛讀書及推書是出了名的，他每半年會空出一周的時間到美國郊外隱居、閉關，定位爲「思考周」（Think Week），用修道院式工作法，特別針對公司未來走向及世界科技的新發展，進行沉思與閱讀；日本首富柳井正每年會自己放一個月暑假去從事類似的活動；香港首富李嘉誠說：「在閱讀過程中，我深深感受到知識改變命運。」倒是賈伯斯反以「厭惡閱讀」著稱，但卻以「Stay foolish（大智若愚）、Stay hungry（求知若渴）」勸人？

讀書若無法致富，至少可以翻轉脫貧。巴菲特每天花 80% 的時間在閱讀和思考上、馬斯克居然靠閱讀學會怎麼建造火箭、大前研一每年也至少讀 50 本書；94 歲再度當選馬來西亞總理（最年長的總理）的馬哈地說：「閱讀是我紓壓的方式之一，且有時兩本書一起讀，軟硬兼施、時時 On & Off……」；讀書不但可變有錢，也可以變有權。

張忠謀也說自己沒有忘記閱讀，每天 6 小時、每月 2 本英文書，還會看國內外的報紙和雜誌，不放過國際間的大小事；《紐約客》（The New Yorker）雜誌已經持續看了 70 多年，從不間斷。他很樂意推薦好書，希望能透過閱讀好書，讓大家都能有更深層的思考並養成閱讀習慣；他更進一步提倡有目標、有計畫、有紀律的終身學習，他認為他的閱讀興趣是來自於母親的引導。何飛鵬為了討生活，一輩子都在看書、讀書、寫書、出書，可說終生與書為伍，他的人生因書逆轉！

››› 哪一國人最愛讀書？

國民透過閱讀養成思辨能力是國家軟實力，所以閱讀力是國力之一；某家書店左右的一副對聯這樣寫著：「一年四季皆淡季，店員常比客人多」，橫批：「人不進書不出」，道盡目前出版社及書店的窘境。台灣 2,300 萬人，一年出書量約 4 萬本，只有 2,000 本書賣超出 2,000 本，每年出版業務總額約 185 億元；10 年內關了 1,000 家書店；民眾的閱讀行爲更令人灰心，2013 年的文化部長龍應台報告：國人平均一年僅閱讀 2 本書，只及日、韓、新的 1/10。

根據 2018 年的最新統計：曾買過書的人有 17.7%，一本書都沒買的人有 65.0%，一本書都沒看的人有 1.0%；沒去過圖書館的人有 60.8%，最近一次碰紙本書是在 7 年前……等，簡直是罄竹難書；印度人直言無諱：「一個不愛讀書的民族是沒有希望的！」並提出下列各國的年平均讀書量佐證：中國人（0.7 本）、台灣人（2.0 本）、韓國人（7.0本）、日本人（40,0本）、俄羅斯人（55.0本）、以色列人（64.0本／8個諾貝爾獎得主）、匈牙利人（人均每年購書20本／14個諾貝爾獎得主），眞令人無言以對。

教育部分別於2001年、2005年舉行「全國兒童閱讀計畫」、「焦點300—國民小學閱讀推動計畫」，期能從兒童時期就開始養成讀書習慣。但教育是百年大計，豈是兩三下就可解決的？教育部復於2009年起，仿效國外「閱讀起步走」，準備閱讀禮物帶給0~5歲嬰幼兒家庭，希望能掌握學齡前幼童的腦部發展黃金期；更早之前，台灣曾針對嬰幼兒家庭推行「展臂閱讀」的方案，希望從出生到三歲，配合五次預防注射時間，將唸故事書給孩子聽做爲兒童健康照護之醫囑衛教提醒家長，將童書當作「心靈疫苗」處方送給嬰幼兒，眞是無所不用其極。洪蘭教授主張：小學三年級以前，學生要學會如何閱讀（Learn to read）；小學三年級以後，學生要主動閱讀課外讀物（Read to learn）。

〉〉〉最快速的讀書法

任何一本書，只要讀到一個概念對自己有影響，然後運用它，把它用在對的地方就是有效的讀書法；而最好的學習方法就是教會別人；「費曼法」認爲：「教是學最好的方式，只有充分了解某種學問，才會懂得把這學問教給別人」；如果睡著時也能學東西（睡眠學習法，Sleep learning），豈不妙哉！冠德科技鄭吉君副總說：「閱讀是一門統計學，通過吸收其他成功的經驗，整合自己的思想，可以分析局勢，預測未來！」比起正確答案更重要的是不斷地思考和深化自己的提問，比知識本身更重要的是盡力消化和運用學到的知識；希望大家可以讀一本200元的實用性圖書，就能達到參加10萬元教育訓練的成果。

閱讀本身的行爲還在，只是閱讀的方式改變了，閱讀的對象有：書籍、報章雜誌、電子書、網路文章、部落客、電影、影音、直播、線上課程、玩遊戲、追劇、聽廣播、Podcast……等；40年前就有人開「讀書會」，是大家公認最普遍、快速又有效的讀書法。透過討論、刺激創意、看見盲點是讀書會裡非常關鍵的環節，其用意在先讓大家百家齊鳴，聽到不同的聲音後做修正，最後形成共識；幫助建立更堅強的工作關係，創造一個安全的環境來分享或辯論想法時，就能建立信任。

讀書會演化至今，已產生很多的變種（表 7-1）；有人把企業家的飯局酒攤變成讀書會，眞是功德無量。有人號稱把台灣 5% 最愛學習的人圈起來，菁英共讀；企業界要能辦好讀書會必須「CEO 坐鎭在第一排，並在各單位安排一些好學的讀書種子，先讀容易的書以培養信心與興趣」；一個人讀書走得快，一群人讀書走得遠！

〉〉〉讀萬卷書，行萬里路

猶太人認爲世界上有三樣東西別人搶不走：（1）吃進胃裡的食物、（2）藏在心中的夢想、（3）讀進大腦

表 7-1　注重推廣閱讀的企業與個人一覽表

類別	公司名稱	負責人	推廣方式	內容說明	備註
企業	tsmc	劉德音	邀請金石堂進駐	開書店免租金但提供員工折扣	創辦人：張忠謀提倡終身學習
	鴻海集團	郭台銘	邀請金石堂開網路書店	職工委員會提撥 2,000 萬元	一年給每人 2,000 元買書
	中華電信	鄭優	讀書心得 FB 直播	一周一書，一年讀 52 本書	資深顧問顏長川主持各部門主管率部屬參加
	微軟	納德拉	讀書會	比爾．蓋茲一年讀 50 本書經常主動推薦書給微軟員工	重塑團隊合作的文化
	岩田製造所	岩田	書評會（biblio battle）	不滑手機（每月 5,000¥ 的獎勵金）提倡閱讀（＜30 歲／每月 2,000¥ 訂報費）	成長的員工是中小企業的命根藉著讀書提升教養
負責人	研華電腦	劉克振	讀書會（定期舉辦）	喜愛閱讀、樂於分享、主動送書	常藉閱讀擴大思考，集各家之長愛發明新詞，做「管理新實驗」
	友達電腦	彭雙浪	讀書會（只讀一本書）	董事長親自帶領 1.3 萬個員工花 13 個月精讀一本書	以讀書會重建員工信心注重讀書會廣度、深度、力度

類別	公司名稱	負責人	推廣方式	內容說明	備註
負責人	美律實業	廖祿立	共讀分享、智慧循環	編著《用心經營》上，下兩冊其他	閱讀是終身的習慣，閱讀是改變個人和企業的最大力量
	王品集團	戴勝益	益品書店	拿出 3 億資金，希望能撐 20 年沒 Wifi、沒插座，專心閱讀精裝書	只要一百元（20 年不漲）品味與美感不應該價昂
	大江生物挖礦	林詠翔	腦力激盪法	透過閱讀累積能量用知識打造公司經營進入障礙	工作狂＋讀書狂每年讀超過百本（買書送員工）
網紅	《邏輯思維》	羅振坤（胖）	YouTube（直播或播放）	有品質的內容能吸引需要知識的人	內容變現，知識有價
	《罔星人》	余玥	YouTube（直播或播放）	每集 10 分鐘介紹一本書 PressPlay（4 小時募 20 萬元）	目前每月收入 43 萬元 訂閱人次 1,600 人
	《閱讀人》	鄭俊德	直播同學會	每周直播萬人看（5,000~10,000 人）每次 7~8 本書（快速高校閱讀力）	2018 年講了 600 本成立一年，擁有 30,000 人粉絲
	《有物報告》	周欽華	台灣第一家訂閱網媒	純科技商業策略評論文章 每月 300 元，每年 3,000 元	2 年 /1,000 個付費會員 1,764 則 /143 萬字
	《書粉聯盟》	林揚程	讀書會	名人或你認同的人來導讀、分享 73 個線上讀書會社群	串連兩岸讀書會（2018 年 /400 場） 網路社群 + 直播風潮

的書。智慧老人認爲人生四項高報酬的投資：（1）讀書—去別人的靈魂裡偷窺、（2）旅行—去陌生的環境裡感悟、（3）電影—去銀幕裡感受別人的生命歷程、（4）冥想—去自己內心跟自己對話。如果不讀書，行萬里路也不過是個郵差？因此，有人高唱：「讀書最樂，一本萬力」、「多讀好書，自我超閱」！

據統計，未滿30歲的年輕人只有6%會看Face-Book，24%會看Instagram；有高達66%在看YouTube，70%會追YouTuber，甚至會夢想成爲其中之一的網紅；他們很不喜歡「說教」或「被說教」，願意拚參與感，會用金句補心靈缺口，千萬別依老賣老；最好用影像來「說故事」，但8秒內要有笑點，30秒內吸收完畢，最長不超過2分鐘。

想跟年輕人交心的人，看著辦吧！最後，用「十四行詩」的體例，謹呈一首與大家共勉之！

〉〉〉書與路

讀書需從「經典」到「通俗」，
「經典」可以與大師通靈，
「通俗」可以和凡人聊天，
書讀通了，上知天文下地理。

行旅需從「名山大川」到「小橋流水」，
「名山大川」可以與高僧談禪，
「小橋流水」可以和人家論藝，
路走通了，上窮碧落下黃泉。

玄奘西遊，寫成「大唐西域記」，
馬可波羅東遊，寫成「東方見聞錄」，
當東方與西方相遇，
不管讀書或行旅，都會碰出智慧的火花。

書若讀破萬卷，下筆有如神助，
路若行逾萬里，逍遙如有神遊。

★案例 7-1：中華電信讀書 M 計畫 - 書單

在 5G 時代，形成數位經濟的生態，出現很多的創新產業；有人宣稱：「《**人工智慧來了**》」，而物聯網、《**大數據 4.0**》的運用，能滿足消費者的多螢及行動支付的需求，讓大家可在智慧城市過智慧生活。各行各業深陷「數位匯流」中，資通訊業者首當其衝，必須趕緊找到成功的《**商業模式**》及《**策略**》才能《**翻轉賽局**》，在一片《**混沌**》中《**致勝**》；而資通訊從業員面對《**被科技威脅的未來**》，必須相信《**未來已來**》並學會如何從 Google 的海量資料中爬梳出知識的《**整理術**》，參考《**金融業的新 3C 時代**》，透過閱讀和訓練，能跨《**敢變**》還要夠快，翻身為《**工業 4.0**》、《**科技 4.0**》的新資通訊人。

身為資通訊業的主管，每年在向老闆承諾的《**目標**》下，面對《**超速變革**》的壓力，承受《**N 世代衝撞**》，抱著《**創新是一種態度**》的想法，發揮《**逆轉力**》；不但能從華頓商學院學會《**活用數字做決策**》，而且還要《**用數字說話**》以提高個人魅力，看《**財報就像一本故事書**》一樣；運用麥肯錫的《**問題分析與解決技巧**》，發揮《**效率**》以決定競爭力。上雲端、下凡間的《**i 想想**》可提高行銷的信任和溫度，在《**明天的遊戲規則**》下，《**巧借東風**》，運用數位槓桿迎向新市場；把顧客在心目中的地位，從「衣食父母」提高到「上帝」的位階，透過「跨部門協作」，全心全意地提供《**全面顧客服務**》，讓顧客因滿意而建立忠誠度！運用溝通和《**激勵**》技巧，和部屬共享《**當責**》觀念和夥伴關係，才能讓部屬努力工作（Work Hard）、聰明工作（Work Smart）、快樂工作（Work Happy）；也就是把對的事情做得「好！快！樂！」。

身為資通訊業的部屬，宜站在主管的高度，願做額外的工作，跳脱框框，表現得比負責還負責，顯現出高績效（High Performance）和高潛能（High Potential）的特質，擠入企業的人才庫（Talents Pool）；但面對《**機器人即將搶走工作**》的壓力下，一方面要學習變形金剛的精神成為雙專長、跨領域的《**π 型人**》；另一方面還要學豐田人的連五問成為《**Why 型人**》；最好抱著「終身學習」的態度，依照《**學習地圖**》去建構個人的《**知識管理**》，如果工作都能成為《**遊戲化實戰**》該有多好！有國家級的電信、電機技師或各單位的電腦技術士、CCIE、CISSP、OCP……等專業證照可以護身，而 PMP 和 CPA 更是吃得開的黃金證照；《**鯨魚哲學**》強調心態要從負轉正，但也不要忽視《**負面思考的力量**》；《**第一百隻猴子**》認清「不變也要求變，不斷改善終至創新」的角色，可成為《**Z 世代**》、《**厭世代**》、《**闖世代**》的《**職場的諸葛亮**》。

台灣的交通部電信局經過轉型後，已成為一家有 106 年歷史的最大資通訊公司；最有條件領頭建構一個「大平台」

和各行各業合作，讓消費者過智慧生活。透過《**競爭論**》和《**決勝**》，以《**勇者不懼**》的福特轉型及稻盛和夫的《**日航再生**》為戒，才能掌握「最後一哩」（線路）及「黑盒子」（STB），再創另一個高峰。資通訊從業員需先克服《**破壞性創新的兩難**》，還要有力克．胡哲的《**人生不設限**》，才能《**做個當下的生活教練**》，以求工作和生活的平衡；未來可能萬能的小機器人會代替智慧型手機，賈伯斯目前仍是世人心目中的「創新典範」，如果懷疑《**賈伯斯憑什麼領導世界**》？那麼請看《**賈伯斯傳**》。資料來源：https://es-la.facebook.com/NewCHTer/videos/897902543712912/

CHAPTER 8

接受最有效的訓練法

每家企業負責教育訓練的人資主管，多年來一直有這樣的遺憾：精心替同仁規劃訓練課程，邀請理論與實務兼具的講師，提撥鉅額的經費和寶貴的時間，將學員齊聚一堂上課，High到最高點，滿意度百分百；但課後一段時間，學員卻依稀只記得幾個笑話，激情全消，好像什麼事情也沒發生。很多學員的藉口是業務繁忙，更多的學員根本上完課就將講義束之高閣，當然不會有事情發生。知與行之間確實存在一道很深的鴻溝。大家都在追求「最有效的訓練方法」，最好上完課回到工作崗位上能夠馬上派上用場且績效卓著！

〉〉〉量身訂做的訓練法

一家企業能熬成百年老店當屬鳳毛麟角，能年過半百的也著實不易了。有歷史的企業自有一套企業文化及經營哲學，上自願景、使命、價值觀……等說得頭頭是道，繼之把內外在環境的機會、威脅、強項和弱項（SWOT）搞得清清楚楚；最後運用最新的 OKR 觀念及一頁企劃書（OGSM）把業務目標、經營策略、行動方案、應變計畫、部門績效、個人配額、獎懲升遷……等全兜在一塊、大家照表操課；就這樣年復一年下去，直到永遠。

有點年紀的企業在發展過程中，難免產生一些習以爲常且積弊已深的老毛病，常被外來的專家學者或企管顧問一眼看穿、一語道破，這些問題執行長及人資長其實都心知肚明，直到在某次關鍵的經營決策會議上，企業內的有識之士登高一呼、慷慨陳詞，終於取得共識、引起共鳴，「大變革」、「大改造」、「數位轉型」的聲音響徹雲霄；於是 CEO 欽點的企業菁英們和世界頂級的顧問公司關在人跡罕至的世外桃源，經過三天三夜的磨合，得到如下的結論：

圖 8-1　企業的三大隱憂及其解決之道

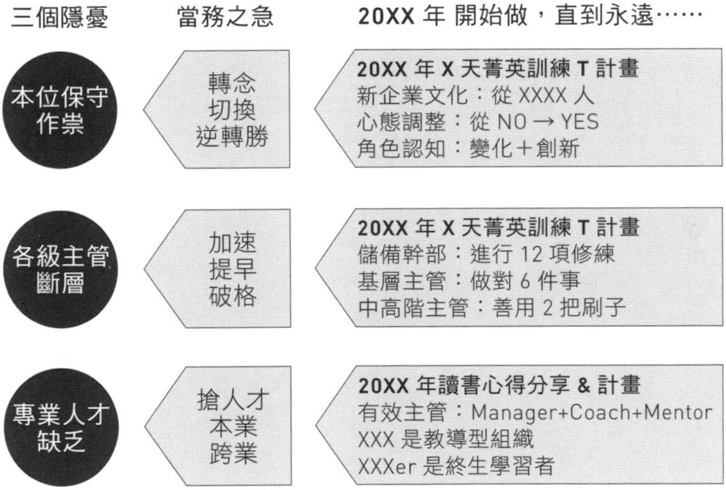

有經驗的資深講師在為顧客量身訂做一套最有效的訓練法之前，一定要先與執行長和人資長訪談過，把企業的底細摸得一清二楚，掌握過去、現在和未來的狀況。最難的是心態調整（Mindset）和角色認知（Position）。有歷史企業的員工受到本位保守主義的作祟，通常都有些官僚氣息、凡事以防弊為主、開口閉口就是我、我、我個不停……；問題還沒聽完就先說 NO，必須調整到以僕人侍奉顧客的服務心態並以企業整體利益考量，把 NO 變成 YES！再也不能以不變應萬變，至少要以萬變應萬變，最好是積極求變；記得還要再加上創新，不創新就死亡；換了位置和角色，記得也要換腦袋！

〉〉〉最有效的訓練法

這是個「人人都很想學習」的時代，企業的員工最想從工作中獲得的是持續學習的機會。尤其是在 5G 的百倍速時代，知識和技巧似乎折舊得特別快；以前只要靠一招半式就可闖江湖吃一輩子，現在的基礎技能可能每四年就要大翻修，而特別技能日新月異，幾乎年年要更新才跟得上。學習須講究方法和效率，「草履蟲試誤法」（Trial & Error）雖有效，但必須碰得遍體鱗傷。難道一定要鮮血淋漓才能學到教訓嗎？有沒有像武俠電影的情節那樣：一個白髮皤皤的老頭在深淵裡救起一個翩翩美少年，雙手按在他的頭頂上，「瞬間傳輸一甲子功力」？

這是個「學習可以很有趣」的時代，有經驗的講師會擔任引導者的角色（facilitator），運用多元教學方式如：「課堂講授」是必要的惡，會控制在適當的比例；「小組討論」是必須的，重點在分組作良性競爭；「影片教學」可在輕鬆愉快的氛圍中學到東西；「角色扮演」可有演什麼像什麼的體驗；「個案研究」可從別人的成敗中吸取教訓；「競賽活動」讓學習遊戲化，可貴在做中學、錯中誤；「腦力激盪」可迸出智慧的火花；「心得報告」必然言之有物。從開始的第一分鐘到最後一分鐘絕無冷場，再加上禮輕意重的獎品，確保是一場最有效的訓練。

任何研習會的頭一個組隊（Team up）動作是成敗的關鍵，來自企業各部門的學員，經過課前的混合編組，及臨場的選小組長、命個響叮噹的組名，分工於七分鐘內完成講師指定的討論題綱，然後由小組長帶隊出場亮相做三分鐘的展示，形成一個「生命共同體」。講師分享了三個職場經驗談（以身作則、毛遂自薦及求勝），此時全班的已躍躍欲試，講師最後要求組長安座，各組組員起立舉手向組長宣誓的儀式完成後，全班 High 到不行，一場最有效的訓練就這樣開始了。

〉〉〉管理實驗室的訓練法

「體驗式學習法」是培訓專家們將職場的各種實務活動設計成各類的仿眞情境如沙漠淘金、承諾、王者之星的挑戰、荒野傳奇、協力造橋、決戰風帆市場、響尾蛇峽谷……等，讓學員去親身經歷（The experience），從實做及犯錯中，反映出（Reflect）學員在職場可能有的不良習性及不自知的盲點，期望學員能將此椎心之痛跟實際職場的日常運作連結（Translate）；如果有機會再玩一次，或在職場上碰到類似的情況，可以做得更好或絕不重蹈覆轍（Point of Choice）。

體驗式學習法好像是在「管理實驗室」做實驗，允許犯錯，不必流血；犯錯感覺就像實驗失敗了可以重來，最重要的是不必付出慘痛的代價。根據「做中學、錯中悟」的培訓原則，犯錯學員的邊際學習效果最大，他們的內心是這樣想的:「幸虧這只是學習活動，若是實務運作，那就慘了！回到工作崗位上，絕不再犯。」尤其是直銷業的「大老鷹們」什麼培訓課程沒上過？只有讓他們去做，從錯誤中看到自己的愚蠢，才能有「當頭棒喝、醍醐灌頂」的感受。

很多企業舉辦完培訓課程，以爲已經大功告成，大家就地作鳥獸散；學員會將所有講義、筆記打包妥當束之高閣，啥事也沒發生？其實、結訓才是講究落地執行的

圖 8-2　管理實驗室

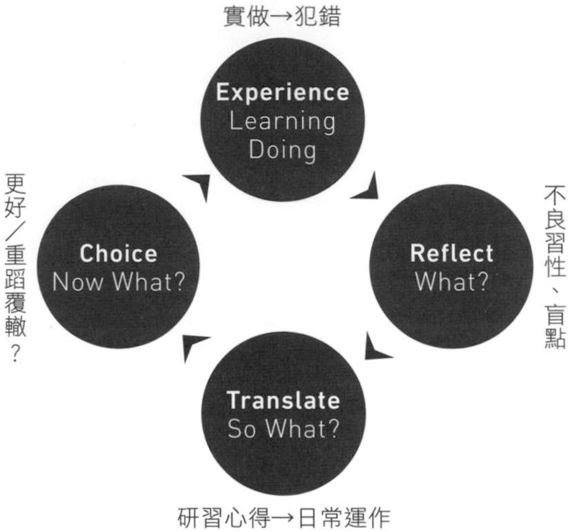

開始、HR 除將獲得冠軍的小組及表現優良的學員告知所屬單位外，還須要求參訓學員回到原單位三天內提出「如何將所學的三個重要觀念活用於日常工作上？」的執行計畫經單位主管核可，三個月後再提出成果報告，單位主管特別要注意參訓員工是否有灌輸正確觀念、心態由負轉正及敢變創新？學員是否已變成一個能跳脫框框、主動爭取

額外工作、站在主管角度和全公司利益考量問題的優秀員工？這才是培訓的最大意義和收獲。

〉〉〉具有特色的訓練法

有經驗的講師知道，上課學員的「手機」是培訓課的「天敵」，若不加以管制，偶爾會被震天價響的來電鈴聲嚇到，有時這個角落有人打電話，那個角落有人接電話，有些人還進進出出教室如入無人之境，課堂秩序大亂，效果當然大打折扣。若能在每堂課前要求學員主動把手機置於一格一格的壓克力櫃中列管，教師美其言曰：「學員把手機放到養機場」可用肢體語言解釋爲：「老師！我們是誠心誠意要百分百專心來聽你的，請教教我們吧！」有哪個講師敢不傾囊相授？學員聞言紛紛自動「繳械」，傳爲美談。

另有專爲本課程設計的精美撲克牌（Poker），用頭文字學（Acronym）形式將本課程的主要內容表達在 52 張牌中，讓學員在輕鬆打牌的休閒中，還能複習本課程的重點，此項特色深受學員喜愛。因係非賣品，市面上有錢也買不到，需要來參加本課程且要獲得冠軍的小組成員才有，殊爲難得，眞是一份禮輕意重的禮物，值得捨命爭取！難怪所有學員在全程 High 翻天，有學員還跟講師抱怨：「沒有時間打瞌睡」！

養「機」場與撲克牌

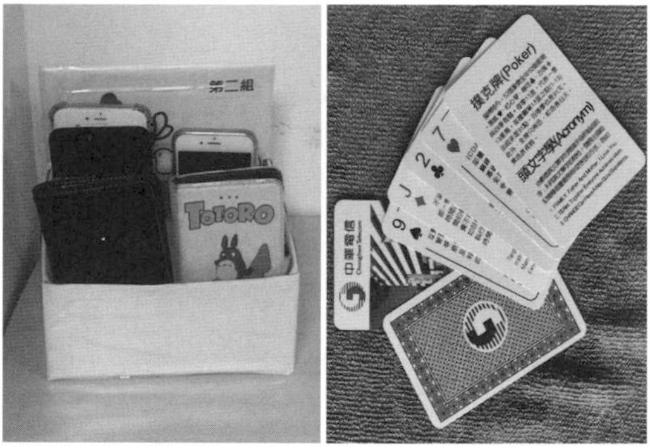

★案例 8-1：中華電信 3 天菁英培訓計畫

中華電信公司董事長室顏長川資深顧問在 2017 年底指出建議中華電信公司宜避免一般老公司的三大隱憂：① 疑有本位保守主義作祟，② 各級主管將有嚴重斷層，③ 專業人才較缺乏，並提出具體作法如：調整由負轉正的心態、加速提早破格晉升和積極搶奪資通信人才、媒體人才、金融人才及其他各行各業的人才；規劃出「1 周 1 書讀書心得分享 M 計畫」及「3 天菁英培訓計畫」；透過閱讀（Reading）和訓練（Training），型塑新中華電信人（Through R&T to reform a new CHTer）。

顏長川資深顧問配合 TDP talent 的十項共通職能（以顧客為中心、商業敏鋭度、適應性、運營領導、發展人才、成果驅動、溝通能力、建立互信關係、策略性領導能力、激勵他人），應用體驗式多元教學方式（課堂講授、小組討論、影片教學、角色扮演、個案分析、競賽活動），加上腦力激盪及心得報告，設計出 3 天菁英培訓計畫，確保每位學員能脱胎換骨成為一個新中華電信人；從 2018 年 2 月 7~9 日的第 1 梯次開始，採混合編組（打破建制、職稱、性別……等），共執行 15 梯次計有 273 位學員，滿意度 5.9 分（滿分 6 分），大家都有一個共同的心聲：「這是我最有感觸和收獲的一次訓練」、「希望我的主管也能有此體驗」、「好的董事長帶來好的顧問」……等。

洪維國副院長上完課之後，認為是精采絕倫的課程，帶來很多感觸與啟發，進而建議：①「3 天菁英培訓計畫」應推廣續辦，② 強化本公司創新風氣，③建立輪調制度；同時極力將本課程推薦給中華精測公司的黃水可總經理。黃總欽點23 個關鍵主管幹部並親自全程參與 3 天的課程，用心寫下如下心得報告分享大家。

表 8-1　菁英培訓 3 天課程

	會做事也會做人	**12 項自我修練**
Day 1	新 3C 時代 心態調整 角色認知 個案：幸島的猴子	討論：資通訊業 3C 五代同堂（跨世代） 職場 543 建立 PKM 個案：幸島的猴子
	會管理也會領導	**做對 6 件事**
Day 2	解決問題 善作決策 團隊合作（跨部門） 活動：One CHT	個案：派克魚市場 好主管 X 好部屬 因材施教 情境領導 活動：教練
	會溝通也會激勵	**活用 2 把刷子**
Day 3	溝通 × 激勵 信任 × 夥伴 授權 × 當責 影片：Apollo 13	討論：誰擺第一？ 經營五字訣（跨專業） 工作三步驟 職場相對論 活動：團隊動力

表 8-2　2018 新中華精測人菁英培訓心得報告

單位	總經理室	職稱	總經理	姓名	黃水可
學習目標	為提升工程背景高階主管的管理與領導能力				
	進一步了解公司高階主管的工作思維、態度與高度				
	做為將來主管調整之重要參考				
觀念	**活用於工作上**				
能跨	精測本就是跨領域整合的公司，橫跨 M（機械）E（電性）C（化學）O（光學）四大領域技術。				
敢變	只要嗅到市場商機，即勇於投入新產品研發，並改變原有之商業模式。				
夠快	因精測特有的專業分工、快速整合作業模式，提供客戶具有彈性且快速的服務價值。				
一句話	唯一不變的就是變				
項目	**心得與建議**				
會做事也會做人	作業同仁，以例行性工作為主，強調紀律與效率。				
	研發同仁，以技術發展、產品研發、工程改善為主，強調邏輯概念與系統思維。				
	中高階主管，除培育部屬外，最難的是自我反省與啟發，進而自我成長。				
會管理也會領導	管理是運用人、機、料、法、環各項資源，達到預期目標。				
	領導是員工積極主動地投入，創造出超越目標的成就。				
	領導重心，管理重法，領導與管理其實是心法合一的一件事。				

會激勵 也 會溝通	物質激勵是基本，精神激勵成效不可限量，可建立使命感，燃燒熱情，朝著願景前進
	各部門橫向溝通出現落差，有溝沒有通，希望藉由這次課程提升同仁溝通有效性
	多看、多聽、多問、少說；以信任建立夥伴關係，可勇於授權，敢於當責
結語	謝謝顏老師用三天的時間，傳承四十年的職場生涯精華，
	讓精測主管的能力再提升，進而創造精測下一個新的里程碑。

CHAPTER 9
蛻變新經理人

資通訊業的「5G」世代，帶給大家「百倍」的速度感，應用「AIoT、Blockchain、Clouding、Data、Edge-computing、FinTech……等」技術，把「人、機、物」全部串聯起來，使人人在「智慧城市」的「智慧家庭」中過「智慧生活」成為可能；在新經濟的新零售下，「智慧手機」隨處嗶一下，就可解決人生八大需要——「食衣住行育樂醫養」，這不是天方夜譚的科幻小說，而是活生生擺在眼前的現實。在千變萬化的「五代同堂」的未來職場中，「新經理人」如何面對「Z世代」的衝撞？

自有一套關鍵成功方程式（Key Successful Formula，簡稱KSF）；邱吉爾說：「成功是歷經一次又一次的失敗卻仍不失熱忱的能力！」

〉〉〉新經理人面臨的新 3C 時代（3C）

新經濟的新經理人可向《冰山在融化》的企鵝學「商場敏感度」，向《誰搬走了我的奶酪？》的小老鼠學「危機急迫感」，從《十倍速時代》得到「預測變局，創造轉機」的啓示，從《瞬時競爭策略》得到沒有「永久競爭優勢」的警惕，因而體會出「把變化（Changes）帶來的挑戰（Challenges）視同機會（Chances），也就是所謂的新「3C」；同時，焠鍊出「能跨敢變夠快」的六字箴言。各行各業先以「變化、挑戰、機會」爲橫軸；再以「產業、組織、個人」爲縱軸，矩陣出「九宮格」，作爲面對新3C時代的因應之道。

新經理人必須應用「轉念、換角度、切換、逆轉勝、精神勝利法」……等技巧，把原來充滿負面想法的心態，從「NO」調整爲「YES」；也要對「改變」和「創新」的角色，做一番再認知：不變應萬變行不通了，至少要隨機應變，最好能不變也要求變；「不創新，即死亡」早有耳聞，內外部新創要雙管齊下，不斷地改善就是創新，不斷地創新，就是未來，未來已來。

〉〉〉新經理人必須歷練 10 個面向（10A）

新經理人在職場存活的法則，可從10個面向（Aspects）——「10A」去探討；即先融合「職場的相對論」，再踏穩「工作的三步驟」，最後熟悉「經營五字訣」，一步步循著職涯天梯往上爬，終至心目中理想的「C什麼O？」每個人的職涯都會從「職場的相對論」如：「做事 vs. 做人、管理 vs. 領導、左腦 vs. 右腦、人才庫 vs. 知識庫、正式 vs. 非正式、物質 vs. 激勵、工作 vs. 生活」去專精其一，後來發現老闆想的跟我們不一樣，必須兩者兼備，因此，趕緊把「vs.」變成「+」；把「相對論」變成「融合論」。

新經理人在職場的歷練會循著以下「工作的三步驟」前進：（1）「努力工作」——職場上的新進菜鳥，一來充滿好奇，二來求知若渴，因此，在主管或資深老鳥的悉心指導下，會很努力工作；但事情沒有想像的那麼簡單，挫折難免，當初的熱情冷卻，工作能力未養成，陷入困境，工作很努力，績效卻不彰，只好以「沒有功勞也有苦勞」自我安慰了。（2）「聰明工作」——陷入困境的菜鳥經過主管雙管齊下協助脫困之後，就學會聰明地工作，他會聚焦在關鍵工作上且先做重要又緊急的事，活用 6W2H 法則提案，運用 PERT 掌握有限資源，利用 CPM 與 KA 敲 D-Day，用魚骨圖找原因，用 Brain-storming 找對策，效率至少提高一半以上。（3）「快樂工作」——資深的職場老鳥，工作能力強，意願也高，有很強的獨立作業能力；他很喜歡當家做主，能把興趣當工作，把工作當事業，每天快樂地工作，不但能苦中作樂且能樂在其中。

資深的企管專家融合多年的經驗，將企業五大功能濃縮爲「產、銷、人、發、財」；資深的企業人士再根據這五個字，也分別發展出五個字，號稱爲「經營管理五字訣」：

① 生產——人、機、料、法、環；廠長只要把人和機器搞定，各種用料充足，規章制度方法齊備，並營造 5S 的生產環境，加上預備的應變計畫，每天就可高枕無憂了。

② 銷售——無、有、優、廉、跑；業務主管常常念念不忘這樣的口訣：「人無我有、人有我優、人優我廉、人廉我跑」。

③ 人資——徵、選、育、用、留；所有主管都是人資主管，「徵親仇、選對人，育成才、用其才、留好人」是最高指導原則。

④ 研發——思、創、代、專、先；研發人的共同專業和信仰就是思考和創新，代工也會立大功，專利也可賣錢，研發人應走在行銷人之前。

⑤ 財務——眞、嚴、效、活、細；財會人員要有求眞的精神和嚴謹的紀律，才能產生有效的財務報表和分析；靈活和細心是財會人員的特質。

〉〉〉新經理人必須做對 6 件事（6R）

傳統的職場上，新官上任會點這三把火：「蕭規曹不隨！照我的方式去做！我說了算！」新經濟的新經理人上任要提問這三個問題：「管理是什麼？領導是什麼？策略是什麼？」大家公認：管理是「運用有限資源創造最高和理成效」，領導是「透過他人把事情完成」，策略是「決定要做什麼和不做什麼」；管理和領導是新經理人的兩把刷子，而策略是 Make a difference，執行是 Make it happen。新經理人搞清楚這三個「大哉問」之後，才能期望他們可以成爲一個呼籲：「We are family」的好老闆、一群呼籲：「We are partners」的好主管、一群拍胸膛說：「We are the best」的好部屬，然才能締造出一家基業長青的幸福企業。

傑克・威爾許（Jack Welch）說：「人對了，事就對了。」華倫・巴菲特（Warren Buffet）說：「找對的人做對的事。」吉姆・柯林斯（Jim Collins）也說：「找合適的人上車。」可見大家都在找心目中的「Mr.Right」。根據一個資深的 HR 人員的經驗談：「一個職位必須至少輪調過五次，才能勉強找到它的「Mr. Right」；顯然，「適才適所」是最高指導原則。一家高績效企業的新經理人必須要能複製對的主管、建構對的平台、甄選對的部屬、輪調對的位置、教練對的方法和聚焦對的事情並且做得「好、快、樂」（意思是又好、又快、又樂，即品質、速度、樂趣三者兼備）；這就是所謂的「6R」。如果「6σ」是品質管理和流程改善的特效藥，「6R」就是打造高績效企業的萬靈丹。

各行各業在敲定年度業務目標時，若先有年底交出「極大化績效」的心態，則年初就敢承諾「挑戰性目標」；經過一年的努力，高績效企業可能有「不能說的祕密」；低績效企業可能有「不願面對的眞相」；但無論如何，基業長青的新經理人必須做對以下的6件事，茲分述如下：

① 對的主管——是所有部屬的典範，也是高績效企業的領頭羊，複製愈多愈好。

② 對的平台——將 ERP、SCM、CRM、ABC、BSC、EVA……等建構成一套的IT系統。

③ 對的部屬——先開出「人才需求單」，再用「行爲式面談」去甄選對的部屬。

④ 對的位置——把對的人輪調到對的位置上；時時檢討：「有沒有擺錯的棋子？」

⑤ 對的方法——教練部屬用對的方法做事且做得好快樂。

⑥ 對的事情——聚焦關鍵工作，也就是對績效有重大貢獻的事。

〉〉〉新經理人必須進行 12 項修練（12D）

這年頭，各行各業必須運用各種行銷手法以贏得眾多消費者的青睞，甚至是個人也要講究「自我行銷」，才能出人頭地，吸引無數媒體的鎂光燈。川普是大家公認全球最會行銷自己的人，居然用 twitter 把自己賣進白宮成爲美國總統，目前正在全球各地興風作浪，捲起千堆雪，成爲全球最大咖的網紅，人人爭相仿效。

「專業、電腦、語言、能說、會寫」是職場人士的五大核心競爭力；「時間、人脈、健康、財富」是人生四大寶貴資源；「提案、執行、持續」是職場三大特質。

新經理人必須「自我修練」這 12 項（12D），才能贏在起點，成爲職場贏家（Winner）；若不能贏在起點，至少要贏在轉彎處，也就是「彎道超車」。茲分述如下：

① 專業——沒有一萬小時別談專業；期望成爲變形上班族。

② 電腦——行動工作者隨時在旅途中，永遠聯絡得上。

③ 語言——語言是一項終身資產，英語是第二官方語言，程式語言是另類需求。

④ 能說——鬥嘴鼓，說得嘴角全波。

⑤ 會寫——你有九把刀，我有一把槍。

⑥ 時間——時間是一把雙面刃，一天有 25 小時。

⑦ 人脈——九同之說，貴人！你在何方？智慧老人！你在哪裡？

⑧ 健康——養生有術，長命百歲，千萬不要過勞死！

⑨ 財富——台灣錢淹腳目，中國錢淹肚臍。

⑩ 提案——創意 X 可行性，Mission：I'm possible。

⑪ 執行——績效是硬道理，年齡不是問題。

⑫ 持續——續航力，戲棚下站久了就是你的！

〉〉〉新經理人必須具備的21個特質（21S）

職場人士在奮鬥過程中，需要經過魔考，若能具備下列以S爲頭文字的21個特質（如附表）：① 三點原則、② 加零競速、③ 人工智慧、④ 當頭棒喝、⑤ 商場敏感度、⑥ 容錯、⑦ 原則、⑧ 滿足感、⑨ 求生、⑩ 人際關係、⑪ 強項、⑫ 策略選擇、⑬ 肢體語言、⑭ 超前部署、⑮ 僕人領導、⑯ 關鍵時刻、⑰ 差異化、⑱ 知識管理、⑲ 人才管理、⑳ 時間管理、㉑ 還在學。大部分都是在職場求生掙扎的活用技巧和觀念，可以說已集合古今中外、諸子百家的學說，經過千錘百鍊，脫了好幾層皮之後，才能「蛻變」爲一個新經理人。

在職場打滾多年的人士都知道「步步爲營」的道

理，如何踏出正確的第一步是首要之務，否則容易一失足成千古恨；一旦步入正途，就要想辦法比別人快一步，先卡位要緊；永遠要先預想下一步，隨時學些新把戲，以備不時之需。「自我管理」的最佳口頭禪是「What's next ？」而非「So what ？」綜合加總上述的52張卡片（3C+10A+6R+12D+21S），可打出一手好牌（CARDS），新經理人的成功方程式就是Success=3C+10A+6R+12D+21S。

表 9-1　成功關鍵方程式

公式	項目	關鍵字	重點說明	備註
3 C	變革 Change	因應變革	不變應萬變，萬變應萬變，不變也求變	能變
	挑戰 Challenge	跨越	跨部門、跨專業、跨世代	敢跨
	機會 Chance	正向思考	將挑戰視同機會，機會稍縱即逝	夠快
10 A	相對論	versus	列表比較，凸顯異同	either or
	融合論	plus	兩者都要，融合異同	both
	努力工作	work hard	建立正確的工作心態	3 信、3 堅、3 專
	聰明工作	work smart	創造卓越的工作條件	3 識、3 創、3 本
	快樂工作	work happy	累積堅實的工作歷練	3 歷、3 業、3 生
	生產	產	人、機、料、法、環	智慧工廠
	銷售	銷	無、有、優、廉、跑	新零售
	人資	人	徵、選、育、用、留	人才庫
	研發	發	思、創、代、專、先	知識庫
	財務	財	真、嚴、效、活、細	虛擬貨幣
6 R	對的主管	複製	有料可學，有心肯教	自主管理
	對的平台	建構	Job Description，SOP，ISO，Benchmark	Godfarther
	對的部屬	甄選	不懂就學，不會就問	終身學習

公式	項目	關鍵字	重點說明	備註
6R	對的位置	輪調	每一位置輪過五個人才能找到它的 Mr. Right	適才適所
	對的方法	教練	內功、外功、心法	好主管
	對的事情	聚焦	活用 80/20 法則	抓大放小
12D	專業	證照	各種專業證照護身	變形上班族
	電腦	mobile	人腦＋電腦，萬物皆聯網	AIoT
	語言	工具	語言是別人無法剝奪的資產	多多益善
	能說	演講	溝通的四通八達，看、聽、問、說	講座分享經驗
	會寫	著作	個人知識管理（PKM）	專欄作家
	時間	管理	時間就是金錢	一天有 25 小時
	人脈	經營	人脈就是錢脈，貴人，您在何方？	九同之說
	健康	工作、生活	健康就是財富，健康第一	三角平衡
	財富	金錢萬能	你不理財，財不理你	沒錢萬萬不能
	提案力	積極	創意 × 可行性	內部＋新創
	執行力	落實	沒有執行力，那有競爭力	成果導向
	持續力	堅持	戲棚下站久了就是你的！	永不放棄

公式	項目	關鍵字	重點說明	備註
21 S	三點原則	Simple truth	簡單就是硬道理	一切從簡
	加零競速	Speed	5G 是百倍速、6G 是千倍速，唯快不破	速度第一
	人工智慧	Smart	AI + Smart Everything	智慧化
	當頭棒喝	Stupid	Stupid! It's the economy. 笨蛋！問題在經濟	一語驚醒夢中人
	商場敏感度	Sense	有感反應	敏感度
	容錯	Space	空間，距離，彈性……等	空間美感
	原則	Stand	為人處事的底線	立場堅定
	滿足感	Satisfy	滿足員工，顧客，股東的願望	唯吾知足
	求生	Survive	不景氣之考驗	永不放棄
	人際關係	Sincere	EQ, AQ	待人誠懇
	強項	Strong	SWOT 分析之一	強者唯王
	策略選擇	Sacrify	拒絕不該做的事	能捨才能得
	肢體語言	Smile	伸手不打笑臉	微笑孕育微笑

公式	項目	關鍵字	重點說明	備註
21 S	超前部署	Scenario	最佳、平均、最壞，甚至是十八套劇本	預想結局
	僕人領導	Servant	如僕人侍奉主人般服務顧客	顧客是上帝
	關鍵時刻	Surprise	讓內外部顧客發出 WOW，啊哈！的讚嘆聲	驚喜非驚嚇
	差異化	Special	VIP，長尾	隨經濟
	知識管理	Stay foolish	裝傻	大智若愚
	人才管理	Stay hungry	無才不如己者	求才若渴
	時間管理	Sleep Learning	睡眠學習法	睡覺也能學習
	還在學	Still Learning	即使是大師級也抱此謙虛態度	終身學習

★案例 9-1：從打橋牌學管理

橋牌是一種兩人合作的遊戲，因為打橋牌有系統、有約定，所以能夠和夥伴在叫牌、出牌的觀念上有良好的溝通；因此，行家會拿一手牌架起溝通的橋樑。橋牌也是一種以隨機發牌所進行的技巧活動，含有運氣成分，或更確切地說，是個內含隨機成分、不完全知識，以及受限訊息傳輸的戰略遊戲。拿到一副牌時，需深思熟慮推敲出最好的打法，難學易精，時間會積累出橋牌的奧妙所在；橋牌是目前世界上最為流行的紙牌遊戲，在老年人群中尤為流行。

台灣的諸多名人中嗜打橋牌的前有沈君山，現有張忠謀；據說沈君山先生，生前雖然中風，靠著器具的協助，還是可以和朋友一起打橋牌。張忠謀自台積電（tsmc）裸退後，就專心寫自傳、打橋牌、旅遊；曾規畫去中國大陸一趟，請大家千萬不要誤會，他只是想去北京參加橋牌比賽而已。

有位橋牌國手回憶：「像我第一次出國，就是 1991 年大學畢業時，代表台灣去美國參加「世青賽」。當時我們這群小伙子還被台積電董事長張忠謀請到家裡去，因為張忠謀是青年橋隊的贊助人，他本身也很喜歡橋牌，於是邀我們到他家打了幾圈橋牌，還帶我們去吃牛排，現在想起來印象還很深刻。

陳明哲獨創「動態競爭理論」，直接挑戰美國管理大師波特；即將成為美國管理學院首位華人院士。他是一個從小愛打籃球、愛打橋牌的台東鄉下野孩子，由於社交單純、不愛名利，陳明哲更可以專注在他所喜愛的動態競爭理論研究，做好時間管理、同一個時間專注把一件事情做好，自我要求凡事都做好萬全準備，甚至超前佈署。

職場人士可以從橋牌的牌藝上訓練與人合作、每局叫牌、出牌都會反複咀嚼思考贏在哪裡或是輸的關鍵？養成一生領導、管理企業、經營企業、管理專業經理人的能力、團隊合作、領導管理、用人唯才、事業伙伴、商場競爭、生產管理……等，難怪很多喜打橋牌的企業名人比比皆是。

CHAPTER 10
變現個人知識

知識管理（knowledge management，簡稱 KM）包括一系列企業內部定義、創建、傳播、採用新的知識和經驗的戰略和實踐；可以是個人知識，以及組織中商業流程或知識庫……等；於 1990 年代中期開始在全球崛起，針對個人及社群所擁有的顯性知識和隱性知識進行積極及有效的管理；相關的重要觀念有學習型組織、企業文化、資訊科技應用、人事管理……等。西門子公司（Siemens）所推行的知識管理，被美國生產力與品質中心連續兩年票選為「最佳實務」（best practice），英特爾、飛利浦及福斯汽車等世界級企業，紛紛向其取經。至於個人也需要講究知識管理（PKM），若能同時注重「變現力」更佳，「知識變現」已經成為2020年的一門顯學。

〉〉〉個人知識管理的經驗分享

我於任職中國信託銀行時期，就已養成將銀行的各類金融實務經驗寫成一篇篇文章，投稿於工商時報、管理雜誌、現代管理月刊……等報章雜誌，然後將一篇篇文章編輯成書的習慣，多年來竟也出版了十幾本書；慢慢就得出「計畫性寫作」的要領，書名與目錄先確定之後，就照表操課下去！重要的是平常的資料收集功夫，早期的電腦還未普及時期，空白的名片及名片盒，就是我的資料庫，一切靠手工，所以當時的寫作，被戲稱爲「手工業」。

我於任職哈佛企管顧問時期，自擬了一段願景宣言：「在知識經濟的大數據時代，建立個人知識管理，進行十二項修練，做對六件事情，善用兩把刷子，突破數字魔障，瞬時踏入跨世代、跨專業、跨部門的領域，享受在輕鬆中教與學的樂趣」！

很高興得了「康師傅的師父」及「富士康的 A 咖講師」的封號！除了管理雜誌及突破雜誌的總編輯的歷練外，專業講師的經驗也因而成熟；《贏在起點的十二項修練》、《做對六件事，打造高績效企業》及《不瞎忙的自我管理術》堪稱此時期的代表作。

我於任職中華電信時期，因任董事長室資深顧問，我利用個人知識管理的技巧（圖 10-1），在很短的時間就摸透了資通信業的產業趨勢及競爭對手，對中華電信的高階主管做了四次重要的簡報，儼然是個資通信專家；我也執行了一年 52 次一周一書讀書心得分享會（Reading）的直播及 15 梯次的 3 天菁英培訓計畫（Training）；深深體會出未來的企業除了注重 R&D 以外，還必須注重 R&T。

圖 10-1　資深顧問的個人知識管理

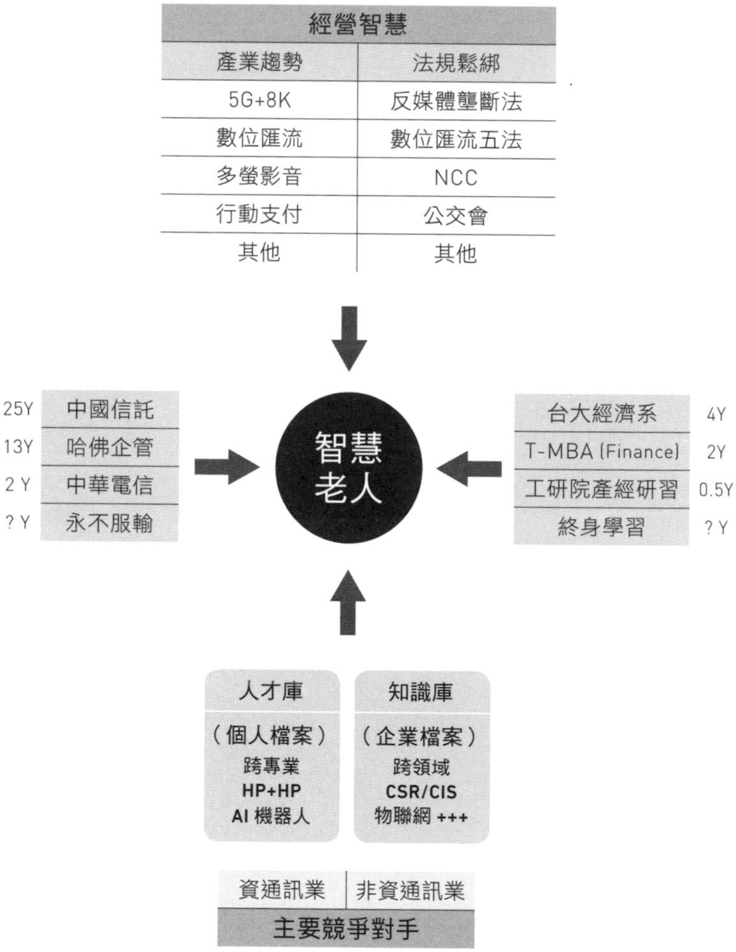
經營智慧
產業趨勢
法規鬆綁
5G+8K
反媒體壟斷法
數位匯流
數位匯流五法
多螢影音
NCC
行動支付
公交會
其他
其他
智慧
老人
25Y 中國信託
13Y 哈佛企管
2 Y 中華電信
? Y 永不服輸
台大經濟系 4Y
T-MBA (Finance) 2Y
工研院產經研習 0.5Y
終身學習 ? Y
人才庫
（個人檔案）
跨專業
HP+HP
AI 機器人
知識庫
（企業檔案）
跨領域
CSR/CIS
物聯網 +++
資通訊業
非資通訊業
主要競爭對手

〉〉〉個人知識變現的實例

有錢無閒的人、需要做時間管理；無錢有閒的人，需要做財富管理；有錢有閒的人是天之驕子，可以瀟灑散盡千金；無錢無閒的人是職場魯蛇，不知在窮忙什麼？在物價高漲，實質薪資不斷倒退的時代，職場魯蛇又窮又忙，早已失去夢想，更別提詩和遠方；當低薪、升遷無望成為事實，為知識和技能尋找變現之道，是職場魯蛇的義務。

張丹茹（Angie）是一個平衡人生實踐家、時間管理達人、科學育兒專家、五歲寶寶媽媽、新精英認證生涯規畫師、Linkedin 專欄作家、「價值變現研習社」創始人，可說是一個角色多重的斜槓人；她經營多個付費社群，全網課程收聽量破百萬，對應微博話題閱讀量破千萬；在互聯網從業多年，曾任互聯網廣告公司營運總監。她很想跟大家分享擺脫生涯焦慮，重新奪回人生選擇權的三個步驟：

（1）自我管理——Angie 教大家如何自我管理去搶救自主時間如：廣泛閱讀人生活法，透過電影瞭解許多人的一生，找出想過的生活；把一件有意義的事情變得有趣；給自己一些有趣的儀式感，三不五時訂個有趣的挑戰，多看一些有趣的節目，每個月見一個有趣的人；揪團向同伴學習，把笑點降低就可笑開懷，糟糕透頂時脫離現場，要相信人生是有趣的。

（2）聰明試錯——互聯網時代有非常多的選擇，好處是試錯成本很低；但也因爲試錯成本太低，反而容易放棄堅持而無明顯的進步；所以在選擇時，最好是聰明地選擇加入一些有規則、有嚴厲獎懲的社群，才會當一回事看並打造價值興趣。

（3）知識變現——先要大量閱讀，累積知識；再勤於寫作，成爲某個領域專家；最後將知識變成課程，再將課程產品化，獲得的收入高於上班薪資。利用知識價值實現財務自由、精神自由和人生自由。

〉〉〉變現的心法和步驟

張丹茹（Angie）把她的心法到步驟寫成《知識變現》（Action Now）一書，可當作一本完全把知識技能變成現金的實用手冊。她認爲不管斜槓或單槓？眞正的平衡是每一個身分都可以帶來力量；擁有多少身分和收入，不是成功唯一指標，終極完美的斜槓人生是把握每個階段最重要的人生角色，面對家庭、事業與美好人生，游刃有餘。她特別分享三個活用的步驟：

（1）微夢想——人類因爲夢想而偉大，如果每年都有一個類似征服宇宙、愛護地球、拯救人類、保衛國家、貢獻社會……等的春秋大夢；則年復一年，夢想清單愈來愈長，好幾條大的夢想無法實現而倍感挫折；後來乾脆把一個大夢寫成30個微夢想，竟完成了24個，痛點變爽點，不亦快哉！

（2）微行動——理想可以很豐滿，但行動越骨感越好；萬事雖然起頭難，但頭過身就過；做任何一件事，起步的門檻越低越好；最完美的完美主義是開始行動起來後，要求每個細節都做到最好。想看完一本書，從每天至少唸五頁；想減肥，從下班提早一站下車走路回家開始；想買房，從每個月強迫儲蓄多少錢開始。

（3）微習慣——健康管理感覺很難，又要跑步，又要早睡早起，還要注重飲食；就從一杯簡單的檸檬蜂蜜水開始喝起，整個身體被喚醒，整個喉嚨被滋潤，多年來的這個習慣，讓皮膚變得更好，外表顯得更年輕；微習慣多半能堅持下去，很多的習慣很小，卻有很大的作用。最近決定要到操場跑步，剛開始還巴望下雨停跑，養成習慣後，竟還能欣賞撐傘在雨中慢跑的美感。

〉〉〉賺錢是個人最大的綜合實力

一群不再滿足單一職業的生活方式，而選擇擁有多重職業和身分的多元生活的人群就是斜槓人生，其種類有五：（a）興趣愛好加上穩定收入、（b）左右腦組合、（c）

腦力加上體力、（d）寫作＋演講＋教學＋顧問（完美的循環）、（e）一項工作多項職能等。只要有非常全面和綜合能力且涉及不同的職能就能開啓斜槓人生；Angie 大聲呼籲：「賺錢才是一個人最大的綜合實力」。

CHAPTER 11
教練基本功

當「Coach」這個字眼出現在百貨公司時，就會想到低調奢華的「名牌包包」；出現在圖書館時，會想到童話故事中的「南瓜車」；出現在各種比賽場地時，會想到苦口婆心的「教練」；出現在辦公室時，會想到老板著臉的「主管」……等。很多人都以為：「很會做事的人一定也很會教人」；其實不然，會做事是一回事，會教人又是另一回事，教練是一門火辣辣的顯學。這是個「人人需要教練」的時代，這也是個「好主管就是好教練」的時代。

››› 好教練的基本功

運動場上的教練或商場上的主管，通常都熟悉親自下海操刀的五步驟，號稱「教練的外功」如：告知（Tell）、示範（Show）、嘗試（Try）、觀察（Observe）、回饋（Feedback）；也就是「說給你聽、做給你看、請你試試、看你做做、指指點點」，手把手地帶著選手或部屬練基本功，希望一開始就把馬步蹲得四平八穩，才能立於不敗之地，他們都篤信：「Only Basic, No Magic」。

但有些天才選手或部屬以爲靠著天賦就可以吃一輩子，不願意吃苦練基本功；有些懶惰的教練或主管迷信明星選手或空降部隊，以爲只要高薪買天賦就可成爲贏家，教練的外功成爲必要之惡。

資深的教練和選手或主管和部屬，會在日常的教練流程和教練技巧中互動，號稱「教練的內功」，如：彼此先用傾聽的技巧將「意圖和衝突」做一個妥善的連結，其次再用詢問的技巧聚焦在「目標」上，然後用各種事實的激發技巧啓動「行動方案」，最後用肯定的心態去不斷地要求「執行成果」；教練的內功可在矩陣中激盪出一條最有效率的對角線；把選手或部屬從起點，經過最有效率的途徑，到達終點。

登恩‧許樂在美國NFL的32年教練生涯（1970~1995年）中，共贏319場正規球季比賽、1972年17場全年全勝、6次打進超級盃冠軍決賽；肯‧布蘭佳是國際知名的企管顧問，運用Listen和facilitator的技巧挖出許樂的祕訣：堅定理念（Conviction-Driven）、精益求精（Over learning）、隨機應變（Audible- Ready）、行爲一貫（Consistency）、誠實至上（Honesty-Based）；這五個行爲及概念，各取其英文頭文字，可組成COACH一字，堪稱是「教練的心法」。

〉〉〉職場必備的壓箱寶

職場上偶爾會傳出同業用較高的薪水也挖不走某個主管的人？當然前提是不能薪水不能差異太大；事後了解部屬的心聲：「這個主管肚子裡有東西，很值得我們學習！」也有聽說以前的老長官突然登高一呼說是發現新商業模式，竟有已位居高位的舊部屬願冒險跟著去創業？事後了解部屬的心聲:「這個主管不藏私，有心肯教我們！」原來「有料可學、有心肯教」的主管可以吸引眾多的粉絲！

職場上有些部屬頗有自知之明，認清「沒有人可以萬事通」，碰到不會的事情就趕快找人教，沒人教就自己學；有有些部屬認清「有些事，沒有人天生就懂，有時候連主管也不懂」，就趕快去查 wiki、問 Google、請教智慧老人……等。原來「不會就學、不懂就問」的部屬可以贏得眾多主管的青睞！大部分的職場人士，一方面是別人的部屬，一方面又是別人的主管，同時身兼雙重身分，

「有料可學、有心肯教」和「不會就學、不懂就問」應是職場人士必備的可貴壓箱寶了（圖 11-1）！

二千多年前的孔老夫子就提出「因材施教」的作法，視學生資質之不同，雖然問的是同一問題，卻給不同的答案；近代的管理學者保羅．赫塞（Paul Hersey）則提出「情

圖 11-1　職場必備的壓箱寶

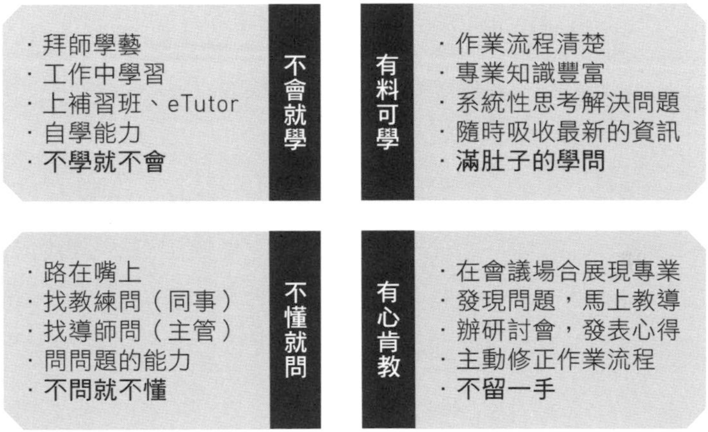

不會就學	有料可學
・拜師學藝 ・工作中學習 ・上補習班、eTutor ・自學能力 ・**不學就不會**	・作業流程清楚 ・專業知識豐富 ・系統性思考解決問題 ・隨時吸收最新的資訊 ・**滿肚子的學問**
不懂就問	**有心肯教**
・路在嘴上 ・找教練問（同事） ・找導師問（主管） ・問問題的能力 ・**不問就不懂**	・在會議場合展現專業 ・發現問題，馬上教導 ・辦研討會，發表心得 ・主動修正作業流程 ・**不留一手**

好部屬和好主管

境領導」的理論，視部屬不同的發展階段給予不同的指導方式；東西方的學者所見雷同。將兩者的精華濃縮成下列的說法：每一部屬可依其工作能力（專業，一般）和意願（動機，信心）高低的組合，分成四種類型；主管可依不同類型的部屬，靈活調整自己四種不同的教導方法（胡蘿蔔和棒子）去相互配合（如表 11-1）：

表 11-1　不同部屬用不同教練方法

部屬類型 / 工作指導	毫不熟悉		半生不熟		時好時壞		熟練認真	
	主管	部屬	主管	部屬	主管	部屬	主管	部屬
績效範圍	辨識		設定		討	論	設定	界定
任務重要性	說明		解釋		分	享	分	享
目標	設定		設定	意見	厘清	設定	資源分享	設定
行動計畫	發展		示範	演練	協助	發展		勾劃
督導方式	訂定		要求	遵照	討	論	要求	擬定
信心	表達		表達		表達		表達	
主管教練	下指導棋		雙管齊下		支持鼓勵		放開雙手	

〉〉〉生活教練

生活教練（Live Coach）根據國際教練聯盟（International Coach Federation，簡稱 ICF）解釋：「主要是在幫助生活健康的人，展開行動力，以改進目前生活，實踐未來計畫」；在 1994~2003 年期間，約培養了 5,000 名生活教練，號稱將是 21 世紀最熱門的專業工作之一；《今日美國》（USA Today）的一項統計：「會去看心理諮商師的，有 70% 是女人；但想要找生活教練的，有 60% 是男人」；但依一般人性而言：「經濟景氣時，會自信到誰的話都不聽；經濟不景氣時，則會自尊到不聽誰的話」。而華人特別彆扭，凡事往肚裡吞，家醜絕不外揚，也不願聽人說教；想要在華人世界當一個生活教練有一定的難度。

生活教練不是心理醫師或諮商師、教育訓練者或老師、精神導師或好朋友；而是助人到達目的地的馬車、汽車、飛機或火箭等，最恰當的形容是因時順勢而生的

「生命夥伴」。因爲專業，必須收費；因爲收費，必須超值；要讓賈伯斯掏腰包付錢可不是容易的事！培養自我觀察的能力，重點在信任和專注；提高自我抽離的境界，重點在我執和情緒；勝任多重角色的需求，重點在父母與主管；一個好的教練是活出來的（being），不是做出來的（doing），「無招勝有招」是最高境界，彼得・聖吉的五項修練可供參考。「傾聽」（Listen）和「引導」（Facilitate）是兩大基本功，除了用耳朵聽以外，還要用心和眼，最好還能聽出弦外之音；不直接提供答案和解決問題的方法，而是以有效的發問來引導大家往正確的方向走，自己去找回自主權；以前的主管很擅長解決問題，以後的主管要很會問問題。

〉〉〉生命管家

「管家」，通常是指女性，負責全家大小事，從吃飯洗衣到宴請賓客、從一屋子的清潔整頓到安全防衛、從全家人之起居到雞飛狗跳……等，洋人叫 Housekeeper；聖經裡也有「作神百般恩賜的好管家」的說法，塑造出一個對主人忠誠又有見識的好管家的形象。至於一些土豪劣紳請個歐洲管家來炫富，付出百萬年薪想要換得皇家般的服務，實在是不敢恭維。

從生活教練升格爲生命管家，從生活目的的釐清到生命意義的確認，若能協助職場人士儘早敲定「座右銘」及「墓誌銘」；大家都能問心無愧地「活在座右銘中、躺在墓誌銘下」，就不枉此生了！猶記得小學禮堂兩旁的一幅對聯：「生活的目的在增進人類全體之生活，生命的意義在創造宇宙繼起之生命」！

CHAPTER 12
帶領新世代人

所謂的「世代」是指在某一段時期內出生，具有代表性和影響力，值得深入探討的一群人；世代的分類五花八門，有依特色分為橘色、寬鬆、酷老、千禧、創客世代；有依英文字母分X、Y、Z世代；台灣用民國紀元分四、五、六、七、八、九年級生；中國用西洋紀元分50後、60後、70後、80後、90後……還有00後；最厲害的是現代行銷專家把同溫層族群的年齡、思考、態度、個性、行為……等特徵聚焦成一個字：銀、崩、厭、冏、滑……等世代，就這樣蹦出來。國際所公認的戰後嬰兒潮（Baby

Boomers，1946~1964），現在已面臨退休潮；中國古詩則有「江山代有人才出，各領風騷數百年」的說法。

〉〉〉世代交替，五代同堂

傳統的世代觀是以30年爲一世代，但隨著科技的進步，溝通方式的多元，尤其是年輕人喜歡玩通關密語，聽不懂者就是非我族類，世代的期間因而愈縮愈短（30年→10年→5年）；世代交替加速，五代同堂變爲可能，形成職場老少配的新顯學。以辯論技巧聞名的美國政治家史帝文生（Adlai Stevenson）大聲疾呼：「某個世代看來荒謬絕倫的事，往往是另一個世代看來智慧無雙的表現。」希望大家能尊重不同世代的特色。

美國心理學教授珍·湯姬（Jean M. Twenge）則分析累計60年、超過130萬人次塡答的問卷資料，發現30歲以下的年輕人有個共同特徵——極端自我，因此稱他們爲Generation Me或「Me世代」。他們會要求個人的空間、追求物質的享樂、希望有平等的發言權、更期待有自主權可回應快速的變化；「屌、爽、幹」常掛嘴邊，抗壓性低？責任感差？執行力無？私事多！動不動就請假！說不幹就不幹！簡直一無是處，但他們勇於表達，敢於創新，享受失敗，相信有一天會追到一隻獨角獸；他們有的是時間，青春就是本錢，這條紅線剛好畫在30歲上。

新世代人大都透過手機和電腦在網路上進行溝通，爲了爭取時間，講究時效，在不變換螢幕畫面的前提下，所有鍵盤上的Keys（英文字母、注音符號、數字、icon、中英日諧音……等）全部派上用場，兜成「火星文」如：「5作此Letter，淚珠和筆墨齊！ㄅ能竟書2欲擱筆，又恐汝ㄅ察5衷，謂5忍舍汝2Die……」，眞令人無法領教；最近流行「中文English夾著say」的「晶晶體」，則令人不敢恭維；至於把神聖的「唵嘛呢唄咩吽」變成討債咒語（All Money Back Me Home），簡直匪夷所思？而在台灣住得過久的新移民竟能說出「挖喜逮丸郎」（台語），就令人耳目一新；職場主管必須使用新世代的語言，才能跟部屬進行有效溝通了。

〉〉〉新創小微，百年老店

這是一個「大眾創業，萬眾創新」的時代，世界經濟論壇（WEF）公布 2018 年全球競爭力（環境便利性、人力資本、市場及創新生態體系）報告，台灣排名爲全球第 13 或亞洲第 4，與德國、美國、瑞士並列爲「超級創新國」；到處充滿對抗式學習、破壞式創新、顛覆性科技，上焉者創造事情發生，普通人看著事情發生，下焉者不知道發生什麼事？很多 30 歲以下的年輕人都已身兼多家新創事業的 CEO，40~50 歲的人也躍躍欲試，有個 65 歲的被退休人員還想投入這個戰場。

新創企業通常是三五好友，只因臭味相投或有志一同，憑著一兩頁的企畫書（Business Plan）就開始募資

（Crowd funding）搞起來（Start-Up）成爲創客（Maker）一族，創辦了「小微企業」；其實這就是以前的爸爸媽媽店或家族企業，在中國叫個體戶或單幹戶；很多的小微企業因（1）資金較不足、財務調度不易，（2）生產和研發投入不易，（3）管理人才與行銷人才較不足夠，（4）易面臨技術僵固性，（5）交易成本較高等因素而灰飛煙滅；但也有些因靠著（1）生產力高，（2）員工流動率低，（3）技術背景較高，（4）能快速反應顧客所需，（5）具有創業精神且勇於接受挑戰而發展成中小企業、獨角獸企業、隱形冠軍、集團企業等（如表 12-1）；目前全球的十大獨角獸有字節跳動、Uber、滴滴出行、WeWork、JUUL Labs、Airbnb、Stripe、SpaceX、Epic Games、Grab 等。

一家企業通常要經過 4~5 個世代的傳承，才能破百，他們喜歡說：「僅此一家，別無分店」；強調「百年老店，創新求變 唯有味道，衷心不變」；以百年的信譽及品質行銷全球，絕對值得信賴！日本人嚴謹、執著、追求極致

表 12-1　企業變身一覽表

企業類別	名稱	定義	內容說明	備註
新創企業	Start-Up	成立 <42 個月	處於創立期或成長期的企業	New Venture
小微企業	SLE	小型（10 人以下）微利	自我雇佣（包括不付薪酬的家庭雇員） 個體經營的小企業	Small Low-profit Enterprise
中小企業	SME	員工（100~200 人）資本額（8,000 萬元）	依法辦理公司登記或商業登記 家數：約 143 萬家	Small Medium-size Enterprise
獨角獸企業	Unicorn	未上市 未滿 10 年 市值 10 億美元	2013 年底，風險創投專家艾琳．李（Aileen Lee）在一篇文章中提出後風行於創業界	科技創業公司
隱形冠軍	Hidden Champions	市占率世界 No.1~2 年收入 <10 億美社會知名度低"	赫爾曼．西蒙於 1986 年首先提出的愛因斯坦的公式，A ＋ B ＋ C ＝成功 勤奮＋智慧＋閉嘴＝不談論成功	德國喻為散落在各地的珍珠
集團企業	Group Company	以資本為聯結紐帶 以母子公司為主體 以集團章程為規範	由母公司、子公司、參股公司及其他成員 共同組成的企業法人聯合體。 指擁有眾多生產、經營機構的大型公司。"	以台灣為活動範圍的企業集團有 64 個子分類
百年老店	Forever	歷史超過 100 年 傳承 4~5 個世代	信譽及品質 絕對值得信賴	李鵠餅店 莊松榮製藥廠 中華電信

資料整理：顏長川

的性格，創造出獨特的「職人文化」，讓日本企業的經營壽命比其他國家更長久，使日本百年老店的數量全球排名第一；台灣雖是彈丸之地，但也產生不少的百年老店。

〉〉〉新經理人，改頭換面

所謂的「新經理人」是指新世代的經理人，他必須以「正向心態」面對 5G 的百倍速時代，具備「新 3C」的觀念（將變化帶來的考驗視同機會），熟知「6 字真言」的心法（能跨敢變夠快）；能夠把「vs.」變成「＋」，熟悉工作三步驟，背誦經營五字訣，做對管理六件事，精煉領導 12 修練。換個通俗的說法就是打通任督二脈，勤練降龍十八掌，瞬間吸收一甲子功力，十八般武藝樣樣通。

新經理人要帶領新世代人有相當的難度，30 歲以下的年輕人應都是數位原住民；除了要摸透他們的五大特性

（個人的、物質的、享樂的、平等的自主的）外，還必須盡量使用最新的 e 化及 m 化的溝通工具（iPhone 10、Samsung Note10+、華爲 5G 手機……等）；最後也是最重要的是非正式溝通的技巧：聚餐應選在他們的餐廳（CAMPUS CAFE）、唱他們的歌（最新排行榜前 10 名）、用他們的語言（火星文）、甚至還會撂一些（撩妹金句），若能再露幾手魔術就更完美了；可以把他們的心全部收買，形成大家都是同一國的共識。

〉〉〉職場老少配

五代同堂的職場會產生「職場老少配」的問題；最正常的情況是年長主管（4、5、6 年級）帶領年輕部屬（7、8、9 年級）的問題，也就是「如何帶領新世代人」。年長主管最需要讓年輕部屬有參與和溝通的機會，並以經驗、專業做指導和教練；年輕部屬則要站在年長主管立場看問題，並保持熱情與投入去學習與成長；兩者都需基於夥伴關係，彼此攜手共創績效。

比較特別的狀況是年輕主管（7、8、9 年級）帶領年長部屬（4、5、6 年級）的問題，這個問題早已實際發生了；年輕主管最好能體諒年長部屬的數位落差（Digital Gap），最好能用書面或口頭和年長部屬溝通，同時以尊重、關懷的心態對年長部屬做支持和授權；年長部屬則需站在年輕主管立場，去貢獻自己的經驗與智慧；兩者都需基於夥伴關係，彼此攜手共創績效。

身爲主管（不管年長或年輕）：「向下傾聽、不恥下問」是基本動作；「加強領導、精實管理」是攀爬職涯天梯的兩把刷子；「有料可學、有心肯教」則是好主管的兩大特徵；身爲部屬（不管年輕或年長）：「向上溝通、虛心請教」是基本動作；「極大績效、挑戰目標」是超越目標的兩大心態；「不會就學、不懂就問」是好部屬的兩大特徵。因此，職場上的世代根本不是問題，一切需回歸基本面：順暢無阻的溝通、靈活運用的激勵、教學相長的教練行爲、水乳交融的夥伴關係才是硬道理，誠如行家所說：「NO MAGIC, ONLY BASIC」。

圖 12-1　回歸管理基本面

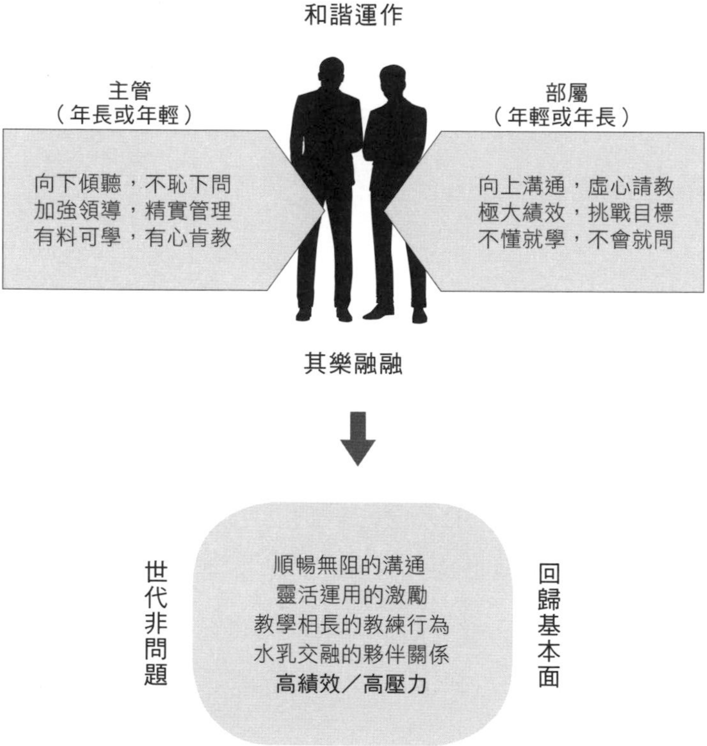

CHAPTER 13
秒傳商場智慧

很多早期的鄉下小學有依家境分「放牛班」和「升學班」的潛規則，大學則有依成績分為「前段班」和「後段班」的說法；放牛班和後段班的學生，一畢業就投入職場去打滾求生存，混身是「街頭智慧」；升學班和前段班的學生則多出國深造，繼續讀博碩士，充滿了「讀書智慧」。經過多年奮鬥之後，聽說回母校捐贈獎學金、蓋校舍、實驗室、體育館……等的人，大都是放牛班和後段班的學生，令人不得不興起這樣的疑問：「到底街頭智慧和讀書智慧哪個重要」？寧夏夜市居然有三家登上2019米其林推介名單，這些夜市的街頭小霸王若能接受正規學校訓練的「馴化」，將理論和實務結合，展現出多采多姿的夜市人生，就可給出答案：「兩者都重要」。

〉〉〉讀書智慧vs.街頭智慧

好壞學生的界定多半是以學校的成績爲主，讀書成爲現在學生唯一的目標。「讀書智慧」靠的是苦讀和記憶，用Power point來整理重點卻不瞭解其後的「意義」，說句難聽話就是「書呆子」。志願或被迫提早進入職場者需要「街頭智慧」，靠的是觀察與詮釋，聽故事新聞，總是能從其中詮釋出機會與意義；如果能在1分鐘內在街頭不用投影片，抓住重點與人談論博碩士論文，就是「街頭智慧」；如果30分鐘還簡報不完，就是「讀書智慧」。藉著調適兩者的恰當比例，在商場成就一番事業者則具有「商場智慧」（Business Sense）。

盧希鵬教授舉人類和猴子爲例，人類發明了「學校」、「課本」、「考試」，讓教育「聚焦」在分數上，最後取得博士學位的人大都戴上眼鏡；猴子在叢林中求生存，需要「周邊視野」，隨時掌握天敵和獵物，所以猴子不需要戴眼鏡。猴子喜觀察、愛玩耍、敢夢想、靠直覺、講行動，累積相當的「街頭智慧」，具有「周邊視野」，才能在叢林中悠哉悠哉；人類有美學、能規劃、重道德、會創新，累積相當的「讀書智慧」；達爾文的進化論說：「人是由猴子變來的！」好像有點道理。博士的「眼鏡」似乎該丟了！

有些博士政客花20年取得「讀書智慧」，未取得半點「街頭智慧」就直接從政，表現無法令人滿意；有些商人僅有6年的「讀書智慧」，卻有70多年的「街頭智慧」，成爲商場大亨。一定要花那麼多年的時間才能取得商場智慧嗎？能不能「秒傳」？有人說他就是天生的讀書胚子，也有人說他生來就是要做生意的，還翹著尾巴說：「生意囝仔難生！」「秒傳」也就是「瞬間傳輸」，其實都是「速度問題」。

〉〉〉唯快不破

科技呈現指數型發展，人卻活在線性世界中；社會已經進入一個快到令人目眩神搖的地步；湯馬斯・佛里曼（Thomas friedman）提出「世界是平的」、「世界又熱又平又擠」、「世界是快的」……等概念；從陀螺般不斷旋轉加速的人生中，暫停、反思是一項美德；用「想像力」和「創新力」彌平因加速所產生的鴻溝；認爲年輕人需要更多的 3R（Reading、wRiting、aRithmetic），和更多的 4C（Creativity、Collaboration、Communication 和 Coding）去爭取新的工作；在緊繃的加速過程中，不妨喘口氣：「謝謝你遲到了」。

當今最具爭議性，讓消費者和投資人又愛又恨的公司和負責人非「特斯拉」（Tesla）的「馬斯克」（Musk）

莫屬，馬斯克的承諾不斷跳票，還能得到信任？Model3深受消費者喜愛，預售的訂單如雪片般飛來，交車成爲一場可怕的夢魘，完全在考驗消費者的耐性；唯一解是能變出一座年產能 50 萬輛的汽車廠。馬斯克居然能打破中國「技術換市場」合資廠商的硬規則，取得上海浦東新區臨港一筆 86.5 萬平方米土地使用權，三個月就開工，以光速（不到一年）建廠、驗收、投產？解了交車的燃眉之急，簡直是天方夜譚！

三星 CEO 尹鐘龍有一個「生魚片理論」：從海裡撈到了一條珍貴的金槍魚，第一天能以很高的價格賣到一流的餐館，第二天能以一半的價格賣到二流的餐館，第三天就只能以四分之一的價格賣給三流的餐館了，到了第四天，再低的價格也沒人買了。在日新月異的今天，時間對於資金、生產效率具有直接的影響。

速度經濟（Economy Of Speed）講究的就是「Time to Idea、Time to Product、Time to Market、Time to

Volume、Time to Money」；有位智慧老人的經驗談：「看到是光速、說到是音速、做到是時速」；執行速度成爲關鍵成功因素之一（KSF）。

〉〉〉快還要更快

幾十年前，在台灣申請一張信用卡，從塡妥申請書附上必要的證件及所得稅單副本交給發卡行後，經過審核、徵信調查、製卡、發卡……等流程、標準作業時間是七天，多年來成爲業界不可更改的鐵則；直到有家發卡行，精簡所有作業流程，花費巨額廣告費，大打「三天快速發卡」，大有斬獲，掀起信用卡的流程大戰；有家發卡行乾脆把整個流程 Upside Down，居然可以隔天發卡；現在在網路上申請，只要 10 分鐘就可發卡！記得以前打電話外送 Pizza，可獲 30 分鐘送到家的保證，機車上的保溫箱還有大大的「計時顯示」，眞是在「與時間賽跑」。至於蓋一棟耐震 9 級且防霾害的 30 層大樓只要 15 天，眞可說是匪夷所思。

F1 賽車的常勝軍法拉利車隊，把決戰點擺在「進站維修」上；其他車隊的賽車手每次進站需要 10 秒以上，法拉利的舒馬克只需要 7~8 秒；舒馬克拿過 7 次世界冠軍，有「車神」的封號，他的獲獎感言：「法拉利車隊的成員都是最優秀的，他們才是眞正的世界冠軍！」法拉利車隊雖已身經百戰，仍以嚴格的紀律、專業的態度面對每一場比賽；賽前一天，維修組進行 50 次維修演習；加油手作賽前 120 次插拔加油槍的練習；藉著優秀的團隊合作與強大的執行力，法拉利車隊曾把進站維修的紀錄推進到 3 秒鐘！

金融業運用虛擬貨幣把國際匯款流程從 3~5 天縮短爲 3~5 秒、貿易融資交易運用區塊練把流程從 7~10 天縮短爲 4 小時；Adidas 則運用極速工廠量腳訂做客製化球鞋，將手工改爲自動化，天數從 45 天縮短爲 1 天，人數從 300 人縮減爲零；台灣的各工具機業及相關業者，無私地組成國家隊，把架設一條口罩生產線的工期，從 4~6 個月縮短爲 1 個月，揚名國際！各行各業求快的驅動力，似乎永無止境。（如表 13-1）

表 13-1　各行各業求快一覽表

項目	內容說明	過去	現在	備註
匯款	國際匯款流程	3~5 天	3~5 秒	虛擬貨幣之運用
貿易融資	交易流程	7~10 天	4 小時	區塊鏈之運用 繁複、冗長、大量文書 - 快遞、貨運 簡便、安全、快速
極速工廠	客製化球鞋（量腳訂做）	45 天 300 人	1 天 0 人	手工 自動化
口罩生產線	集合各領域專家	4~6 個月	1 個月	無私成立國家隊
中共肺炎	檢測病毒抗原，以抗體檢測	4 小時	15 分鐘	中央研究院研發，全球首例
機場通關	證照查驗	15 秒	10 秒	桃園國際機場
銀行開戶	流程整合和控制	20 分鐘	40 秒	機器人流程自動化
F1 賽車	進站維修（停車，加油，換胎，調整）	8 秒	3 秒	賽車手＋車隊 嚴格訓練、專業態度 團隊精神、合作無間

〉〉〉秒傳商場智慧

工業 4.0 不再是概念，它已經是實踐。它不是未來，它已經是現在。BMW 客製化汽車：58 秒、西門子客製化控制器：58 秒、奧普蒂瑪客製化一瓶香水：58 秒。單機於 58 秒內製造完全不同的產品，宣告工業 4.0 帶來客製、高效；但工業 4.0 不等於自動化，而是商業模式的徹底改變。今後將不再有製造業，而是製造服務業——從研發設計到生產交貨，生命週期的全程服務。想要在各行各業勝出，達到產業標準（Industry average）是起碼的要求，繼而要超越商業標竿（Business benchmark），最後不斷地精益求精，挑戰巔峰，成爲人人尊敬的教父（Godfarther）。（如表 13-2）

一個有 20 年「讀書智慧」+ 40 年「街頭智慧」的智慧老人，有鑑於上述各行各業對「速度」的不妥協、將 60 年的商場智慧濃縮成 3 天的訓練課程，用最有效率的方式，分享給職場人士；讓學員像喝濃縮雞湯一樣，一喝見效，瞬間傳輸（秒傳）一甲子的功力。

表 13-2　各種商場智慧與技巧的時間標竿

項目	時間	內容說明	備註
執行力	0 秒	即斷即決即實行	瞬間執行力
優勢力	2 秒	利用演算交易系統，進行更準確的預測	即時和預測系統
決策力	4 秒	成功者讓任何工作變輕鬆	最成功的人如何做出好決定
職場價值	5 秒	思考並決定工作中的問題	全部或大部會被 AI 取代
第一印象	7 秒	取決於雙方見面的前 7 秒	沒有第二次機會創造第一印象
即答思考法	10 秒	「立即表達」自我想法，言之有物	答客問（速讀、慢讀、模仿消化）
電梯簡報術	15 秒	話引、重點、結論 + GTC 筆記術	不用筆電，沒有投影機
開場白	30 秒	個人故事，發人深省的問題，名言……等	事實或數據
競爭	58 秒	單機於 58 秒製造完全不同的產品	工業 4.0
正能量	59 秒	扭轉人生、啟動正能量	行為科學領域
驚人學習法	1 分鐘	不熬夜，不死背	睡前
超強記憶法	1 分鐘	掌握短、長期、單純、影像等四種	提升理解力、注意力、記憶力
經理人	1 分鐘	目標，讚美，斥責（第一時間）	肯・布蘭佳的一分鐘系列
做人智慧	3 分鐘	戳破性格盲點，讓你變身人氣王	贏得人心的做人智慧
商場智慧	3 天	3 天精英培訓計畫	由負轉正，當責不讓，求變創新
做事態度	7 天	時間管理、高效學習、職場加速和處理壓力	戰勝拖延症
習慣說	21 天	連續執行 21 天	養成好習慣，革除壞習慣

CHAPTER 14

建立瞬時競爭優勢

德國文豪歌德說：「決定一個人的一生以及整個命運的，只是一瞬之間。」人一生重複最多次的不是呼吸而是念頭，多數人一生起心動念的次數超過百億次；人生最重要的事，就是管好自己的念頭，所謂的「一念天堂，一念地獄」。台灣佛教總會永久名譽會長如本大和尚說：「1秒鐘有4彈指，1彈指有60剎那，1剎那有900念頭……」印證上述念頭的說法；「瞬時」是指極短暫的時間，職場人士要如何建立「瞬時」競爭優勢？除了靠平時所下的基本功外，若能得主管、教練、導師、貴人、智慧老人……

等人的「啟蒙」、「灌頂」、「灌能」、「給力」，而「開竅」、「頓悟」，不亦快哉！

〉〉〉懂得取捨，徹底聚焦

麥可．波特以競爭策略著稱，他認爲企業係透過競爭策略和經營效能創造出高績效；「競爭策略」就是在有正確的目標下勇敢前進，要知道何者可爲？何者不可爲？懂得取捨（Trade-off），一旦選定就徹底聚焦，創造別人無可取代的地位；競爭的終極目標是「沒有競爭者，在同業中是獨一無二的」。

麥可．波特認爲一個行業中的佼佼者具有「競爭優勢」。若在藍海中，可採「高價格策略」，靠著精良的客服中心和銷售團隊進行精準行銷，價格就是比同業貴（Premium），客戶還是買單。若在紅海中，可採「低成本策略」，靠著規模經濟和最佳實務，可進行割頸競爭，刀刀見血；若在同業虎視眈眈中，可採「差異化策略」，優化產品、服務和流程，顯出與眾不同的特色，讓客戶覺得物超所值。

普拉哈拉德（Prahalad）提出「核心競爭力」（core competence）的概念，就是在相同條件下，公司比其他同業可以取得更好的成績！每個企業都有其核心能力，可能是製造、可能是行銷、可能是研發，只要是核心能力可以延伸的領域，就是發揮的比較好的地方；或者更高竿一點，公司累積了同業競爭者所沒有的能力，成爲一種競爭優勢。很多人都有一個很嚴重的錯覺，總以爲一家企業一旦具有核心競爭優勢之後，就可永遠立於不敗之地，躺著幹就可以了。

〉〉〉永久 vs. 瞬時

麥奎斯（Rita Gunther McGrath）撰寫的《瞬時競爭

策略：快經濟時代的新常態》被評爲2013年最佳商業著作的第一名，而她本人也被評選爲2013年全球十大管理思想家，並獲頒最佳策略獎。她認爲企業不能再繼續依賴持久優勢，一直耽溺在舒適圈，會使自己陷入困境，甚至導致滅亡。其實她的主要論點是「穩定不是典範，變動才是常態」、「踏進競技場勇敢做跨業競爭」、「學變形蟲快速伸出僞足抓住機會」；如果把她的論點濃縮成三個字就是：「跨！變！瞬！」

跨界——華碩公司的變形電腦（電腦、平板、手機三合一）等深受消費者的喜愛；「跨」字可說是目前職場上最火紅的buzzword如：跨國、區、界、領域、校、科系、專業、文化、性別、媒體、黨派、部門、平台、世代……等，職場人士不得不大嘆一聲：「怎一個跨字了得？」變局——柯達相機和Nokia手機面對千變萬化的科技，卻依然自我感覺良好，不知應變而灰飛煙滅，是膾炙人口的前車之鑑。瞬時——企業若能將「持久的競爭優勢」轉化爲「瞬時競爭優勢」，可迎接任何的挑戰；而職場人士若能讓智慧老人打通任督二脈並傳輸一甲子功力，瞬間取得競爭優勢，不亦快哉！

在物聯網的世界，因為「人、機、網」全部串聯在一起，分分秒秒相互交叉衍生之資料猶如恆河沙數或宇宙繁星般的浩瀚無邊；這年頭將會碰到許許多多千奇百怪的問題，誰都沒經驗？沒有人知道怎麼做？只有靠自己的想像力，運用人工智慧從各種知識庫爬梳出一個模型來，經過各種演算後，可找到一些蛛絲馬跡，然後不斷地試誤，希望能在最短的時間找到正解；人腦的自我學習加上電腦的機器學習的能力，可以創造「瞬時競爭優勢」。

〉〉〉建立瞬時競爭優勢的六大步驟

職場魯蛇（Loser）想要翻轉成職場溫拿（Winner），或職場溫拿（Winner）想要蛻變為新經理人（New Manager），需要平常就循下列六大步驟痛下苦功，碰到千載難逢的挑戰或機會時，才能建立瞬時競爭優勢，永久立於不敗之地！

① 轉正 N2Y 心態：省思負面思考，肯定正面威力，由負轉正（from No to Yes）。

② 填妥「新 3C 觀念的九宮格」：各行各業宜發展一張九宮格，可隨時更新。

③ 記住 6 字箴言：能跨、敢變、夠快。

④ 打通任督二脈：管理能力和領導魅力，會管理也會領導。

⑤ 勤練降龍十八掌：做對六件事 + 十二項自我修練。

⑥ 傳輸一甲子功力：讀書智慧 + 街頭智慧 = 商場智能。

表 14-1　兩把刷子，12 項修練＋ 6 件對的事

兩把刷子	
管理能力（做事）：作業面	領導魅力（做人）：策略面

12 項修練	
1. 專業	7. 人脈管理
2. 電腦	8. 健康管理
3. 語言	9. 財富管理
4. 能說	10. 提案力
5. 會寫	11. 執行力
6. 時間管理	12. 持續力

6 件對的事	
1. 複製對的主管	4. 輪調對的位置
2. 建構對的平台	5. 教練對的方法
3. 甄選對的人才	6. 聚焦對的事情

表 14-2　建立瞬時競爭優勢之六大步驟

步驟	名稱	具體作法	工具	備註
一	調整心態	□負面思考的省思	《負面思考的力量》	負面思考不一定壞
		□建立信心	《鯨魚哲學》 Whale Done	肯定正面的威力
		□強調正面		
		□容錯轉正		
		□轉個念頭	調整 N2Y 的硬功夫	由負轉正 （from No to Yes）
		□換個角度		
		□給個説法		
		□隨時切換		
		□逆轉勝		
		□精神勝利法		
二	活用新 3C 觀念	□千變萬化	新 3C 觀念的九宮格 《金融業的新 3C 時代》	各行各業都有一張
		□無數挑戰		
		□無窮機會		
三	記住 6 字箴言	□梅迪奇效應	能跨	發揮 1+1>2 的綜效 一人可抵三人用
		□斜槓族		
		□閱讀以改變自己	《敢變》 智慧老人讀書心得分享會	一周一書，永不服輸。有書有贏，吾願無悔
		□求變		
		□速度經濟學	夠快 《5G 時代大未來》	唯快不破
		□ 5G 的百倍速時代		
四	揮灑 2 把刷子	□管理能力	管理能力 vs. 領導魅力 《不瞎忙自我管理術》	攀爬職涯天梯
		□領導魅力		

步驟	名稱	具體做法	工具	備註
五	勤練18項商場技能（勤練降龍18掌）	□複製對的主管	《做對六件事》	6R
		□建構對的平台		
		□甄選對的部屬		
		□輪調對的位置		
		□教練對的方 法		
		□聚焦對的事情		
		□專業	《進行十二項修練》	5 大核心競爭力
		□電腦		
		□語言		
		□能說		
		□會寫		
		□時間管理		4 大資源
		□人脈管理		
		□健康管理		
		□財富管理		
		□提案力		3 大技巧
		□執行力		
		□持續力		
六	秒傳商場智慧	□會做事也會做人	「接受 3 天菁英訓練」	一甲子功力
		□會管理也會領導		
		□會溝通也會激勵		

資料整理：顏長川

★案例 14-1：天龍八部中的虛竹和尚

前旺旺集團之人資長｜周海波

作者這「瞬間傳輸一甲子的功力」與「能跨敢變夠快」，確實是擲地有聲的鏗鏘之言。使我想起金庸「天龍八部」中逍遙派的虛竹和尚，他原本師出少林但武功低微。在一盤珍瓏棋局中以「置之死地而後生」的心態，打破僵局，贏得逍遙子將其 60 年一甲子的功力瞬間灌入虛竹的體內。

虛竹功力大增，已經有了「能」。但因為來自於百年老店「少林寺」的思維深植其心，所以他一直抵抗而跨不出去。直到天山童姥的指導以及讓他有機會「身體力行」之後。虛竹終於跨出去這第一步，一旦跨出去，之後的「敢變夠快」，就有如打通任督二脈，很快就成了武林高手。

所以我想老或不老，只在心態不在生理。古人有云：天道酬勤；地道酬善；人道酬誠；商道酬信；業道酬精。這些道不在於年齡，在於最後一個字：精。所以我們經常把精與神合起來講，精神精神。有了精神自然就有了希望，有了希望就敢於奮發。因此變化、挑戰、機會以及產業、組織與個人就不再是個檻，跨過去就海闊天空，跨不過去就海枯石爛！

不管是中國大陸或台灣甚或世界的華人，不論在法律或觀念上，都習慣把 65 歲視為一個門檻，認為 65 歲以上就應該在家含飴弄孫。美其名為享清福，其實就是說我們已經沒有牙齒咬不動東西，所以該含飴就好。也就是說我們老了，沒用了！所以，心態永遠是戰勝生理的。也希望智慧老人永遠提供我們無雙的智慧，繼續讓我們的智慧成長。

CHAPTER 15

昇華人生管理師

金庸小說中武功最絕頂的高手之一的張三丰，在《倚天屠龍記》中曾將「太極拳」和「太極劍」傳給張無忌；《笑傲江湖》中的令狐沖則習得獨孤九劍的無招意境（無用之用），完全視對方招式而定，所以遇強則強；顯然高手間之武功傳授有其特有的心法、口訣。禪學中就有「守破離」的說法，在日本最先被用於修練劍道、花道、茶道、繪畫、烹飪、戲曲，甚至現代的經營管理、人材培訓各個領域；推而廣之，可應用於日常生活的每一個層面。而「斷捨離」號稱是能改變30萬人的史上最強人生整理術；若能把兩種說法融合為「守破斷捨離」，它就是人生管理師的五字訣。

〉〉〉藤卷幸夫的「守破離」

藤卷幸夫1960年出生於東京，大學畢業後即進入伊勢丹工作，曾創辦新銳設計師雲集的「解放區」及「Le Style」和「BPQC」精選店，也曾以市調專家的身分在《朝日新聞報》寫專欄，成爲一個知名的魅力採購員、演說專家、電視名嘴……等。他寫了一本有關「創意」的書——《「守破離」創意學》，只要學會書中所提的3步驟和26個提示，你就是一個創意人。

《「守破離」創意學》所揭櫫的學習重點有三：（1）「守」——一切盡量遵守教條，練習基本功夫直到熟練爲止。這個階段專心學習一種實務，比學習各種理論重要；俗話說的：「樣樣通，樣樣稀鬆！」（2）「破」——開始打破一些規範及限制，可以因地制宜靈活運用。這個階段開始思考理論，也會參考看看其他門派是怎麼做的，大破之後才能大立。（3）「離」——超越所有規範的限制，自立門派，見招拆招，達到「無招勝有招」的境界，也就是脫離過往，確立自己的風格。

此種「守破離」的說法，和學習一門技術的心路歷程類似，從茫然無知到知所不足，再到知所進退，最後是大智若愚，技術上身。「守破離」的循環也和「PDCA」的循環異曲同工，PDCA 的循環就是不斷更新，終至創新；「守破離」的三字口訣可化爲工作或生活上的三個觀念如下：（1）回歸基本——學習任何事情，「蹲馬步」是基本功，絕不可省；老外喜歡說：「Back to basic」（回歸基本）；再說清楚一點：「Only basic, no magic」（腳踏實地，別想一步登天）。（2）跳脫框框——一般人很容易被「偏見」綁架，佛語叫「我執」；有的人會固步自封，甚至劃地自限。老外喜歡叫人：「Think out of box」（跳脫框框）。破繭或破殼有時會帶來破壞式創新。（3）自成一格——學功夫者需先「走火入魔」才能「出神入化」；自成一格的人敢說出一家之言，老外是說：「Style」（風格）或「TOYOTA WAY」（豐田式），本書作者自稱：「藤卷流」。

〉〉〉山下英子的「斷捨離」

山下英子係日本早稻田大學文學士，自稱是「雜務管理諮詢師」，可能是全世界唯一的一個。主要的工作在建議、協助客戶重新審視布滿住宅中的物品，從自問和物品之間的關係開始，讓客戶丟掉現在的自己覺得「不需要、不舒服、不愉快」的物品，最後，住宅整理乾淨了，客戶也能順便和心中的廢物說再見。簡單地說她就是住宅和內心雜物的顧問。如果更精確的說法，「斷捨離」就是透過整理物品了解自己，整理心中的混沌，讓人生舒適的行動技術。換句話說，就是利用收拾家裡的雜物來整理內心的廢物，讓人生轉而開心的方法。

山下英子透過瑜珈習得放下心中執念的行法哲學「斷行、捨行、離行」，因而悟出「斷捨離」的人生整理術。「斷捨離」三個字分開來講就是「斷」＝斷絕不需要的東西；「捨」＝捨去多餘的廢物；而不斷重複「斷」和「捨」到最後，得到的狀態就是「離」＝脫離對物品的執著。它的重要思考模式就是永遠自問：「我現在最需要的是什麼？」行爲模式則爲「只要行動，心靈就會跟上腳步」，並非心靈改變了行動，而是行動爲心靈帶來了變化。換句話說，斷捨離就是「動禪」。

日本 311 大地震後，實體災後重建工作以外，全國人民極需一個新系統反思人生，檢討過往所作所爲。「斷捨離」叫人減少慾望、放下執著，跟當時社會氣氛不謀而合，被各界廣泛提倡，被譽爲史上最強「人生整理術」，教授如何整理家居、生活，進而整理人生。收納是處理「加法」的學問、而「斷捨離」強調的是「減法」，清減負荷，從而達到「不整理的整理」。台灣商場充滿了免費的贈品，要拒絕免費品的誘惑已經很難，還要割捨花錢買來也許有一天用得著的東西更難；台灣大賣場的「免費試吃」一字排開，可以讓人一路吃到飽，「斷捨離」對台灣人而言、具有相當的難度，有人用「斷＋捨＝ 離」來簡化它：「能斷能捨就是離」。

〉〉〉守破斷捨離

藤卷幸夫用「守破離」來管理創意，山下英子用「斷捨離」來管理雜物；「守破」是先守再破規範，「斷捨」是能斷又能捨雜物；最後，兩者共用一個「離」字，即脫離執著。「知名的魅力採購員」＋「雜務管理諮詢師」＝人生管理師;「守破離」＋「斷捨離」＝「守破斷捨離」（表15-1）。不要被眾人的品味侷限了自己的眼光和潛力，創意往往就在破壞之後的電光石火中產生；學習並實踐「守破離」的生活，打破自我設限的框框之後，人人都可以是創意人！

「斷捨離」會讓你花好幾個月的時間與物品面對面，捫心自問：「這個東西，現在對我而言是否需要？」在分類的過程中，同時也磨練了判斷力和果決力，工作效率開始獲得提升。只是精簡物品，整頓「看得見的世界」；不久之後，其影響也將擴及內心以及運氣等「看不見的世界」，甚至它還可能帶來轉機！例如就業、轉業、創業、結婚、生子……等，使人生完全改觀，頗有「柳暗花明又一村」的感受。

表 15-1　人生管理師的五字訣

五字訣	說法	作法	想法	備註
守	回歸基本	蹲馬步練基本功	Back to Basic	Only basic No Magic
破	跳脫框框	Think out of box	大破大立 破壞性創新	破殼而出 破繭而出
斷	斷絕	不需要的東西	減法生活	斷尾求生
捨	捨去	多餘的廢物	少就是幸福	能捨能得
離	自成一格	脫離物品的執著	能斷能捨就是離	斷＋捨＝離

資料整理：顏長川

〉〉〉人生管理師

人生管理師必須用人生策略來思考，內容包含工作、家庭、生活、理財、健康及夢想……等，以形成一套人生整理術；學校應該要教我們人生策略，而不是只教些專業技術。當你對人生及工作有夢想，自然會將爲了達到目標的專業技術學好，而不只是學習表面的東西，更不要老大徒傷悲。

先把自己的人生管理好，進一步可成爲別人的生活教練，甚至是生命管家。生活教練指引導人們制定生活目標，擬定具體實施計畫，並採取行動，幫助人們跨越到理想的生活狀態，以提高其生活品質的人群。「生活很複雜，也可以很簡單」，用最簡單的方式、最有創意的小訣竅，讓生活更便利。生命管家則認爲「生命教育」的核心價值所闡明的是：每個生命都是上天獨一無二的創造，都有其尊嚴與價值；並且這樣的創造絕非偶然，而是要去經驗更多生命，最高境界在求得「身心靈」的平衡。

CHAPTER 16

鍛造基業長青的幸福企業

一家企業從創立到屹立不倒的階段，是曾經滄海桑田，總算能倖免於難存活下來。如何成為一家優秀公司去追求卓越？不外乎公司有核心價值、能說出公司存在理由和工作意義、敢追求天標、消除自滿、刺激進步、奔向公司願景；而要成為成功不墜、基業長青的企業，必須一方面能保持核心理念，另一方面還能不斷創新求變，化不可能為可能，對世界作出持久的貢獻。對那些歷久彌新的中外「百年老店」真是該按一百個讚；至於要成為幸福企業，就必須有佛心的老闆把員工當家人（We Are

Family）看待，進行無微不至的照顧，讓員工感到幸福過度。

〉〉〉成功不墜，最適者再生

在自然界，達爾文（Darwin）發現「最適者生存」（Survival of the fittest）；在企業界，唐納．薩爾（Donald Sull）卻發現「最適者再生」（Revival of the fittest）。在動態的經濟環境中，一家新創事業騰空而出，光速竄升爲產業領導者，競爭者個個想取而代之，產業分析師對它讚譽有加，創辦人以公司新建大樓爲背景成爲雜誌封面人物。剎那間，景氣逆轉，公司受挫，業績不振，利潤下滑，淪爲雞蛋水餃股。到底發生了什麼事？有人稱這種現象叫做「封面詛咒」，因爲被推崇的年度風雲企業或人物，其內部的主管甚至員工，會因外界的掌聲產生自滿的心態，怠於向上提昇而逐漸喪失競爭力；眞應了孔尚任《桃花扇》裡的一段話：「眼看他起高樓，眼看他宴賓客，眼看他樓塌了。」

天底下沒有永恆不變的「成功方程式」，過去成功的經驗並不保證未來還能成功。像川普主政的美國創造了高度不確定的動態環境，政治、法令、技術、市場競爭、消費者需求都充滿了變數，再也不能靠一招半式就要闖江湖！其實企業界人人知道非變不可，但因應對策卻還是延用老套，甚至還加強力度，緊握住曾讓他們引以爲傲的方式不放；即使已花大錢請顧問卻不採納顧問的建議，如果不打掉重練，很難跳脫「行動慣性的陷阱」。若從成功方程式是由策略、資源、流程、關係、價值所組成的觀點來看，那麼擬定策略、振興資源、改造流程、強化關係、重鑄價值都是可選擇的「著力點」。

當前企業最重要的策略就是要拋棄老把戲，打破日積月累的「行動慣性」，選擇最適的著力點才能確保轉型成功。亞里斯多德在兩千多年前就說過：「唯一不變的，就是變。」現代人習慣這樣說：「變是常態，不變才怪！」

應變＝靈活度＋耐力。每個著力點都有優缺點、風險、最適用和最能奏效的境況，請做出最明智的選擇。因此，選擇＝替代性＋判斷力。洞燭機先很容易，跳脫慣性很難；走在變革之前固然重要，掌穩轉型之舵才能永續。你的公司是暴起暴落的流星，還是基業長青的恆星？就看你是不是能做有效的轉型承諾？

〉〉〉基業長青，流星或恆星

詹姆·柯林斯（Jim Collins）用（1）處於所在行業中第一流的水準；（2）廣受企業人士崇敬；（3）對世界有著不可磨滅的影響；（4）經歷過很多代CEO的蹂躪；（5）也經歷過很多次的產品生命周期；（6）在1950年前創立等六個標準，從幾百家公司中篩選出：美國運通公司、波音公司、花旗銀行、沃爾瑪、迪士尼公司……等18家的基業長青公司。

基業長青公司的創辦人通常都是造鐘的人，而不是報時的人；「造鐘」就是建立一種永久的機制，使得公司能夠依靠組織的力量在市場中生存與發展，而不必依靠某位個人、某種產品或某個機會……等，只是抓住某個時機，偶爾「報時」一下。通常，基業長青公司在實踐中能夠以「兼容並蓄」的融合法，活用到企業的變與不變、陰陽互調、軟硬兼施、剛柔並濟，缺一不可。嚴格來說，一家基業長青的企業，成也創辦人，敗也創辦人。

基業長青的公司在年初會設定膽大包天的「挑戰性目標」以促使大家團結，這種目標具有冒險性和刺激性，是有形而高度集中的東西；能夠激發所有人的力量，從來就不說：「不可能」三個字，年底自然會交出「極大化績效」。利潤是企業生存的必要條件，利潤之上的更高追求是宗教狂熱般的「企業文化」，也就是很強的共同價值觀。最後全體員工共同憧憬著一幅美麗的「願景」——包括核心理念（價值、意義和目的）及未來藍圖（生動描繪的使命與目標）。如此一來，就能創造一家眞正有永續價值的公司。

〉〉〉幸福企業，員工說了算

企業是爲人類幸福而存在，爲社會創造幸福的同時，也滿足員工幸福感。賺錢是企業的天職，不賺錢的企業是不道德的，但賺了錢的企業需要善盡地球公民、企業社會責任和善待員工。台達電以「4S 幸福計畫－我的職場我的主場」方案獲 2020 年《遠見雜誌》「幸福企業組」首獎。主軸是「Say 認同感、Stay 參與度、Strive 凝聚力、Social Participation 社會共好」，描繪職場幸福模樣，塑造出員工專屬的共同語言。「台達電」可說是「幸福企業」的代名詞。

很多「幸福企業」的遴選都從宏觀的社會和企業的角度出發；若能針對員工個人進行調查，讓員工充分表達出：「心目中理想的幸福企業」應該有什麼特色？可能

表 16-1　幸福企業幸福感的來源

分析期間：2016/01/01~11/23

排名	幸福感的來源	幸福原因	網路聲量	備註
1	薪資優渥	荷包滿滿	1074	能力與薪水成正比
2	給假優惠	快樂充電	946	有薪旅行假
3	重視家庭價值	安心工作	710	托兒、安親、生育補助
4	工作有明確目標方向	平穩直接	706	不明確則有待工
5	工作夥伴相處融洽	舒心自在	694	團隊默契高
6	能夠選擇在家工作	彈性選擇	628	勞力密集 → 腦力密集
7	彈性上下班	時間分配	498	可妥善安排自己時間
8	公司在乎員工的感受或心聲	被受重視	463	意見溝通管道通暢
9	理想的工作環境	減少壓力	379	在舒適輕鬆下工作
10	公司有給員工發展願景	鼓舞士氣	266	員工對公司的歸屬感

資料來源：DailyView 網路溫度計

更具參考價值。DailyView 網路溫度計就做了這麼一份調查（表 16-1），讓人印象深刻！這幾年來資方與勞方的矛盾糾結越來越激烈，老闆們吵著：「公司找不到人才、留不住員工！」勞方則是滿腹牢騷：「慣老闆當道、豬同事一堆、公司制度不完善、何處是我家？」雙方的衝突到底何時才能化解？怎麼樣的職場環境才是老闆們要努力去營造、員工們畢生所追求的呢？

〉〉〉A+ 的巨人公司也會倒下

一般的公司在成功之後，會不知節制，不斷追求更多、更快、更大；很容易產生「傲慢自負」的心理；甚至自我感覺良好，碰到問題常自我安慰「不是問題的問題」，不但輕忽風險，還「罔顧危險」；面臨危險時，會病急亂投醫，一錯再錯終至「放棄掙扎」。請注意：「A+的巨人公司也會倒下」！

在放棄掙扎前，只要一息尚存，都會想盡辦法期望如何從谷底翻身、反敗爲勝！當公司面臨破產的威脅時，不是要病急亂投醫，而是要尋找「推動變革者」；空降部隊或自行培植者皆可，重要的是能削減預算，進行長期投資。重重跌過一次跤，通常都會出現「扭轉乾坤的領導人」，化危機爲轉機；願意扼殺失敗的商業構想，關掉經營已久的龐大事業，但絕不放棄鍛造基業長青的幸福企業的理念。因爲眞正的成功，乃是無休止地跌倒後再站起來，「絕不屈服」。

瞬時競爭力：5G 時代打通管理和領導任督二脈的組織新能力 / 顏長川作 .-- 初版 .-- 臺北市：時報文化，2020.08
面；　　公分 .-- (BIG；337)
ISBN 978-957-13-8300-2(平裝)
1. 職場成功法
494.35　　109010531

ISBN 978-957-13-8300-2
Printed in Taiwan

BIG 337

瞬時競爭力：5G 時代打通管理和領導任督二脈的組織新能力

作者　顏長川｜**圖表 & 資料提供**　顏長川｜**副主編**　謝翠鈺｜**封面設計**　陳恩安｜**美術編輯**　SHRTING WU｜**董事長**　趙政岷｜**出版者**　時報文化出版企業股份有限公司　108019 台北市和平西路三段 240 號 7 樓　**發行專線**—(02)2306-6842　**讀者服務專線**—0800-231-705．(02)2304-7103　**讀者服務傳真**—(02)2304-6858　**郵撥**—19344724 時報文化出版公司　**信箱**—10899 台北華江橋郵局第九九信箱　**時報悅讀網**—http://www.readingtimes.com.tw｜**法律顧問**　理律法律事務所　陳長文律師、李念祖律師｜**印刷**　勁達印刷有限公司｜**初版一刷**　2020 年 8 月 14 日｜**定價**　新台幣 320 元｜缺頁或破損的書，請寄回更換

時報文化出版公司成立於 1975 年，並於 1999 年股票上櫃公開發行，
於 2008 年脫離中時集團非屬旺中，以「尊重智慧與創意的文化事業」為信念。